立水桥北

林特特 / 著

北京联合出版公司
Beijing United Publishing Co.,Ltd.

图书在版编目（CIP）数据

立水桥北 / 林特特著. — 北京：北京联合出版公司, 2021.8
ISBN 978-7-5596-5412-0

Ⅰ.①立… Ⅱ.①林… Ⅲ.①中篇小说 – 小说集 – 中国 – 当代 Ⅳ.①I247.5

中国版本图书馆CIP数据核字(2021)第131427号

立水桥北

作　　者：林特特
出 品 人：赵红仕
责任编辑：徐　樟
封面设计：MM末末美书
QQ:3218619296

北京联合出版公司出版
（北京市西城区德外大街83号楼9层　100088）
北京时代华语国际传媒股份有限公司发行
三河市宏图印务有限公司印刷　新华书店经销
字数182千字　880毫米×1230毫米　1/32　8.25印张
2021年8月第1版　2021年8月第1次印刷
ISBN 978-7-5596-5412-0
定价：49.80元

前言

离开北京后，我开始书写北京。

写作于我，最大的魔力是时差。

我们所写的，要么是发生过的，再做点加工；要么没有发生，尚未发生，纯属推理、想象或演绎。

当你写，你写的内容和写的动作，存在时间的距离；当你写完，成为作品问世，你看到，别人看到，也有时间的距离；是这距离，让我着迷。

写作时，我常觉得活在两个时段。

以本系列中的《立水桥北》为例，主人公于 2008 年 1 月接到法院传票，故事就此正式展开。

我在 2018 年的一个深夜，打开电脑，敲下：曾文文急匆匆穿上白色羽绒服离开北京图书订货会，去昌平和鲁小力会师。此时，我的肉体在上海家中，盛夏，房间开着空调，室温 23 摄氏度。然而，我的灵魂回到了 10 年前，我确实感受到了零下 13 摄氏度的北京冬天。

时间的距离，让我有回到现场的快感。

回到事发现场。

我们曾一百次复盘，重来一遍，会不会再犯当年的错误，买下令我们备受折磨的房子。

答案是，除非没有遇见它，遇见了，还是会买。

因为防不胜防。

写《立水桥北》是最后一次复盘。我从床头柜最底层抽屉掏出厚厚一摞判决书、复印的相关卷宗，我把它们摊开铺在地板上，我和丈夫在它们周围坐下，重新翻阅，互相提醒，补全那场官司的细节。

像一帧帧播放别人的人生纪录片。

认定防不胜防，就认了，是命中注定的劫难。

没什么好抱怨的。

回到青春现场。

还以《立水桥北》为例，之所以会选择"立水桥北"这个意象，是因为许多来北京的年轻人都会选择在五环外，立水桥以北的天通苑或回龙观租房、买房，作为在这个城市的第一站。等慢慢扎下根，经济上宽裕些，再搬进城，这也是我的生活轨迹。

描述这一轨迹时，仿佛重温过去，看见刚毕业的自己，看见刚成家的自己，看见老旧出版社的竖排稿件，看见"无话不谈"节目，看见警车，看见带着血迹的冲锋衣……

桃李春风一杯酒，江湖夜雨十年灯。

开心大过唏嘘。

回到记忆中最留恋的现场。

我于2018年搬到上海，便发了疯地想念北京。

自2003年去人大读研，我在北京十五年，它不是我的故乡，离开它，我却觉得背井离乡。

在上海将一切安顿好，入住新家的第一夜，我甚至梦见了立水桥的五号线。

醒来，我哭了，敲击键盘时，我忍不住思索，北京的不同——

北京，既是国际化大城市，又是一个国家的首都，在北京谋生又谋爱的人，和其他大城市的同类一样，有经济压力下的挣扎；有信息时代，知识以前所未有的速度更迭而带来的焦虑；有对未来的迷茫，有对都市病的觉察，或干脆深陷其中。

但和其他大城市的同类相比，北京人、新北京人，还是有些不一样的东西。不一样，因为消息多多、机会多多；平台更大，更容易接触到各行业的最前沿。在这里，一夜成名随时发生，看似普通的小人物，原来早有建功立业之心。

因为建功立业的心，那些被骨感现实折磨得精疲力尽的人，才能饱睡一觉，怀揣理想，继续在路上。

而欲望和野心在这里似乎也更容易得逞，诱惑如乱花迷人眼，眼看他起高楼，眼看他宴宾客，眼看他楼塌了，也随时发生。

北京虽然古老，但始终保持着活力。北京的活力来自一个个鲜活的人，尤其是小人物。这一组小说，以《立水桥北》始，均是对我在北京的生活、见闻的总结、萃取，也为我对北京的思念找到一个载体。

写作过程中，我不断回去。15年来，我似乎没离开过那几条路，我的故事也大多发生在这几条路，朝阳门内大街、外大街，东直门内大街、外大街，张自忠路、光华路、三里屯、大望路……

写下它们的名字，就像画一份秘密地图，借写作的时差穿越、重游，证实我仍在那儿，我的生活秩序没有变。

这让我心安。

让我面对复杂、变化，保持镇定、放松，让我起码有一半的时间活在我熟悉的地方。

要做的只是来回切换。

感谢写作的时差，让我的乡愁得以安放。

目 录

立水桥北

LISHUIQIAO BEI

一

上午 9 点的立水桥地铁站一片喧嚣。

往南，大河上架着大桥，日头正高；桥上车来车往，每辆车都镀着金边。

往北，一片新的住宅区正在建设中，建筑工地的哐叽哐叽声，隔着几公里，仍能穿透耳膜。

往西，菜市场、小旅馆、居民区，人们从其中的一处进入另一处，聚拢，分流，再聚拢。

往东，一排商场、银行、餐厅，如多米诺骨牌般，一个接一个地开门、开工；各式喇叭高高低低，传送、播放着各种音乐、促销打折信息，叫卖吆喝。

鲁小力和未婚妻曾文文，出地铁站，打南边的桥头出发，向北进军。走几步，鲁小力就撸一撸灰色摄影包，让它离腰部近些、再近些。他不放心，环顾左右，命曾文文快点儿，跟他跟紧点儿。曾文文建议坐一站公交车去银行，被鲁小力否定，他怕人多不安全，地铁就已经透支了他的小心脏。他站在桥边，挥挥手，一辆出租车会意地停下。只一脚油门，司机就把他俩送到了目的地。

"啊哈！小力！哎呀，文文！好久不见！"鲁小力先钻出出租车，曾文文半个身子刚探出来，白白胖胖、戴细框眼镜的同学孙鹏忽然出现在出租车前。

他们三人起码两年没见，两年前的这个季节，拍完学位照，同学们就各过各的了。鲁小力和曾文文当时忙着把学校的东西往曾文文单位宿舍拉，搬家时间和散伙饭的冲突，使他们从此自绝于集体。此刻，"他区遇故知"，孙鹏激动地直拍鲁小力的肩，拍得心事重重的鲁小力差点儿坐到地上去。

"天哪！"孙鹏大惊，"这才多久，小力就虚成这样了？"他狐疑又暧昧地看曾文文，这是属于同学之间的亲昵。

"他今天有大事。"曾文文忙为男朋友遮掩，鲁小力正调整微颤的身姿，扶扶肩上的包带。

"你们今天结婚？"孙鹏开玩笑道。

"今天买房。"

曾文文四个字刚吐完，鲁小力就一个反手精准地捂住她的嘴，他拉着曾文文，向一头雾水的孙鹏告别："绿灯了，我们先去忙，回头见！"

过马路去对面的银行，曾文文埋怨鲁小力神经过敏，鲁小力埋怨曾文文话太多，他时刻绷紧的面部肌肉，这会儿，硬得像刀。

直到上了银行二楼，进了贵宾招待室，坐在柔软的沙发椅上，对着面前玻璃柜台上方闪烁的电子屏弹出的各种理财产品信息的红字，鲁小力才放松点儿。曾文文去墙角饮水机处倒了两杯水，一路端回来，发现鲁小力又把包袋紧了紧，破摄影包搁在他的腿上，贴紧他的肚皮，随呼吸起伏着。

不怪鲁小力太小心。他和曾文文一样，出身于二线城市的普通家庭。父母都在企业工作，供孩子读完书还没缓缓，就要再拿出一笔钱凑首付，帮他们在北京安家。

鲁小力的摄影包里一共装了四十三万，两家父母的血汗都在里面。家人陆陆续续汇了一周，款齐后，鲁小力就没安生过，他将一沓沓人民币五个一组拿皮筋勒着，整整齐齐摞在包里。睡觉，头枕的是它；出了门，觉得谁都在看他；被孙鹏拍打时，险些问："你怎么知道我身上都是钱？"

半小时后，卖房的人才来，名字过目不忘，姓郝，单名一个仁，连起来就是"好人"的谐音。郝仁一看就是北京人，满口京片子，一头自来卷，穿着条纹短袖衬衫、西装短裤。左手捧着一个大纸袋，右手缠着纱布，食指套着汽车钥匙环，大大咧咧坐下。他两腿分开呈一百二十度，冲鲁小力点点头，又冲曾文文客套地一笑。

少顷，中介也来了。女，烫着钢丝般强硬的波浪卷，雀斑愣愣地生在白皙的长脸上，像瓜子撒在横剖的西瓜肉上。她喊着抱歉，说公交车太挤，到立水桥，她差点儿没下来，"都是七老八十的，我还没下，他们已经扑上来。"说着，掏出纸巾擦着汗。曾文文爱聊天，插话道："是的，附近很多老人，这时候买完菜了，孙子辈也送上学了，正是坐两站车去公园遛弯的时候。"

拿号，等号，柜台交易，签字画押。

手续都完了，郝仁把一直拿着的纸袋递给雀斑小姐，瞅那沉甸甸的样儿，肯定好几万。曾文文不禁看了看自己的男人，摇摇头，咋人家拿着钱就像去买菜似的随意，你就这么紧张兮兮呢？

鲁小力的面色这时已逐渐恢复正常，说话的语速明显加快，思路也变清晰了。他和郝仁约腾房、搬家的时间，和中介约三方去建委过户的时间，又问房产证下来还需要多久，要办多少手续。全部交代清楚后，四人同路而行。鲁小力和中介在前，郝仁和曾文文在后。曾文文好奇地问："为何卖房子这么大的事儿，郝太太没有出现？"郝仁的回答是："哈，我们一直 AA 制。再说，这是我的婚前财产，她掺和什么？想掺和，也得在啊。她现在在美国，我处理完这边的事儿，就去找她了。"

路西的人都在往路东奔，红灯亮，斑马线上还都是人，路南和路北的汽车动弹不得，喇叭嘀嘀嘀奏成交响乐。到饭点了，兵分三路，中介直奔公交车站，郝仁假装客套地问要不要捎他们一程，但他往海淀方向去。

鲁小力婉拒了，他兴冲冲，一揽曾文文的腰，意气风发地摇晃着空荡荡的摄影包，"走，我们去大吃一顿！"

一周后过户，两周后搬家。

曾文文在出版社工作，坐班；鲁小力是记者，时间相对自由，程序上的事儿，只能指望他。过户那天，鲁小力和曾文文一个点儿出发，曾文文都看完八十页稿子了，还是文言文的，鲁小力才抵达昌平；曾文文都接待完三拨作者了，鲁小力才办完手续。曾文文已经下班两个多小时，鲁小力才原路返回到即将搬离的位于丰台的小家，推门进来，瘫在床上，和衣而卧。不多会儿，发出鼾声。

"嘿嘿，新房能看得见星星。"

半夜，曾文文被鲁小力推醒，睡眼蒙眬中，她看见鲁小力坐

立水桥北

在一边，啃着指甲，满怀殷切，笑眯眯，等她回应。

她配合地在空中摇摇手作演唱会迷妹状、喝彩状。

二

曾文文之所以选择鲁小力，对外宣称是才华。

两人相识在某大历史学院，然而他们的兴趣都是文学。那时，曾文文已在网站连载小说，有自己的粉丝群。一次，曾文文顺着同学孙鹏的博客点开其他人的，看了一圈，觉得鲁小力写得最好，从此，一见倾心。

但决定才女选择的，绝不会是才华——那些她都有，真实原因是鲁小力省心。

用一辆自行车说明问题——

研一，鲁小力买了辆自行车，曾文文陪他去的，在北大南门，四十元钱搞定。研二，鲁小力在学校 BBS（论坛）上发帖，要卖这辆自行车，曾文文看着他对前来看货的买家小师妹，晓之以理，动之以情。"这辆车陪我走过了北京的大街小巷，是一辆有故事的自行车；虽然是二手车，但车垫是新换的，锁也是，六十元还不够垫子钱；不知有多少人想买这辆车，可看来看去只有你最靠谱，我才能放心把'小红'托付你……"

红是自行车车架的颜色，"小红"是自行车的昵称，在买家眼里，这位大男孩爱心满满。只有曾文文知道，"小红"是鲁小力现取的。总之，"小红"被赋予情怀、信任、实用等多种属性，令买家小师妹心甘情愿掏出六十元。

那时，在恋爱这件事上，曾文文不是没有别的选择，眼看着鲁小力将自行车用了一年，还挣了二十元，心里只有一个声音：我要嫁给他。

六十元，只够他俩在学校门口撸一顿串儿。回寝室的路上，见四下无人，曾文文带着烧烤味儿强吻了鲁小力，顺势表了白。

"你为了二十元钱，就决定嫁给他？"一次办公室闲聊，同事敏敏听见，深表惊讶。

"不是为了二十元，而是二十元，让我觉得他比一般人社会化程度高，能把生活安排妥当。跟着他，我这辈子都不用操心。"

曾文文对自己很了解，人间烟火中她只想做甩手掌柜，那就要找个人配合她、成全她；穿过烟火，还有一百个梦，等她实现呢。

事实证明，鲁小力也确实让人省心。

拿买房子来说吧，曾文文搬家那天，才第一次进到新房。之前，看房、比较、选择，到最终确定，全是鲁小力一人负责。这期间，曾文文出过的仅有的力是给远在家乡的父母打电话报告喜讯：要结婚了，要买房了，赶紧汇钱过来。要不是四十三万责任太大，鲁小力不敢一力承担，付款那天，曾文文也不用出席。

信任的结果令人满意，卖房的郝仁要去美国，急于处理位于立水桥北的房产，将近两百平方米的房子，低于市价二十万出售给他们。过户那天，鲁小力在建委完成手续后，长长舒了口气，郝仁也配合地作松气状。

信任的结果令人雀跃，进新房后，曾文文放下绑着红布条的扫帚（按鲁小力老家的规矩，这是乔迁时女主人的必备），就真的甩手掌柜般只负责去看星星了。

她顺着枫木色楼梯上上下下，摸摸高脚凳，摸摸粗布沙发。她在复式一层靠窗的小茶几边坐了一会儿，看楼下的小花园，感觉踩在脚下；看天，揣测这里是不是观测星星的最佳方位。她又去复式二层"侦探"了一番衣帽间，用"侦探"，因为光线暗，不开灯，房间显得深不可测；衣帽间旁的卧室三角顶，是实顶，她眼里燃烧着火炬，对鲁小力说："我们做个阁楼吧，再开一扇窗，看星星绝好。"

鲁小力给她一记白眼，拉她去阳台，他大手一挥，画下一个圆："俩阳台，一边封起来做玻璃房；一边敞着，吹风。都能看星星！"

第一夜，曾文文靠着鲁小力的肩膀，坐在客厅地上，把灯熄了，就着星光聊天。

五环外，能听见狗吠，比城里安静。

曾文文由衷地说："我真是个幸运儿，背井离乡，北漂那些遭遇一点儿没挨。"

鲁小力嘲笑："你这叫什么北漂，户口、工作、房子、老公，哪样漂了？你也确实幸运，最大的幸运是，一出校门就和我在一起。你看那个谁，还有那个谁，哪件事，不全靠自己？"

曾文文把头在鲁小力怀里蹭了几下，像小猫小狗对主人那样，表示肯定和感激。

"这就算在北京扎下根，有自己的家了。"鲁小力像大哥罩小弟似的拍拍曾文文，点上一根烟。

烟头一点红成房间唯一的光点。家具、墙、地板带着旧主人的气息，在光点的提点下，聚焦他们年轻、充满希望的脸。

三

半年后。

北京国际展览馆。

图书订货会如火如荼进行中，曾文文穿着灰西服、灰短裙，脖子上挂着出入证，在2号馆馆配区忙碌。

电话在她短裙的浅口袋中振动，摁了还振，持续十五分钟仍在振。振动中，曾文文正举着一本金色皮面的《敦煌遗书》向江苏省图书馆工作人员做解说。等他们停止提问，点头，拿着机器扫完码，走向下一家出版社的下一排铝制书架，曾文文才掏出手机。

十八个未接来电。

"什么事儿？"

"你能不能回家一趟？"

"怎么了？"她听出话筒那边鲁小力的声音有些沙哑。

"我刚接到法院电话，说有张传票要我领。"鲁小力说话越慢表情越严肃，此刻，他的黑脸就好像浮现在曾文文面前。

"你也信？"曾文文扑哧一笑，"赵志安还记得吧？我们同事，小矮个儿，嘴角有颗痣，爱练赵孟頫那位，一周要收到好几次传票电话，开始还紧张，后来发现次次都是诈骗……"

"曾文文，"鲁小力打断她的盲目乐观，念她的大名，"我查过了，是法院的号码，今天下午4点前去昌平法院领。现在10点40，你马上打车回来，然后我们一起去。"

曾文文握着手机，挪到2号馆外。

"你确定？不是开玩笑？"

"你看我像是开玩笑吗？"

沉默。

几个同样挂着出入证、手指夹着烟的中年男人往角落处走来，一看就是出来过烟瘾的，曾文文赶紧扭到一边。

"究竟为什么事？法院说了吗？"

"房子。"

"房子怎么了？房产证不都拿到了吗？"曾文文一头雾水。

"我也不清楚，说是房产证不合法，要撤销。下午去法院拿了传票再看吧，我在家里等你。"鲁小力已收了线。

以鲁小力的性格，以曾文文对他的了解，没有大事，他不会要她陪。狐疑变成恐慌，恐慌如巨型毒蜘蛛抵在胸口，忽然张开八条长腿，霸占整个胸膛。

曾文文冲进2号馆，冲回她负责的两架书前，恰逢本社总编过来巡查。她一把抓住穿红色对襟唐装的领导，颤声道："牛总，我要请假，法院让我和我老公过去拿传票，我的房子出事了。"

喜气洋洋的牛总正在和老朋友、西部某省的图书馆馆长亲密握手，还没分开，正打算给对方拜个早年呢，被曾文文抓着，只能点头表示体恤："小曾，快去吧，有什么事儿，尽管跟社里说。"

曾文文从书架下方隐秘处拽出一个纸箱，在里面捣腾一番，翻出她的白色羽绒服和包，胡乱披戴，仓皇离去。

四

地上一片雪。

国展门口是脏雪，昌平城内是残雪，昌平回立水桥北的路上有一段是完整的、未经践踏的皑皑白雪。道路两边没有半点儿生活气息，只见车，不见人。遥远的建筑，飞驰而过的笔直的树，枯树枝向上伸，分割天空。

"9"字头长途公交车上，鲁小力挨着曾文文坐，默然不语。公交车空荡荡、晃悠悠，像那只被掏空了四十三万的破摄影包。

天色渐晚。鲁小力垂着头，捏着传票，全文几百字，他几乎能背了。直到郝仁的电话打不通，他们才相信真的摊上事了，心底那点儿侥幸彻底熄灭。

法院的人告诉他们，他们购买的立水桥北某小区54号楼603号房，因房产证办理不符合规定，被原房屋产权人邹丽起诉。第一次开庭时间定于五个月后，邹丽告的倒不是他们，是建委——房产证的核发部门，鲁小力的身份是相关第三人。

邹丽起诉的理由是，前夫郝仁未经她同意，将她占百分之九十五产权的房产售出。她的终极诉求是建委吊销已属于鲁小力、曾文文的房产证，更换为她的；至于那四十三万首付，是鲁小力夫妻和郝仁的事儿。

"这个邹丽是从哪儿冒出来的？"

"这不应该是她和郝仁之间的事吗？"

"我们付了钱，买了房，一切程序合理、合法——中介核查资料，银行把关贷款，建委正式颁发打着钢印的房产证，凭什么现在吊销？"

"有什么证据证明百分之九十五的产权是邹丽的？"

"买房时，郝仁没有提供房子是婚前财产的证明吗？"

一路沉默，到家后，两人都爆发了，争先恐后提问。鲁小力坐在玄关处的矮凳上，扔掉笨重的褐色毛皮鞋。曾文文比他动作快，已坐在客厅的餐桌旁，她脱了外套，身上还是白天那套灰色西服、短裙，脖子上还挂着蓝色缎带穿起来的图书订货会出入证。

鲁小力换完鞋，仍没起身，他忽然想起什么："郝仁那天和我在建委分别时，约过我要来清理一次东西，还记得吗？"

"记得。"曾文文点头，"当时你说你可能要出差，还给他留了我的电话号码。"

"他后来给你打过吗？"

"没有。"

"王八蛋！"鲁小力喃出三个字，拿出昔日校队门将大脚开球的气势，一脚踢开换鞋的实木矮凳。"哐"，矮凳一溜滚，滚向厨房，在浅浅的门槛处绊倒、停住。

鲁小力的鞋袜乱糟糟扔在门口，他是光脚踢的凳子，脚背立马肿了一块儿。曾文文知道，他为什么踢凳子，包括凳子在内，家里杂七杂八还有十来件原房主郝仁的东西，都是说好了来搬却没来。现在想想，其实是故意玩消失了。

脚肿也拦不住鲁小力的怒火，他踉跄着上楼。迈过枫木色楼梯，只听见楼上衣帽间一阵乱响，咚咚咚，他又下楼了，手里多了几件红的、绿的女人衣服。他将它们扔进厨房垃圾桶，仍不过瘾，对着塑料垃圾桶拿那只没肿的脚狠狠地踩了几下。垃圾桶的一边瞬间破了，鲁小力干脆连衣服带桶扔出门外。

"砰！"他把门重重关上。

"砰！"门又打开，凳子也扔出去了。

对面604的门也打开了，邻居老太太听见声响，出来看了一眼，正碰上鲁小力杀气腾腾的眼神，赶紧缩了回去。

扔掉的衣服是孕妇服，郝仁留下的，应该是那个叫邹丽的女人穿过的。

刚搬进来收拾屋子时，曾文文还套在身上，里面塞个枕头，对着镜子比画了一下。如果不出意外，他们将于下个月回福建——鲁小力的老家举行婚礼，再过一年半载，就要添丁进口，可是现在，意外出现了。

五

意外是意外，计划是计划。

婚礼当然按计划举行，但筹备婚礼的心情和前几天比已天差地别。

事情逐渐明朗化。首先，没有人会为他们的遭遇买单，每个环节、每个经手人都表示同情，又都急于撇清，公事公办一句，"我们完全符合程序"；再多问责，就再多一句，"不行，你们也去告我们啊"。

中介如是说——

小到雀斑小姐，鲁小力还记得她半年前丹唇未启笑先闻，雀斑如瓜子般绽开的讨好样儿。一转眼，冷若冰霜，连肢体语言都保持自卫状。她双手环抱双肩，脸始终侧向一边，眼神躲闪，强调：“郝先生的资料，我们可是一起看的！”又卖可怜，“这房子，我一共拿到手提成不到三千块，不关我的事儿啊！”

大到门店负责人，“这是我的前任做的项目，我不知道”，“你告吧，但我要告诉你们，能开房地产公司的，都是大老板！都有大背景！”

银行如是说——

跑了几轮，闹清楚一个问题，银行对之前的一切审查都不负责，而你对银行承诺的一切要负责。银行客服经理比房地产中介的素质高多了，耐心、友善（起码脸上职业化的表情是友善的）。他微弓着腰，态度谦卑，语气肯定：“对的，即便房产证撤销，即便你们被强制执行迁出房子，你们的贷款还是要还的，每个月房贷晚一天扣一天滞纳金。”

曾文文心里咯噔一下，她和鲁小力对看一眼，这正是他俩在家里讨论的最坏结果：房子不属于他们了，四十三万首付打水漂，欠银行一百多万要用漫漫余生来偿还。为什么是漫漫余生呢？现在他俩的工资加在一起一个月不足一万。

行政机关如是说——

建委的工作人员还原了房产证办理当天的场景，解释了邹丽起诉的合理性。“鲁先生，您还记得您那天是几点和郝仁过户的吗？”

“不记得具体的点儿，快要吃午饭吧。”

“据我们的记录，是十一点零五分。”

“这和我的案子有什么关系？”鲁小力纳闷。

“邹丽女士申请的关于立水桥北某小区 54 号楼 603 房的《财产冻结书》于下午两点到达我们单位，根据法律法条，即时生效；您过户虽然在上午，但因没有即时录入电脑，过户不算生效。也就是说，房产证虽然于第二天上午审核颁发，却是在已生效的《财产冻结书》之后，因此属于无效过户。作为相关第三人，您的房产证将被撤销。"工作人员将其中的信息掰开来、揉碎了，十分同情地看着鲁小力。

"因为你们未即时录入，导致我们的房产证无效？"

"是的。"

"这是你们的工作过失啊。"

"我们并没有否认。"终于有一家单位、一位工作人员承认自己也有问题。

"所以，我是被你们未严格规定的技术细节牺牲了？"

"也可以这么说。正是您的案子让我们重视起来，文件抵达时间和过户时间这两个时间之间存在漏洞。"工作人员竟然要向鲁小力致谢。鲁小力险些骂出脏话，还好曾文文按住了他，她问了一个关键性的问题。

"邹丽那百分之九十五的产权如何确认？我们看了郝仁办理房产证的时间和他的结婚证，确实是婚前财产啊。"

"他们婚后有一份公证书，在东城区公证处公证的，郝仁自愿将房屋的百分之九十五产权无偿转让给妻子邹丽。"

"那他们为什么不过户，为什么不把房产证改成邹丽的？"

"我想，是因为邹丽的户口。她是天津人，立水桥北的房子是经济适用房，非北京市户口没有权利购买、过户。"

"邹丽如何知道我们那天过户的？怎么正好那天财产冻结书到？"鲁小力补充提问。

"这我就不清楚了，你们应该去问律师，或者去法院查阅他们离婚的卷宗。据我所知，他们为离婚也打过几场官司。"工作人员及时制止了对自己不熟悉领域话题的探讨。

两天跑了三家相关部门，身心俱疲，从各方得来的消息都是负面的。出了建委，曾文文心事重重地坐地铁回立水桥。鲁小力则留在昌平，他要去政法大学采访一位教授，这是他争取来的选题："看和老先生聊好了，能不能让他给我们推荐个好律师。"

鲁小力穿一件黑色绒布面的棉衣，站在地铁口，努力挤出一个笑。曾文文心酸地抱住他，小声说："我再不什么事都推给你一个人做了。"

"哎，也怪我，太自信，掉以轻心，又图便宜，现在想想确实漏洞百出。"鲁小力拍拍妻子的背，"以后，大事，一定我们一起商量吧。"

六

郝仁的电话永远打不通，邹丽的倒打来了。54号楼603室曾是她的家，电话号码，她倒背如流。

接电话时，鲁小力正在睡觉，这是个周末的早晨。电话里，邹丽自报家门，鲁小力残存的最后一丝睡意立马散了。他端起话机，从卧室挪向客厅。线只够到门口的，他露出半个头，提示正在客厅餐桌上看稿的曾文文。他按下免提，一字一顿："你再说一遍你是谁？"

"邹丽。"

曾文文噌的一下蹿到鲁小力身边。

"有什么事吗？"鲁小力问。

"相信你们已经接到法院传票了。"邹丽明知故问，听声音就知道不是一个好打交道的人。

"是。"鲁小力发言极少，主要等她继续。

"那就等着法庭见吧！别节外生枝，别埋怨我，有麻烦去找郝仁。"

一听邹丽这么说，鲁小力就来气："应该是你们夫妻把事情处理完了，来找我们麻烦吧？"

"谁跟他是夫妻！"邹丽的怒和怨，隔着话机火力仍惊人，"就郝仁那混蛋！"

她正想长篇大论，鲁小力马上把即将展开的故事腰斩："我不管你们发生了什么，我不希望我的生活被打扰。你想玩，是吧？我跟你玩到底！"

鲁小力身上的混不吝，平时藏着掖着，关键时刻全发挥出来了。他放下狠话后把电话一摔，急得曾文文直跺脚："你就不能把话听完吗？万一她是我们可拉拢的对象呢？万一她可以撤销起诉，和我们一起告郝仁呢？"

鲁小力的注意点却在来电显示上。那是个座机号，回拨过去，无人响应；再打114查询，电话里报出："请记录，该电话号码是天津市滨海新区××百货大楼。"

他打开电脑，在百度上输入"××百货大楼邹丽"，果然，在去年年底的一次招工录取名单中有个同名的，按概率算，应该是同一个人。

"姓郝的没一句实话！"鲁小力看着电脑屏幕摇摇头。

"是啊，"曾文文跟着撇撇嘴，"郝仁告诉我，他太太在美国，他是卖了房去和她会合呢。"

"我们报案吧！"鲁小力将决定告诉曾文文。

"什么名义？"

"诈骗，告郝仁诈骗，起码他是恶意卷款逃跑吧？一个星期了，他出过声没有？他真以为自己能人间蒸发？"

鲁小力头发凌乱，坐在笔记本电脑前，像只愤怒的小鸟。曾文文轻轻揽过他的头，靠在自己的胸口。

七

转眼即春节，春节过后就是曾文文和鲁小力的婚期。婚礼定在 2 月 16 日——离情人节最近的黄道吉日。日子是曾文文选的，婚礼现场，她直言不讳地对来宾们谈了想法，如果鲁小力和她离婚，以后每个情人节都过不安宁。

鲁小力扯了一下嘴，他没心情开玩笑。

"怎么，娶我，不是自愿的？"进了洞房，曾文文坐在满是花生、枣、桂圆、瓜子的床上，冲鲁小力一歪头。

5 点起床，8 点化妆，9 点换好婚纱，10 点吹吹打打，11 点新郎从酒店里接上新娘，12 点乘坐插满鲜花、扎着绸带的婚车绕城一周，13 点准时回到鲁小力父母家。之后，就是无休止地跪，跪祖宗、跪长辈，甚至连年长的平辈都要跪。

听说要跪的曾文文前一夜还发誓绝不接受封建残余那一套，第二天便发现跪的各种好处——被跪的那位，如果不掏出令新娘子满意的见面礼——金镯子、金戒指、金链子或直接一沓大钞，新娘子可以长跪不起。

　　不多时，她已经浑身披金挂银。戒指太多，她分了八个给鲁小力戴；剩下的，她拿项链穿着戴。

　　别人的洞房羞涩旖旎，卿卿我我。

　　他们的洞房愁云惨淡，金碧辉煌。

　　"我心里有事，"鲁小力竖起戴着大金戒指的食指直戳胸口，"我笑不出来。"

　　"给我戴上。"曾文文穿好一排十二枚金戒指，小心拎着大金链子递给新婚丈夫，亮出脖颈。

　　鲁小力动作中，曾文文不忘开导他："你就想，我们结婚发了一笔横财，就算官司输了，这一笔也够我们一年工资了吧。"

　　"也是，"沉甸甸、金灿灿的物件儿令鲁小力精神愉悦了许多，他向新婚妻子表白，"我从未像现在这么爱你和钱。"

　　"哥，你电话！"堂妹抓着鲁小力落在客厅的手机推门进来。

　　"喂？"鲁小力站在窗口，此时，他接电话的声音明显柔和得多。

　　忽然，他身体一紧，示意曾文文把门关上。他的神情表明，一定又是官司的事。曾文文三步并两步去关房门，客厅里闹哄哄的，起码有四十口人。

　　"嗯，嗯。"鲁小力看门关紧了，便招呼曾文文过来听。他怕隔墙有耳，没敢开免提，一边听，一边找了纸笔，在摆着一对接吻娃娃的书桌上写下两个字：郝父。曾文文马上紧张起来，她凑过去，两人共用一个听筒。

　　回闽结婚前，他俩报了案。虽然因证据不足没有立案，但派出所民警仍于年二十八造访了郝仁父母家。

"您说您有半年没见过郝仁了？"鲁小力重复道。

"是。"

"那您给我打这个电话的意思是？"

"如果你们能找到我那个混蛋儿子，也告诉我和我老伴儿一声，别让警察再来找我们了。"

"恐怕是我们希望您能找到郝仁，告诉我们一声吧。"鲁小力口气又不好了，曾文文忙拿眼色制止他，怕又像上次对邹丽似的，还没了解到什么有价值的信息就把电话挂了。

"还有邹丽，如果她和你们联系，也请告诉我们一下，就这个电话号码。"郝父没理会鲁小力的坏态度，口气里流露出一丝哀求。

"我为什么要告诉你们？那不是你们的家事吗？"

郝父叹了口气："你不知道，要不是这个女人，我们家根本不会弄成这样子，也不至于打官司。"

"哦？"

"说来话长，郝仁那个浑小子，在酒吧认识的邹丽。邹丽比他大七岁，又是外地的，但长得……像孙俪。郝仁被她迷得神魂颠倒，带回家给我们见时已经怀孕三个月，我们不同意也来不及了。邹丽能图郝仁什么？图人？他就是个开车的。名下有一套房子，还是我和他妈退休前把公积金拿出来给他买的。谁知道，他为了邹丽能跟他，竟承诺邹丽，只要结婚就去公证，把房子转让给她。婚结了，孩子生了，然后，邹丽就提离婚，这不明摆着是来骗房子的吗？"

旁边传来老年女人的声音："让他们问问邹丽，我孙子在哪里？"郝父重复了这句话。

原来，邹丽月子一坐完，就在激烈的肢体冲突后离家出走。半年前，她忽然主动约郝仁带孩子在朝阳区一处度假村相聚。郝仁以为她回心转意了，欣然前往。路上，邹丽说她有点儿晕车，让郝仁下车去买药。等郝仁回到车内，发现邹丽和孩子都不见了，车钥匙也不翼而飞。一气之下，他一拳头砸向车玻璃，为此，右手负了伤。

曾文文蓦然想起她第一次也是唯一一次见到郝仁时的场景，当时，他的右手缠着纱布。按时间推，距离郝父陈述的事件发生不过半个月，也就是说，这半个月，离婚官司还在进行中，恼羞成怒的郝仁就匆匆把房子卖了。

堂妹在门外拍门："新娘子！出来喽！"

堂妹的声音、拍门的声音、哄堂大笑的声音，打断了里面正剥洋葱似的接近真相的一对新人。

八

婚假没休完，鲁小力就带着曾文文回了北京。他听不得父母唠叨，父母总觉得他们过不好小日子，提了四次要随他们进京，照顾起居。

"去了怎么办？法院随时会来电话，邹丽、郝仁的父母也都知道号码。他们万一接着其中某个要命的，帮不上忙不说，还瞎担心……"鲁小力私下里说出自己的忧虑。更重要的是，打水漂的是他们的血汗钱，在国企工作一辈子，那些钱就是他们的全部家当。出事后，小两口早达成一致意见：官司由他们俩解决，好坏都绝不求助父母。

临行前一夜，鲁小力憋了很久的泪，躲在房间对曾文文流。他压低声音："听见没？我妈又在和我爸说新房里要添置哪些东西，他们还不知道，那已经不是我们的房子了。"曾文文捂住他的嘴："别胡说，事情还没定论呢！"

很明显，鲁小力更悲观。之前，他太顺风顺水，没失过学，没失过恋；找工作，投第一份简历就录取了；买房子，两周搞定，还捡了个便宜。相比之下，曾文文受的挫折比他多，谈过好几次恋爱，有她提分手的，也有别人甩她的。高考两年、考研两年，写文章被退过稿，所在的出版社像老字号糕点铺，新人都是"罪人"，做低伏小、忍气吞声。

回到北京，鲁小力变得更压抑。见律师，跑法院，不断被邹丽骚扰。骚扰还包括郝仁父母的，他们想见孙子，通过鲁小力传话。终于有一天，邹丽再来电时，鲁小力索性拨通了郝父的，只听得他们在话机和手机中对骂。

"黑色幽默！"曾文文下班回家，鲁小力向她汇报战况，冷笑着点评。他抽动的嘴角，让曾文文感到陌生而恐惧，这还是那个笑眯眯、半夜推醒她看星星的鲁小力吗？

不只阴沉的脸色，鲁小力令她担心的行为还有——

好几次，曾文文提前下班回家，发现鲁小力一个人埋在客厅沙发里发呆，旁边的落地灯开着，而外面太阳高悬。问他干吗呢，他说怕。

曾文文再去看厨房，早上走时什么样，下午回来还什么样，不像开过火的样子。再翻垃圾桶，没有外卖的餐盒，问他一天吃了什么？鲁小力总要想一想，再恍恍惚惚答："好像……没吃。"

"不饿吗？"

"忘了……"

此外，每一天，鲁小力几乎都有奇想：

"如果法院强制执行，我就找个工人把门窗都浇上钢水焊死，谁要进来我就和他们拼了。你去附近租间房，再买个篮子，系上绳子。夜深人静的时候，我就从阳台上把篮子放下去，你准备点儿吃的，把篮子装满，我再拽着绳子，把篮子拎上来。

"如果法院强制执行，我就站在阳台上，你给我找两条白色床单，要最大的那种；再找桶红油漆，用大刷子刷上三个字母：SOS。

"如果法院强制执行，我站在阳台上挥舞床单，在头上绑一根布条，不用红油漆了，用我的血，写血书：无家可归。

"如果法院强制执行，我们就离婚，我不拖累你。一人做事一人当，房子是我一个人做主买的，欠银行的钱，我一个人还；还不了，我就申请破产。"

曾文文不胜其扰，把鲁小力的头掰过来，正视他："你清醒点儿，第一，还没开庭，是不是输，是不是强制执行，还不清楚；第二，什么都没有了，还有我们两个人。你今天觉得四十多万、一百多万很多，二十年后看，可能就是人生一朵小浪花；第三，我不会和你离婚，我一个学历史的，最瞧不起动乱年代那些和老公划清界限的女人！"

她狂吼一阵，鲁小力安静一会儿。

"好，"鲁小力表示听入心了，但过一会儿又绕回来了，"如果法院强制执行，我们就回老家，我们两个研究生一定能找到好工作；北京这边，我们一起申请破产吧。"

曾文文听到"好"时，面色稍霁；但听完整句后，又觉得以鲁小力现在的精神状态怕是撑不到开庭了。

九

律所在紫竹桥附近某写字楼里，等待的时候，鲁小力打开本子温习提纲，他早已拟好了三十问。高律师是鲁小力同事的同学，面如满月，一副方框眼镜如神来之笔改善了脸型，增添了威严感、专业感。

鲁小力迫不及待地对着采访本开始提问，问到第三问时，高律师连呼吃不消，直说："我这真是答记者问啊！"

他们之前已经见过好几次，今天是来确认。

案情复杂，高律师叫来徒弟数人，熟悉材料后模拟开庭，分正反方进行辩论；又叫来财务，吩咐她计算下律师费总额。他让鲁小力把三十问先放一放，听他说："你的案子，涉及你告郝仁、你告建委、你告中介；邹丽告郝仁、邹丽告建委；建委告郝仁……不管是你告，还是邹丽告，抑或是建委告，牵涉到你的，你都需要律师出庭。"

"那不如做个套餐吧？"财务提议，显然有先例。

"五万那个就很合适。"高律师暗示财务解释清楚。

财务去拿单子了，鲁小力和曾文文互相看一眼：商业社会，套餐！

模拟开庭，高律师模拟做法官，鲁小力演自己，曾文文演观众。律所的工作人员唇枪舌剑，代表鲁方的那一组明显吃瘪，讨论的结果是，除非找到郝仁，追讨那四十三万，否则没有更好的办法。

"你也可以选择拖，拖到邹丽失去耐性，和你庭外和解，给一个你们互相能接受的数。"高律师建议。

"我不！"鲁小力斩钉截铁，"凭什么？我是无辜的！"

"比你更无辜、更惨的人还有许多，"高律师冷静地说，"你该感到庆幸，起码你们搬进新房了。多少人买了房还没进去住，就发现房子有问题，或者被没收了，或者等待拍卖……对了，如果庭外和解不成，你们还可以让法院拍卖，争取一个高比例的分成数额。"

财务走近，打断他们："今天可以付款吗？"

这时，楼突然晃了一下，小两口差点儿没站住。一定是幻觉。

曾文文一咬牙说"可以"，便掏出钱包里所有的卡，包括一张信用卡。

从紫竹桥回立水桥北的路上，小两口各怀心事。鲁小力将三十问精简为十问，再缩成为八问。按高律师要求，发到他邮箱，他将在三个工作日内解答、回复。曾文文则啪啪啪地在心里打着算盘，房子钱是双方父母掏的，搬家后他们添置了不少东西，积蓄几乎用完了。好在婚礼发了笔横财，但官司什么时候是个头，要用多少钱，谁也不知道。如果缺钱，用什么法子最快挣到，找谁能最快借到？又不能再结一次婚……

唉，她过去从不考虑这些事儿，今朝都到眼前来。生活啊，从不允许任何一个人做纯粹的甩手掌柜。

进家门，鲁小力变回包公脸，太阳正好，他又想开灯，曾文文横他一眼，他放弃了。他总要做点儿什么才能消解焦虑，于是，随手拾起遥控器，打开电视。

"现在，让我们来看下地震现场的情况。"女主播的声音把两个人的注意力抓到屏幕前。

"地震了？"曾文文睁大眼。

"刚才下地铁，黑车司机是不是问我们有没有震感？"鲁小力猛地回忆。

"对了，刚才付款的时候我也觉得楼在晃，我还以为是幻觉。"一起看电视。

"北京时间2008年5月12日下午2点28分，四川汶川地震，震级7.8级，是唐山大地震以来我国遭遇的破坏力最强的一次地震。"镜头切换到航拍画面，满目疮痍，乱的石、崩的山、惊慌失措的人们、满地血和残肢。

来回来去就那么几条消息、几帧画面，看样子，央视掌握的信息也不多。

"我们的记者正在赶赴灾区，请期待后续报道。"

又一轮重复。

鲁小力陷在沙发里的身体终于拔出来了，他若有所思地掏出手机。曾文文敏感地捕捉到信息，冲过去，夺走手机："不许去！"

"好好好。"鲁小力小心翼翼地打发走她。待曾文文进洗手间了，他继续未完的事儿，飞速地打字，发给领导："我要去前线。"

✚

　　第二天一早，曾文文如常去上班。老字号出版社有个固定节目，上午 10 点半前，谁也别想工作，每个人都是《无话不谈》栏目的参与者、倾听者。

　　今天的主题是地震。老家在四川的，不用提了，忧心忡忡，涕泪横流。昨天在单位的，惊魂未定。出版社所在的老楼是文物保护单位，一百多年了，大车一过，木地板都吭哧吭哧响。"北京要是地震，即便黄金时间，我们也谁都想不起来逃！咱楼平时就像要地震似的……这段时间，咱们都别上班了，在家待着吧！"一位姓刘的大姐着急忙慌地向穿白对襟褂的牛总建议。

　　鲁小力来电话了。

　　"我今天回不了家了，"鲁小力像在赶路，直喘，"我在报社，现在出发。先去成都，跟空军坐直升机去。报社派了三对记者，一个文字记者配一个摄影记者。"

　　"我不是让你别去吗？"曾文文气急败坏地直跺脚，全然不顾办公室里还有其他人。

　　"哎哟哟！"刘大姐吓得够呛。老地板一跺就颤，就像有震感。

　　"我不跟你说了，到成都给你打电话，你在家把门锁好。"鲁小力收线。

　　哪怕结婚当天接到骚扰电话，曾文文都没哭。而现在举着响忙音的手机，她伏在办公桌一沓竖排、繁体字的书稿上，最上面的一张很快湿透了。

　　北京飞成都不到三小时，但这次，足足等了六小时，鲁小力才落地报平安。

"成都上空都是飞机，我们的飞机在空中盘旋了很久，才找到地方降落。"

曾文文心说，降落不了就飞回来呗。没想到还真有飞回来的，鲁小力疲惫中透出一丝宽慰，他告诉曾文文，一起来的三架飞机只降落了一架，另外两架因无法降落已经飞回去了。三对记者中，只有他们这一组抵达现场。

他叮嘱曾文文，一个人在家一定注意安全，这几天会遇见什么他也不清楚。信号时有时无，如果没有及时回电也不要担心，一有机会他就会打电话。如果父母问起，就说一直有联系。以及，"官司的事儿，你和律师先碰"。

曾文文下班时，去医务室开了一盒佐匹克隆，她怕夜里睡不着。

七十二小时后，鲁小力彻底断了消息。

家里电话倒是频繁响，平均一天十个。三天里有二十九个电话是鲁小力父母的，一再问："小力有没有去汶川？小力在那边安全吗？小力怎么不给家里报平安？小力给你报平安了吗？让小力给我们报平安。"

曾文文也想知道鲁小力的具体方位、在干什么，但她不能说她什么也不知道，只能一再敷衍。

另外一个电话是邹丽的。曾文文第一次与她对峙，邹丽不免有恃无恐："你不知道我住在哪里，我可知道你住在哪里。你信不信，我哪天在你家门口堵你，让你出不了门？劝劝你老公，要么你们放弃房子；要么准备一百万，我们庭外和解。"

曾文文怕邹丽堵门是真的，偷偷开了手机的录音。再穿上一脚蹬的鞋，下六楼，在昏暗路灯下走了一段路，然后打一辆黑车，对司机说："去立水桥北派出所。"

等冲进派出所，接待她的只有值班民警。曾文文一直在发抖，民警倒了一杯热水，递给她。

民警听说她的遭遇后，既同情，又抱歉。他表示，警力有限，不能二十四小时贴身保护，能做的只有警告。

他根据曾文文提供的邹丽手机号回拨过去，邹丽一开始还口气强硬，听见录音后，不敢再随便说话。警察极具威慑力地告诉她，她的威胁足以被拘留。"不敢了，不敢了。"邹丽马上服软。

等曾文文走出派出所，深夜的五环外，路灯零落，行人稀少，几近于无。

她正踌躇着怎么回家，听见汽车喇叭声，一回头，发现是辆警车。警车车窗摇下，探头出来的正是刚才那位民警，他招招手，示意曾文文上车。车头打着双闪，曾文文心中一暖，朝着灯，飞奔进车。

回到家，电视里新闻仍在滚轴播送。伤亡数持续攀升，失踪人数也是。再拨一遍鲁小力的电话，还是那句"对不起，你所拨打的电话已关机"。

前所未有地心力交瘁，曾文文躺在沙发上，迷迷糊糊睡着了，直至座机电话响。

"你好，请问你是鲁小力的家属吗？"是一个男声。

"是的，我是。"曾文文颤着声，她寒毛立了起来，墙上的钟指着"1"——深夜1点。

"你叫曾文文？"

"对，我是。"

"你是鲁小力的妻子曾文文？"对方再三确定。

"你告诉我，鲁小力是死是活吧。"曾文文先问最关键的。

"他活着，他活着，"来电人察觉到问法不对，立马纠正对话，"我叫吴向亮，是一名武警，刚从映秀镇走出来。你爱人鲁小力这几天一直和我在一起，他现在还在映秀采访，镇上没有信号，他让我出来后，向你报声平安。"

事后，曾文文才知道，这位叫吴向亮的武警几十个小时没合眼，徒步出重灾区映秀。当时他思维混乱，意识模糊，能坚持打这个电话十分不易，语言颠三倒四，情有可原。

一块大石头落地。如释重负的曾文文，似乎瞬间也想开了，这个晚上发生的事儿让她意识到，除了人、人的安全，其他都无所谓。

十一

半个月后，鲁小力的文章见报，讲述了几对汶川失孤父母的故事。

曾文文的同事说，在央视新闻里仿佛看见了鲁小力的身影。曾文文听说后，电脑随时开着中央电视台的网站，随时看直播，直至鲁小力回京。

这期间第一次开庭，三方当事人均未出席，均由律师代理。不出所料，一审撤销了鲁小力的房产证。高律师建议二审复议。

这半个月，曾文文发生了很大变化，即使这世上发生再大的事，只要鲁小力接电话，就怎么着都行；她一遍遍用她劝鲁小力的话来鼓励自己："二十年后，都是一朵小浪花。"

百无聊赖的日子里，她蹲守在电视前，什么都看，包括情感访谈节目。嘉宾在主持人的引导下回忆往事，谈及坎坷时不免流下热泪，观众也配合着感动，配合着哭。曾文文想，观众们为什么哭得那么有安全感呢？连主人公都哭得令人放心。嗯，因为他们很清楚，这些都是过去的事了，艰难属于旧时光。

她开始幻想有一天，自己也能上访谈节目，坐在那张高脚凳上。于是，她无师自通地发明了一种游戏。游戏中，她一会儿扮演主持人，一会儿扮演多年后的自己，采访，提问，回答，回顾。

"你最艰难的日子，是什么时候？"曾文文用主持人的口吻问。

"2008 年 5 月。"曾文文换一张椅子，回答。

"为什么？"再换回椅子，换回主持人的口吻。

"那年地震，我老公去了汶川，三天没通消息，生死不明。我一个人在家，为一桩官司烦恼，父母凑的首付四十多万追不回来了，还欠银行一百多万；一个深夜，我被原告恐吓，不得不独自打黑车去附近派出所报案……"

"你当时怎么挺过去的？"

"我相信法律一定会保护无辜的人，我没有错，为什么要被惩罚？"

"除了信念，你具体还做过什么？"此时的主持人显然更像一位心理咨询师。

"我前所未有地意识到人的重要、钱的重要。前者，是人的安全、健康，是两人的情感；后者是做好职业规划，只有工作才能让我平静，只有事业的进阶才能救我于水火、免于困顿。我开始理财，不再大手大脚；我最拿手的就是写，我四处寻找适合我的作品发表、稿费又高的地方……"曾文文坐回高脚凳，用倒叙的方式，规划如何解决眼前的艰难。仿佛这一切都是过去式，她只是在回忆。

鲁小力到家后，曾文文给他看了一张表，将家庭的支出、收入，能从哪里开源，能从哪儿节流，全部列了出来。她竟然动了房子的主意，603 室是复式，闲置的房间她打算租出去，租金一千五百元肯定没问题，如果能成真，那就可以以房养房了。欠银行的一百多万，落实到每个月其实不过就那三千元房贷，租金加上小两口的公积金就足够了。

在开源那块儿，曾文文将有联系的报纸杂志、稿费、联系人、稿件要求、刊发频次一一标明。她打算用五年时间，靠自己的一支笔，把那四十三万首付挣回来。

鲁小力放下表，若有所思。他下意识地滑动了鼠标，显示屏亮。网页显示豆瓣同城租房，曾文文玩真的了；再打开一份未关的文档，是她写的稿子，标题是《一张人生的高脚凳》，是这几天她在家玩的自愈游戏。

鲁小力滚动着鼠标上方的小齿轮，将稿子从头拉到尾。专业人士看专业作品，只需一分钟。但他趿着满脚是泥的鞋，坐在那里发呆足有一刻钟。一刻钟后，他开始脱外套，外套是抵达成都时随便走进一家服装店，放下钱拿上就走的；再脱 T 恤，迷彩的，志愿者送他的，他自己的那件早扔了。有一晚，他无床可睡，在汶川的手术台上蜷了一夜，醒来发现浑身沾满伤残者的血，不能穿了；裤子是防水的，一位老兵分他的，他的背包里还有那位老兵送他的其他东西——野外生存用的水壶、打火机、医药包……

全部脱完，鲁小力把它们一股脑扔进储物间，不想再看见，不想再提起，不想它们出现。

拧卫生间的水龙头，往右，不出水；往左，这回对了。鲁小力离开半个月，很多事都记不清了，包括官司。或许，生命中有更重大的事儿与己有关，官司都算不上什么了。

往映秀走的那段路，余震不断。水在山上，水和山间有一条小路，军人、记者、救灾人员、志愿者就在小路上艰难前行。间或有巨石从山上滚落，连带着整个山体滑坡。一路行，一路险，有人走到半路就哭爹喊娘，撤回成都，撤回北京。

如果说，鲁小力出发时还带着建功立业的心，那么，走进震中映秀，听见遍地"救命"，一日比一日声音微弱，站在地面毫无办法，满眼破败，满眼是失亲、失伴的同物种，那点儿私心早变成人对自然的无力、人对自然的恐惧。

房子、钱、郝仁、邹丽，都去他的吧——只要活着。他捧一把自来水，扑在脸上。

但愿人长久。

十二

半年后。

曾文文勤奋地打字，她正同时和四位作者在线聊稿子。三个月前，她拿着打印好的七份图书策划案，趁外出培训之际，主动约策划部负责人吃晚饭，现场呈交报告，表决心，争取调到策划部。

朝廷正是用人之际。《于丹〈论语〉感悟》《易中天品三国》横空出世，激起各大古籍出版社谋发展、求突破的渴望。年轻人只要流露出一些野心，只要展示和野心匹配的努力，甚至只是个态度，机会就会有。而曾文文不过是按她在表中开列的那些职业规划，逐步推进。

同事敏敏正对着电脑看电子报，她喃喃念出声："有人说，地震造成的心理创伤分三层，第一层，是身体、财产直接受到损害的灾民；第二层，是亲临现场，目睹灾难场景的工作人员；第三层，是通过媒体间接接触灾难的广大群众。"

她坐曾文文对面，拿鼠标敲桌子，提醒她："报上说的对吗？你家老鲁有心理受创吗？"

曾文文坚持把字打完，和作者一一交代清楚后，才长长叹口气，开腔："这心理创伤啊，我看还有2.5层，介乎于广大群众和亲临现场者之间的亲临者家属，比如我。有段时间，我哭也不是，笑也不是。哭，他说，你经历过什么你就哭？笑，他说，国事如此，你还笑？总之，家属要承担、消化并帮助排解亲临者的诸多负面情绪，比如悲痛，比如恐惧，比如不安全感。"

"你家鲁小力，七尺的汉子，还恐惧呢？"敏敏面露惊诧。

"当然，"曾文文比画着，摇一只手，"鲁小力经常做噩梦，每次都梦到好好地走在路上，地中间突然裂开一道大缝。缝越来越大，他掉进去，爬不上来，最后只剩一只手在裂缝将合时摇晃着，挣扎着……然后就晃着手，尖叫着醒来。"

连续半年，每隔一周的周三下午，鲁小力都要来这家咖啡厅。咖啡厅位于东城区张自忠路的一个胡同里。某国际公益组织在这里为一些地震的救援者、报道者提供心理治疗援助。

所谓心理治疗，其实就是和同样经历的人在一起做做游戏，吐露吐露心声。主持人是公益组织派来的心理咨询师，他们会针对问题提供解决办法，或者进行疏导，让与会者自己说出答案。

今天的主题是"治愈"，主持人让各位就这一主题谈谈自己一念之间想到的事。

"鲁老师，您先说说吧！"主持人点起了名。

鲁小力正出神，他清清嗓子："地震的治愈，我现在还没有什么感觉，但我明显觉得，经历了地震，我原来生活的烦恼被治愈了。"

众人挑起眉毛看他，心理咨询师示意鲁小力继续说。于是，鲁小力说起立水桥北的房子官司，说起他地震前后的变化。

"我一度怀疑是不是命运在跟我开玩笑。我想过什么都不要了，逃回老家；也想过申请破产，对那只看不见的手投降。可地震来了，我就想，跟他们干呗！没什么好埋怨的，在灾区看到那么多人怨天，怨豆腐渣工程，怨房子震没了，还要还贷款……有什么用呢？无济于事啊。

"我现在觉得，人在，就值得庆幸；就事论事，拿出理智态度对待，不再耗在情绪里，"鲁小力眼前浮现出曾文文那张表，"现在二审，我也输了，但我什么都不怕了。这是我理解的治愈。"他用释然的眼光看着心理咨询师。

人散后，鲁小力戴紧帽子，准备从张自忠路的小巷子走出。这时，有人从后面叫他，是刚才围在一起谈治愈的一位同行，"鲁老师，我也住在你说的那个小区，一起走吧。"

一轮新月爬在前段祺瑞执政府的红灯笼上。

到处是堵得水泄不通的车，两人一路走一路聊，一同挤进地铁五号线，把在灾区共同认识的人聊完。同行问鲁小力，有没有想过让媒体报道下他房子的事儿。

"想过，不过没想好。毕竟，我的事太小了。"鲁小力答。

同行叫李勇，是某都市报跑房地产口的记者。去灾区也属于临时抽调，现在，他又回了原部门。"二手房买卖过程中骗局不少，关于程序出现的漏洞，您的经历是我至今为止听到的最集中、最典型的。说不定，报道一下能推进相关法条的修订呢。"

"兄弟，谢谢你，我回去把相关的资料发你看看。"在各种气味弥漫的车厢里，在推来搡去的人潮中，鲁小力伸出手来狠狠握住对方。

剩下的时间，鲁小力聊着，也在思考着。他看到了希望，又不敢太抱希望。从接到传票起，这一年，世态炎凉，人情冷暖，他尝了不少。好几个朋友，他自认为是贴心的，刚听到官司的前半段就匆忙结束谈话，从此消失不见。后来才知道，人家是怕他借钱。包打听和掮客他也见了不少，上一次有人主动提出救助时，第一句话是帮忙，第二句话就是开价："给我二十万活动经费，我来运作，但不能保证一定找到关键的人。"

"立水桥到了，到站的乘客请下车。"哗啦啦，站台拥挤成一团，车厢空了一半。鲁小力和李勇被人流裹挟着推出地铁站口。

华灯初上，人一撮一撮往东西南北分流，公交车、出租车、黑车、小三轮像簸箕似的撮走他们。过天桥时，穿过贴膜的、卖花的、卖煮玉米的小贩儿，李勇对鲁小力感慨："听了你的故事，再回到立水桥北，我有种感觉，这里是北京，这里是亚洲最大的社区，这里是无数从全国各地跑来首都、扎根过日子的年轻人的第一站。他们大多出身于普通家庭，不富有，也不算穷；他们怀揣理想，愿意奋斗；有清晰的阶层上升计划，一开始只买得起相对便宜的房子；他们以为会成为这个城市的一员，其实这里不是他们的城。"

"不是他们，是我们。"鲁小力答，两人走下天桥的楼梯。

"打车，打车，北二、北三区的？十块钱一位。"天桥这端的黑车司机喊着价，围住他俩。

十三

一则新闻，让老字号出版社《无话不谈》节目持续了一个半小时。新闻是关于二手房交易的，主角分别是鲁某、郝某和邹某，发生地在北京立水桥北某小区。新闻之所以引起热议，标题起了大作用——北京二手房交易惊现漏洞。

一时间，人人自危。刘大姐拿着自制肉包，敏敏拿着鸡蛋灌饼，牛总编喝着豆浆。印制焦叔想点烟看看众人没敢点，还有几个新编辑束手束脚，腼腆地边笑边附和。全程不说话的只有曾文文，她默默地啃着黑麦面包。

几乎每个人都提供了观点、案例。刘大姐的外甥卖了望京的房后买了朝阳公园附近的，过户时，房主反悔了。"可就半个月，房价涨起来了，我外甥拿着卖房的款，根本买不回以前的房！"刘大姐嘴里含着肉馅，愤愤然。

牛总编呷一口豆浆说："你这算什么，好歹钱还在自己手里。

我战友在郊区买了套别墅，还没搬进去呢，发现是贪官的赃产，贪官进去了，财产冻结，别墅等着拍卖，猴年马月，钱才能拿回来。"

"哎呀！"众人唏嘘、叹息。

像收获掌声般收获完大家的反应后，牛总编突然想起什么来，扭头问啃面包的曾文文："小曾，记得去年你家房子也出官司了？后来怎么样？"

众人目光齐聚曾文文身上，她一惊，赶紧喝口水，把刚到嗓子眼儿的面包咽下，堆上不想多谈的笑："没事了，没事了，我们的事没新闻上说的那么复杂。"

10点，《无话不谈》节目完。10点半，鲁小力电话到。他说，他下午要去建委一趟，是建委主动联系他的，派了位法律顾问跟他谈。至于原因，李勇的那篇报道看来奏效了。

"是啊，网络时代，关乎民生的事总是传得满天飞，我们办公室都讨论一个多小时了。"曾文文挂断电话，改线上和鲁小力交流。她多少次见到一些同事议论不在现场的同事，她可不想成为他们议论的中心。

"这期专栏文章我想写'为什么只愿和陌生人敞开心扉'。"和鲁小力聊完，曾文文马上向编辑小方报选题。

上次鲁小力没和曾文文商量，就把《一张人生的高脚凳》推荐给了报社负责副刊的同事小方。当时，正好有合适的版面就顺手发了，没想到，公共邮箱里收到一百多封读者来信、读后感。有心的小方又去曾文文的博客翻了翻她过去的文章，感觉不错，于是，力邀曾文文在报纸上开专栏，为曾文文的写作之路助了大力。

写作有收入，符合曾文文的理财规划。写稿更是一种自我修复，比如刚才比面包还难咽的"是我是我就是我这么倒霉"的心声，就全靠把故事在纸上和盘托出才能疏解、消散。

整个上午曾文文都在做一本书稿的流程表，脑子里构思专栏文章怎么写，眼睛还时不时在门户网站浏览事关她家的新闻。

午饭时间，她在门口"一枝花羊汤"刚坐下，便听见对面桌的一对情侣正讨论那则新闻："听说一个人买房，已经办了过户，房产证还被吊销了！"

"现在除了熟人的、知根知底的房子，谁敢买啊？"声音传来，是后面桌的俩大爷。

她招招手向服务员要菜单。服务员行动迟缓。曾文文掏出手机打开 QQ，头条"北京二手房交易出现漏洞"弹出。另有好多个头像在晃，曾文文点开，是孙鹏。自两年前买房付款时在大街上遇到，他们再无联系，此刻，他发来一个链接，并附上问候："还住立水桥北吗？新闻里的鲁某不是小力吧？"

小方也跳出来了："立水桥北二手房的新闻是说你家吧？这就是你想要对陌生人敞开心扉的事吗？"

还是有聪明人会综合信息啊。

聪明人还包括房客，曾文文把复式房屋的顶层租给了一个中央戏剧学院的研究生。

"姐，新闻里说的是不是你和鲁哥啊？你们官司打输了，我还能继续住吗？之前的房租、押金能退吗？"女研究生犹疑地问。

"不是。"拧开门，迎上她的曾文文面色如常，坚决、肯定地回答。女研究生急着要去"人艺"看话剧，得到答案后，松一口气，喊一声"拜拜"，绝尘而去。

"来自建委那边的消息有两个，一个好，一个坏。你想先听哪个？"天擦黑，鲁小力才到家。

"好的！不，坏的！不，还是先好的吧！"曾文文犯了选择恐惧症。

"好消息是，新闻引起了社会关注，建委很重视。接下来的官司，建委将配合、协助，或者说和我们是利益共同体。"

"坏消息呢？"听完好的，曾文文放下心，但一想到坏的，心又拎起来。

"坏的是，下午我们正在会议室谈话，有工作人员进来说，邹丽在大厅申请过户。"

"什么？"

"是的，二审我们败诉，房产证被吊销。房子判给她，她当然随时能过户。"

"那怎么办？"

"我扭脸就问向我示好的法律顾问，所谓支持和协助体现在哪里？"

"他怎么说？"

"他出去了，再回来时，说阻止了邹丽的过户，理由是目前这房子还在诉讼中，产权不清晰，不予过户。等产权清晰，再择日过户。"

"所以……"曾文文欢快地在房间里转一圈，又回到鲁小力面前，"也不算坏消息，顶多算不好不坏的消息？"

"对！"鲁小力抽动一下嘴角，"如果我是邹丽，一定深受打击。官司打赢了，仍然没拿到房子。因为我们实在无辜，是善意第三人。"

两人携手走进客厅，像皇上拉着皇后登基，至餐桌前就座。

"你觉得邹丽下一步会怎么做？"

"你觉得邹丽下一步会怎么做？"

异口同声。

"我觉得她会崩溃，这暗无天日的等啊！择日，择日，择哪一天？择到哪一天？"曾文文分析。

"既然等会让人崩溃，那我们能做的就是拖，拖到她完全崩溃。"鲁小力食指敲着桌面，像开选题会，制定着战略，"事情到这一步，我们赔得血本无归不可能，我们一分钱不出就想了结也不可能。好吧，拖到她崩溃，让她来找我们和解，到时候，我们就是甲方，她就是乙方了。"

"邹丽提出过和解，她要一百万。"曾文文想起来。

"那不可能。"鲁小力斩钉截铁地否定。

桌上是曾文文给鲁小力留的饭。她先去书房写稿子了，鲁小力拍拍她屁股，问最近收成如何。她努努嘴，餐桌上有一沓未填写取件人姓名、身份证号的汇款单。"收成不错啊！"鲁小力喜见曾文文追随他的步伐，也成为文艺青年中的小算盘。

十四

为过户，邹丽很快起诉建委，一审，二审，官司又打了十个月。

这期间，鲁小力换了律师。高律师和他"政见不合"，希望鲁小力也起诉建委，但鲁小力认为，在他的问题上，建委是有不可推卸的责任，官司打赢的概率较大；但目前，更是可以团结的对象，先一致对外。"外"是邹丽，是想抢他房子、抢他稳定生活的人。

高律师又是威逼，又是利诱："告成功，你能拿到一笔可观的国家赔偿。"他被鲁小力顶回去："别逗了，我是记者，我知道国家赔偿的数额，从申请到得到，过程有多难。"

回立水桥北的地铁上，鲁氏夫妇统一了意见，主要是统一了感觉：高律师想帮他们把官司打赢的意愿低于多打一场官司多挣一笔钱的意愿。

十三号线有一半在地面，地铁往北呼呼开着，阳光透过玻璃窗洒在车座上。曾文文在阳光里把头搁在鲁小力肩膀上，帮他平静下决定："换吧，攘外必先安内。'内'是我们，是以我们为核心的团队，包括律师。"

新律师得来纯属天助。一日，鲁小力在知春路附近的一所大学做讲座。因地震时的一篇报道，鲁小力获得了诸多荣誉。单位、行业都把他定义为专业型记者，专业方向就是灾难报道。一年了，鲁小力一边接受心理治疗，一边处理磨死人的官司，一边在更专业的道路上奔跑。写论文，参加各种论坛，做各种讲座，回访灾区；继续报道各种灾难，海啸、泥石流、洪水，哪里有灾，哪里有他。

他在讲台上，摁着PPT翻页器，一帧一帧图片，配合着他的解说，以及报道中的文本分析。台下的人全神贯注，频频点头。

一位法学院的老师旁听了讲座，也参加了讲座后的饭局。他挨着鲁小力坐，自我介绍姓陆。一开始只是泛泛地聊，当得知陆老师的来头，鲁小力邀他出去抽根烟，用十分钟讲清楚了自己的官司。他还打开手机，搜到李勇参与报道的新闻，问陆老师有何看法，有没有相熟的律师推荐。

陆老师表示，这条新闻他知道，没想到能遇到事件的当事人。他拍了拍鲁小力的肩，把称呼变成"小力"："小力啊，这么说，你这一两年经历了很多事啊。"

鲁小力苦笑着摇头，一副曾经沧海的无奈。

"我回去研究一下，如果方便，把资料发我邮箱，我看一下。"两人回到包厢前，陆老师叮嘱鲁小力。

郝仁和邹丽的离婚案卷宗、一审卷宗、二审卷宗……曾文文早将各种资料编号、汇总、打包成压缩文件。当晚，由鲁小力投放给陆老师。

鲁小力也在网上搜了搜陆老师的基本情况，陆老师除了是法学教授，兼职做律师也有模有样。小两口在家里商量，如果能争取到大律师的加入，或许事情就有转机了呢？

此时，鲁小力已不像一年多前对官司的结局那么提心吊胆、紧张迫切，它就像颈椎痛，是真痛，但一时半会儿也不要命。感觉要命了，就做点儿按摩，控制一下；可曾文文一天比一天着急，理由是，她想生孩子，她的生活可以横根刺，偶尔痛，但这刺不能阻挡她正常的人生秩序。

尤其，曾文文和编辑小方配合默契。从那张大报流传出去的她的文章，被全国各大报纸杂志转载，已有好几个同行来打听她的文章是否可以合集出版。事业上的起色，让她越发希望家庭那部分也跟上来。她不止一次地向鲁小力提出，去做孕前检查，别避孕了，都被鲁小力挡回去："官司未定，何以为家？"

这天晚上，给陆老师发送完资料，他俩又辩论起来。正方曾文文，反方鲁小力。几个回合下来，正方纠结于"为什么不行""穷人家就不能生孩子了""事情就不能有转机了"，反方就一句话："在现有财产状况下，如果能多出五万专项资金，就生孩子。"

"现有的财产状况？"正方问。

反方向正方一一道来，每月如何拿正方的工资及稿费过日子，如何处心积虑拿他的工资及婚礼收的份子钱做理财，如何拿房租及公积金还房贷……目前有多少钱，可能花多少律师费，如果邹丽提出庭外和解，他的心理底线是多少，还差多少，能向谁借……

正方不吭声了，看得出，反方为这个家殚精竭虑，呕心沥血。她只得默默进屋写稿子去了。

过一会儿，反方走进卧室找正方，眉开眼笑地通知她："陆老师愿意接咱们的官司，他刚才回信息了！"

反方手机上的信息更是吸引了正方："小力，除了对你的同情，我更多是对官司感兴趣。巧合、集中、典型，该案的推进，或许可以改进二手房交易的一些漏洞，也算做了一件大功德事。"

正方电脑上的字儿也吸引了反方。曾文文将电脑桌面改成一片黑，正中央两个红色大字挤满了他们的眼睛，它们是：五万！

十五

陆老师，不，陆律师接手时，邹丽已经起诉建委，要求过户。对于这桩官司，他提前给鲁氏夫妇打了预防针，建委的胜算很小，唯一的意义是，时间拖得越久，越能达成理想的和解。

"邹丽再泼皮无赖，毕竟一个女人带一个孩子，'拖'最致命。"陆律师的话印证了鲁小力之前的战略正确。

建委也确实"拖"了十个月，不是主观的拖，是客观的。邹丽要过户，程序上不算完全合理，她是天津户口，房子是经济适用房，非北京户口无权过户。

经过一审、二审，法院最后还是判了邹丽赢，结局意料之中。陆律师建议鲁小力，起诉郝仁和邹丽夫妇。

他们坐在知春路的一家茶馆，李勇作为嘉宾列席参加。

"起诉郝仁和邹丽？"

"是的，"陆律师点头，"起诉他们以及中介公司，因郝仁和邹丽的离婚诉讼导致你在买房子的过程中利益被损害，而中介公司审查不严，也要负连带责任。你请求法院解除原房屋买卖合同，让郝仁和邹丽赔你首付款，让中介公司赔偿中介费。唯有如此，才能将和邹丽之间的产权官司变成债权官司。"

"那如果诉讼过程中，邹丽拿着法院裁定书过户成功，拿到房产证了呢？"鲁小力最大的担心莫过于此。

"届时我们将申请查封。"陆律师的专业给了鲁小力莫大的勇气。

那就继续打吧。两年来，鲁小力经历的都显示在他的眼睛里，是眼神中一种叫坚定的东西。沉不住气的是曾文文，自从树立五万生育基金的目标，在五年挣回四十三万外，她又自我加压。春节期间，双方父母都来到他们在北京的小家，可除了大年初一一起出去看了场庙会，她就忙得没空下楼。鲁小力问她在忙什么，她秘而不宣。只见她又在电脑上做表，表内密密麻麻填着人名、单位、电话，还时不时翻一下手机通讯录，时不时在各大电商网站上查阅图书销售榜。

两个月后，曾文文回家宣布了两桩喜事——

其一，她策划的一本书获奖了，是那家老字号出版社二十年来第一次获国家奖。内容关于警察，选题就是那晚她去报警的路上想出来的。刚才路过立水桥北派出所，她还特地进去送给那天接待她的民警一本样书。

民警那张慈厚的脸上竟泛出腼腆的笑，曾文文把想说的话都写在书的扉页上了："谢谢那个深夜你送我回家。是警车的灯，温暖我，鼓励我，我整晚没有再做噩梦。"

其二，她个人的第一本书，即将出版，合同就在她手上。

两件事的核心都是钱，社里给她的奖金五千元；合同约定，首印稿费一万五千元。

这时鲁小力才知道，整个春节曾文文都在忙什么，她把这些年来写的文章分类编好，把目录、样张、营销文案准备好，分成几个资料包；向她费心搜罗来的、和她文章类型一致的全国四十家出版单位的相关责任人精准投放。

"我当时想，总有一家能看上我吧？没有人看上，就说明我写得不好。那也无所谓，等于我拜了所有码头，收获了最专业的意见，回家继续练功呗。"曾文文坦言心路。

事情就是那么顺利，4月10日，曾文文投给第三个出版单位。4月12日，该单位负责人给她回消息，我们签约吧。

"看，我很快就存够生育基金了吧！"4月15日，曾文文左手扬着合同，右手扬着五十张百元人民币，得意又嘚瑟。

曾文文的鼻头有一颗痣，笑起来，像蛋糕上的草莓，晃悠悠，让人老想对准那个点。鲁小力努力对准那个点，不忍心打断她，但还是打断了："对不起，文文，邹丽告建委二审赢了，我们输了。"

"这我知道啊，咱们不是接着起诉了吗？"

"我刚和陆律师通完电话，建委的人也和我聊过了，这几天邹丽就能过户成功，拿到房产证。"

曾文文手里捏着合同和钱，鲁小力拜倒在她的石榴裙下，安慰她："别担心，明天，我就去和陆律师商量下一步怎么办。我们还有最后一条路，申请查封。"

还是在知春路，还是在那家茶馆，还是陆律师、鲁小力、李勇。

"现在要逼郝仁出现。"陆律师制订方案。

"怎么逼？"

"告诉他家里人。如果不出来，就直接起诉他诈骗，拖上他，让他和邹丽去撕。三方坐下来谈和解，郝仁的介入也会平摊一下你们和解的成本，比如邹丽如果要五十万，是不是能让郝仁付一半？在此之前，按原计划申请法院查封54号楼603，这样，邹丽就不能随意买卖。"

鲁小力不住地点头，李勇在一旁记录着，他打算结案后，为上次的新闻做个追踪报道。刻不容缓，箭在弦上，陆律师马上吩咐助理去办。

还是鲁小力和李勇搭伴回立水桥。穿过卖花的，穿过煮玉米的，穿过贴膜的，李勇笑着说："我如果是你，现在就给邹丽打个电话，别让她那么好过。"

鲁小力额头泛起一片白霜，是刚才的汗搋汗凝成了盐，他说李勇提醒得对。过了天桥，他让李勇先走，自己一个人站在桥下，摸出手机打电话。

邹丽听到鲁小力的声音有点儿惊讶，以为能过户成功，房产证终于可以写上她的大名；听到还有"查封"这一说，有可能还要由她来掏解除合同的首付款，就更惊讶了。

鲁小力想起当初邹丽给他的威胁来电，此刻口气如同复制她的："等着吧，等着法院通知你吧！我早说了，想玩，我们就玩到底。"

他挂断邹丽的电话，接着给郝仁的父亲打。对于郝父，鲁小力心情一直复杂，既觉得是害他的人，又觉得其实也是受害者。郝父每次联系鲁小力，口气中的哀求都让鲁小力有代入感，万一有一天，他也有一个像郝仁似的儿子，是不是也得这么低三下四，为之赔礼道歉呢？鲁小力又不免想到自己的老父亲，以及在灾区遇到的那些父母，唉，可怜天下父母心。所以，他对郝父的态度就比对邹丽温和些。但温和并不意味着更改决定，他通知到位，晓以利害。郝父诚惶诚恐，发誓这次定尽全力，挖地三尺也要把郝仁找出来。

十六

查封手续还没办理清楚，邹丽就主动来示好了。郝父是不是一直在扮猪吃老虎，没人知晓，只知道最后关头的威胁起了作用。和解当日，郝仁出现在立水桥北刚建好的新法院，三方陆续进入调解室。

"鲁记者，好久不见。"郝仁还是那副胡同串子大大咧咧的模样，大裤衩，横条纹 T 恤，手不停地拨着额前浮夸的自来卷。

调解前，郝父约鲁小力吃了个饭，替儿子探了口风。鲁小力明确三点：一、郝仁必须站在他这边，促成和解；二、必须将邹丽提出来的价压到最低；三、必须承担邹丽提出的和解款中的一部分。对此，郝父都应下了。李勇报道的新闻对郝家造成了很坏的影响，街坊邻里、郝仁停薪留职的单位综合信息后都猜出是他家的事，如果这次郝仁再被告诈骗，甭管最后结果如何，对郝仁的未来都只有坏，没有好。

"你应该对我说声抱歉吧？"在调解室，仇人相见，分外眼红，鲁小力看着郝仁。

"买我的房子，算你倒霉。"郝仁的混蛋逻辑一般人不懂，他并不觉得自己有错，腿还在桌子下抖啊抖。

"混蛋！"邹丽把鲁小力心里的话喊了出来，她推门进来，正迎向郝仁。骂完，唾一口吐沫，对着鲁小力坐。打了这么久的官司，当事三方才第一次见齐。郝父说邹丽像明星孙俪，但她比孙俪脸大，颧骨突出得多，看得出美过。如今，脸上的斑清晰可见，两鬓有几根白发，脸上写着生活的折磨。

郝仁站起来，隔着桌子还想打邹丽，被调解员拦下。他直乱叫："贱货，你把我儿子弄哪里去了！"调解员干脆喊："肃静！这是法庭！"两人才各自消停，全场才安静。鲁小力像看一场闹剧，想起曾文文，心底一阵温柔：我们永远不会这样。

调解共花了四个小时。邹丽开始要一百万，鲁小力直接告诉她，不可能。她自动降价到八十万，鲁小力还到四十万，邹丽不答应。鲁小力冲郝仁抽动一下嘴角，问："你能承担四十万吗？你能我就能。"郝仁掏出烟，还没点上，就被调解员用眼神制止。他手指夹着烟，冷笑地看前妻："你他妈的想钱想疯了吧？不可能！"

沉默，僵持，博弈，调停。

最后，鲁小力总结谈话："我当时付了首付四十三万，就按这个价格做和解款吧。"

郝仁说："我同意，但我声明，我就十万块钱，多了一分钱也不会出的。邹丽，你看着办吧，过了这村没这店，今天谈不成，下次我可能连十万都没有了。"

邹丽想必是了解前夫的，她问调解员能不能给支烟，调解员否定了。她悻悻低头，思考一会儿，抬头仇恨地看看前夫，用仇恨的余光扫扫鲁小力，答应了。

鲁小力长长舒了一口气。郝仁也配合地作松气状。像三年前，在建委过户时做的那样。

调解书当场出，三人签字画押。调解员宣布，调解成功。三年事，就此画上句号。

当天晚上，鲁小力回到家，瘫在沙发上，对曾文文总结，真是打了一场恶仗。

　　戏剧学院的女研究生自复式楼梯上缓缓下来，拿着本绿色封面的书，笑眯眯走向曾文文："文文姐，我同学听说你是这本书的作者，还是我的房东，一定让我替他要个签名。"

　　曾文文麻溜地签上自己的笔名，笑眯眯还回去。女研究生上楼了，她回头看鲁小力，已经睡着了。

　　小两口花两周时间把各种理财、存折中的钱倒腾出来凑够三十三万，用皮筋五个一组、五个一组绑好放在灰色摄影包里，约邹丽、郝仁银行见。

　　法院派了一名审判员跟着，郝仁和邹丽自始至终没给对方好脸色，鲁小力自始至终握着破摄影包的带子，曾文文自始至终瞧着他。

　　银行柜台的验钞机翻滚着钞票，唰唰唰，红色人民币在机器运动下像一朵花。三十三万全部滚完，邹丽从柜台接过一本存折，脸上又惊又喜又有些不敢置信。她打开存折，仔细看上面的数字，两只眼像吐出两只舌头，鬓边的白发滋着毛。

　　鲁小力胡噜胡噜脸，一拥曾文文的肩，"走吧"。曾文文努努嘴，示意鲁小力看邹丽，邹丽已蜷缩在柜台下捏着存折哭起来。郝仁在一边看笑话似的看着他的前妻。

　　鲁小力一阵反胃，如果不是房子的事儿，他一辈子都不会和这样的人发生关系，现在终于摆脱关系。不知为何，曾文文却在一瞬间对邹丽有些同情和谅解。

　　他俩带着空空的摄影包离开银行，身后是继续算账的郝仁和邹丽。

　　"总有一天，我会把这些写出来。关于这三年，关于立水桥北，关于灾和难，关于我的、我们的，真正的成长。"

站在车站，等"9"字头公交车，曾文文发誓。

"明天开始吃叶酸吧。"鲁小力挤出一个笑，是这三年第一次舒心的笑。

十七

孩子两岁多时，鲁小力和曾文文搬离了立水桥北。两辆大货车拉着家当，上了桥，威风凛凛地进城。

鲁小力的房产证早已恢复，他还换了份工作，要坐班，每天打卡，穿得像房地产经纪。他也确实在一家房地产起家的公司负责影视工作，他想把地震时发生的事儿拍成电影。吴向亮啊，裂开的缝啊，机场的老兵啊，山和水啊，滚下的石头啊，仍在他的梦魂中。

他很少再回立水桥北。曾文文倒是去过一次，是去昌平一个和法律相关的单位做讲座。该单位的团委邀请她，让她从作家的角度谈谈年轻人的成长。她去得太早，和邀请她的几位同志聊了起来。

"我和你们打过交道，不过是别的方式。"曾文文聊起当年的案子。

对方交换了一下眼神，正中间的那位，踌躇一会儿，试探着问："曾老师，我们先后发现几起夫妻联合诈骗，与你经历的类似，不知你后来有没有追踪过那家人，也许也是夫妻联合诈骗呢？"

曾文文觉得寒毛直竖。

带着寒气，她做完讲座。

晚上，鲁小力下班回家，洗手，洗脸，和孩子亲亲抱抱，曾文文则旁敲侧击地说起夫妻联合诈骗。

"是不是夫妻联合诈骗，如今还有什么意义吗？"鲁小力提都不想提当年，"我只想过好现在的日子，至于其他，就让它随风去吧。"

是的，随风去吧。

唯一的好消息是，从此，北京二手房的交易，过户当场即生效。这样避免了漏洞的产生，避免有人因此出现新烦恼。

可是，有谁知道前因后果、来龙去脉呢？一对小人物，一对异乡来北京发展、发誓要好好活下去的年轻夫妻，在其中的惊慌失措、挣扎、奋斗、成长、自愈、直面、解决的故事呢？

只有那年的立水桥。

亲爸后爸

上

前年秋天的一个晚上，我和孟磊在簋街吃小龙虾。

三巡未过，孟磊已看了七回手机，他穿穿脱脱塑料手套，每脱下一次，机灵的服务员就立马奉上一双新的。我不禁停下剥壳的手，等孟磊第七次放下手机，火药味十足地埋怨道："好不容易出来吃顿饭，你忙，就先走吧。"

孟磊与我结婚七年了。我以写作为生，他在海淀区一家三甲医院做医生，我们的孩子贝贝今年五岁。家里四世同堂，孟磊的父母、姥姥早从西安老家来到北京，与我们住在相邻的两个小区，彼此照应。

孟磊笑笑，第八次戴上手套。

"没什么事，但琦琦，今天，我们确实要早点儿回家。"

"怎么了？"

"妈说，他们在收拾行李，过两天要和姥姥一起回西安，今晚早点儿把贝贝接回去。"

"哦，他们怎么突然想起要回西安？"我喃喃念着，加快手上和嘴上的速度。

"马上就要七月半了，他们陪姥姥回西安给两个姥爷上坟。"孟磊又拧开一只鲜红小龙虾的头，百忙之中，白了我一眼，意思是我白做了这么多年他媳妇。

"说起来，我一直没搞清楚，你家为什么有两个姥爷，为什么你妈还愿意给另一个爸上坟？姥姥快九十了，为什么要不远千里，如此折腾？"我的问题一连串。

"说来话长，年代久远。"手机屏又亮了，孟磊欲言又止，又一次脱下手套。

"行了，别吃了，走吧，路上跟我说。"我制止了服务员再一次奉上新手套的动作，示意买单、打包。

吹着北京农历七月的风，一路向西，秋意浓，我听了以下的故事——

1. 大辫子的诱惑

1951 年，于小梅十九岁，是上海铁路局徐州段一家医院的护士。

那时的小梅，给人印象最深的是她茂盛的黑发，上班时，鼓鼓囊囊盘起来，紧紧张张塞在护士帽里；下班后，梳成两条油光水滑的大辫子，辫梢垂在衬衫第二粒纽扣处，一说话，她发育良好的胸脯就微微起伏，带着辫梢随之微动。

不夸张地说，小梅是医院的院花。

多少病人难忘怀，她蒙着洁白口罩的小圆脸，一双清澈的眼，笑意像要随时倾泻出眼眶。

1951 年的秋天，铁路局有个给青年员工的机会，去北京培训两个月，小梅所在的医院推荐了她。在这个培训班，小梅遇见了一位姓司马的年轻人。

司马，祖籍新疆，在兰州的铁路部门工作，头发略卷，肤色略白，眼窝很深，高高大大。小梅初见他时，需仰视，后来熟了，日渐亲密，踮起脚，伸出手，指甲刚好能碰到他的下巴。

司马比小梅大几岁，看得出，他有熠熠生辉的政治前途。培训班一开始，他就代表全体学员发言，之后，他作为班长，组织活动、督促学习、展开讨论，每次讨论都能说到点子上，总比别人看得更远一些。

一句话：司马是个有领导力的人。

一句话：小梅对他一见钟情。

噢，不，是互相一见钟情。

司马第一次发言，小梅就被他迷住了。只见他全程脱稿，口若悬河，手势恰到好处，全场掌声雷动。"我们院长也不过如此吧。"小梅暗暗赞叹。学员坐了四排，小梅在第一排，掌声最热烈的是她，巴掌拍得最红的也是她。

接着，是周末舞会。司马站在舞池中央，建议男学员邀请女学员。女学员们不好意思，你推我，我推你，脸都冲着地板，弄得男学员也扭捏、局促起来。只有小梅的目光和司马是平视的，不畏惧，没抗拒。于是，司马一马当先，朝小梅走过去，说："那就我先来吧！"他伸出手，小梅落落大方站起来，也伸出手……

培训结束，小梅的组织评价一栏填着：积极配合班长的工作。配合啥呢？就从配合完成开场舞开始。

至于司马，对小梅的好感早在开场舞前、配合工作前。

报到完，几位先来的新学员就在培训地宿舍楼前简陋的篮球场上过球瘾。司马个子高、技术好，处处占优势，他奔跑、躲让、弹跳、投掷，得中一球。一回头，却发现有位队友被其他队员冲撞在地，一倒不起，少顷，嘴唇发白，面色灰暗，竟然小便失禁，把球裤都弄湿了。大家手足无措之际，是路过的小梅冲过来，边按压做心肺复苏，边指挥包括司马在内的众人，联系急救……

那一刻，小梅跪着，印着单位名称的背包搁在地上，显然，和他们是一起来培训的，还没办理入住。小梅一条大辫子的辫梢随起伏的胸脯微动，另一条则刮擦着地面，沾染上了尘土。等惊险一幕过去，倒下的那位缓过气，医院的人也抬着担架赶到。小梅仰起涨得通红的小圆脸，拾起背包，掸掸土，匆匆而去。她不知道，一旁忙着协调的司马，百忙中，不忘对她的背影留下深情一瞥，此后，那两条大辫子的辫梢，一直刮擦着司马的心，令他整夜起伏。

两个月，六十一天，含一个大月。参观，学习，讨论，总结；两次出游，分别去了景山和天坛；每周末有舞会，诸多工作需配合，朝夕相伴，越走越近，却谁也没捅破那层窗户纸。

直到培训结束，司马送走了全班同学；他和每个同学都进行了站台挥手告别仪式，招呼每个人去兰州玩，除了小梅。送小梅时，司马在一派团结的气氛中，声音紧张，表情严肃，态度活泼，他问："小梅同志，你想过去兰州工作吗？"

小梅没回答他，低着头，脸冲着站台的地。

隔着车窗，他们交换了通信地址。司马站在窗外，小梅探出头来。

车开了，像所有电影中所有车站情侣的分别，司马跟着车慢走、快跑，摇着手，喊着"再见"，看着车渐行渐远。

很快，小梅发现没必要留地址，因为，当她拉开背包拉链想要找什么东西时，看见了一封信。那是司马悄悄塞在她背包里的。

信的开头是：我亲密的战友于小梅同志，我们可以有两种生活，政治生活和爱情生活……

结尾还是那句：你想过来兰州工作吗?

车窗外，北方的秋天，天正蓝，云正白，广袤的华北平原上，夕阳如一枚鸭蛋黄，远远挂着，红油汪在幸福的圆中。

那封信，小梅也就读了一百遍吧。等指甲掐出一道白印似的月牙儿爬上天，小梅就着火车在轨道上的嘎吱嘎吱声，找出纸、笔，给司马回信。

"我亲密的战友司马奋强，我们的两种生活是融在一起的，我想起你，就鼓起勇气……"

辫梢刮擦着信纸，小梅在信中约会司马：下一个节日，在徐州见；下下个节日，在兰州见。

他们恋爱了。

2. 介绍信

一年，一百七十七封信。常常发出信，就接到信。两个人都成了邮递员的好朋友。

一年，只要能在一起的假期，他们就排除万难，待在一起。

　　1952 年的夏天，小梅和司马谈婚论嫁，调动的事儿也提上日程。都好办，毕竟在一个系统里，毕竟都是业务骨干，毕竟有对口的单位愿意接收，毕竟小梅的父母通情达理——只要司马人好，女儿远嫁也不怕。事情决定了，两边一起努力，筹备婚事，向组织汇报。只等一张介绍信，有了介绍信，就可以拿着去领结婚证；关键的人都打过招呼了，有结婚证，就下调令。

　　喜糖由司马准备，床上用品由小梅家包办。新房就是司马在单位的宿舍，原来是两人间，照顾他结婚，室友提前一个月搬走了。新的水瓶、新的痰盂、新的镜子……每一天，司马都像燕子衔泥一样往小窝里衔回点儿什么，而小梅如蚂蚁搬家，每隔一段时间，就拜托顺路顺车的朋友，往兰州带点儿什么。

　　1953 年的元旦，是小梅和司马大喜的日子。小梅提前请好婚假，从徐州出发，前往兰州，背包里是她的嫁衣。除此之外，她还带了两床新被子，一床被面红，一床被面绿。"红男绿女，红男绿女"，临行前，小梅的母亲叮嘱了她两遍，千万别弄错了，新婚之夜，红的给司马盖，绿的留给小梅自己。

　　司马在兰州火车站接小梅。车门开，他接过装被子的大包袱，包袱皮是一床印着牡丹花的旧床单，最上方打个十字结，像个包子。小梅只拎一个印着"××铁路医院"的背包，她蹦下车，两条大辫子从前甩到后，从后甩到前，辫梢特地绑了红纱系的蝴蝶结。

　　"真像一个新娘子！"走进宿舍，司马放下大包袱，摸着蝴蝶结。小梅踮起脚，伸出手，指甲够到他的下巴，司马的下巴上一片淡淡的青，是为迎接她，起早刮的。

　　贴双喜，铺铺盖。自行车、缝纫机摆在屋子里最显眼的位置，是新家最值钱的家当。对了，还有一块男式手表，是几乎花光小梅所有积蓄，专门托人从上海买来，用嫁衣小心包裹，带到兰州的。现在，它套在新郎官手腕上。

接下来的几天，每天都有人来看新娘子，每天都有人来帮忙布置。他们一口一个"司马家的"，叫得小梅脸红心热。有妇女主动要求在婚礼前一天，把儿子送来压床；也有受过司马接济的，带着自家做的吃的喝的。

12月27日晚，送走一拨客人，司马再把小梅送回招待所。路上，小梅踢着石子，终于忍不住问："介绍信开下来没？我们什么时候去登记？"

一位熟人经过，司马冲他打招呼，小梅也跟着微笑、点头。熟人走过去，小梅把话茬儿拉回来，司马见躲不过，拉她胳膊："别在这儿说，咱回去说。"

回到招待所，小梅追着问介绍信。司马先是坐在床沿儿，拍拍浆洗得有些发硬的洁白床单，示意她坐下。他再站起来，双手握住小梅的双肩，目光恳切地直视她。他想让她相信，这事儿他一定能解决，希望再给他些时间。

"出了什么问题吗？"小梅仰起小圆脸，一脸茫然。

"是有点儿问题。"司马的表情复杂。

"你之前告诉我，是管开介绍信的领导出差了，等来了再开，来了就能开。"小梅有些着急，胸口起伏，声音发颤。

司马不知怎么和小梅说，他放开小梅的肩膀，又坐回床沿儿，挨着小梅坐，他的左手和小梅的右手十指相扣，可小梅没空儿享受这沉默的缠绵。她挣脱司马热乎乎、有些发汗的手，用力推他的左胳膊，有些烦乱地问："究竟出了什么事？"

　　推了好几下，司马才长舒一口气，对小梅说："你是不是有个叔叔……去了东北？"

　　"好像有一个，没见过，和全家都没联系，大概是死了，没人知道他的下落。"小梅更茫然了。

　　"这次因为我们的婚事，组织上对你全家进行审查，发现你有个叔叔在张作霖手下干过，还是奉军的一个头目……"司马没再说下去，他看见小梅眼中逐渐升腾起的恐慌，像一层雾，听到她喃喃自语："不可能！不可能！不可能！"

　　"你知道，我是我们单位重点培养对象，所以组织在政治审查上就会更苛刻些……但你不要担心，"司马又抓住小梅的手，十指相扣，不让她挣脱，"这事儿，我来解决，你放心，给我点儿时间……领导真出差了，等他回来，我一定能把介绍信开出来。"

　　小梅的脸是木然的，她需要很长一段时间消化这件事。一个从未见过、只听说过、在她脑海里毫无存在感的叔叔，隔着时间的长河，隔着千山万水，怎么就影响到她的生活了？而且，在徐州都没审查出的事儿，为什么在兰州审出来了？

　　1952年12月27日夜，冬风刮了一夜，没有月亮。招待所的窗外，枯树枝伸向天空，像要争取一线生机。

　　司马怕小梅想不通，想不开，没有离开。

3. 话梅糖的味道

　　司马坚持婚礼照常进行，每天向小梅说十遍："这事儿，我来解决。"

　　他每天给小梅打十针强心剂，药都是一样的："生米煮成熟饭，领导出差回来，也不能说什么。"

"可是你的前途呢？"小梅还是有些担心。

"应该不会……我来解决。"司马脸上闪过一丝犹疑，被小梅敏感地捕捉到。

"如果最终介绍信还是开不出来呢？"小梅再将一军。

"我说了，我来解决。"勇敢的司马战胜了优柔寡断的司马，将那一丝犹疑很快藏起。

婚礼照常进行。

元旦当天，闹洞房的人挤得司马的宿舍水泄不通。床上，红被子放左边，绿被子放右边，花生、枣、桂圆、瓜子，象征性地每样撒一点儿，撒在红绿被子周边。

新房的墙上挂着毛主席像，以及司马得过的各种奖状。窗户、水瓶、痰盂上贴着大红的喜字，喜糖摆在盘子里，盘子搁在小方桌上。新郎官的手腕上戴着一块崭新的手表，新娘子穿着红棉袄，两条油光水滑的大辫子垂在棉袄第二粒纽扣处，辫梢绑着红色蝴蝶结，两个人的胸口都别着大红花。他们拜了三拜，弯腰、立正、再弯腰、再立正。小梅的蝴蝶结一抖一抖，"哐"，最后一拜，小梅的头撞上司马的，她疼出眼泪。众人哈哈大笑，笑声中，有人窃窃私语："司马家的，怎么不爱笑啊？"

直到婚假休完，司马的领导出差回来，介绍信还是没有开到。随着归期渐近，几次，小梅想问司马，情况怎么样了；几次，又咽回去。几次，她半夜醒来，见枕边无人，四处去找，却发现司马披着工作服，在门口抽烟。一天夜里，门口天寒地冻，砖瓦结构的平房和平房间有一片空地，积雪如画布，一盏昏黄的灯将司马的影子拉得极长，印在布上。小梅半坐着，隔着木窗，正对着那影子，眼泪流到嘴巴里。

　　婚假休完了，小梅又发电报到徐州，硬请了几天病假。病假也休完了，实在没理由待，她开始收拾行李。

　　司马往她包里塞喜糖，嘱咐小梅回去散给同事。其他一些土特产：一包百合、一条本地产的烟带给岳父岳母，一袋茶叶送给姐姐一家，一个小瓜留着车上自己吃。他一样一样安排着，还像在北京培训时，是所有人的老大哥。收拾到最后，立在一边的小梅没忍住，她似火山爆发，忽有洪荒之力，推开一米八几、壮得如牛一般的司马，冲向床边的柜子，把印着牡丹花的旧床单翻出来，往床上一铺，再两手扯着绿被子的四角，往旧床单中间一撂。她边抹眼泪，边打十字结，像包一个没多少馅儿的包子。司马问她："你这是干什么？"小梅哭得上气不接下气，等哭完，情绪平复了，她才抽噎着说："红男绿女，红男绿女。红的，留给你；绿的，我带走，等什么时候，你把介绍信开下来了，我们正式结婚登记了，红被子和绿被子，再合在一起。"

　　司马乘火车把小梅送回家，一进巷口，他们就被左邻右舍围着问："办过婚礼啦？姑爷一表人才啊！什么时候抱大胖儿子？快要去兰州了吧？"稍后，他们和亲戚们喝着回门酒，听到的问题类似，给答案的态度也类似：含含糊糊、支支吾吾。

　　三天后，司马离开徐州。又是雪天，车站，铁轨躺在一片白中，兀自伸向远方，像一段未知的前途。小梅自始至终只在上次整理被子时爆发过一次，她站在绿皮火车下，睫毛沾着雪。司马从车窗伸出手想拍她的小圆脸，但够不着。司马挤出一个笑，小梅回他一个笑；司马刚想说些什么，被小梅阻止了，她点点头："我放心，你能解决。"

此去一年，司马来徐州探亲五次，小梅再没去过兰州。信来信往，倒和从前一样。常去司马单位的邮递员是个胖子，姓王。王胖子每次给司马送信，都不忘问一句："司马，嫂子啥时候调过来？一定是工作太忙了。"一次，司马接过信，王胖子惊呼："司马，你抬头纹都长出来了！"

小梅的信已改寄到家里，每次收发信件，都通过母亲转交。躲过同事的七嘴八舌，躲不过母亲的殷殷关切。关切有千万种表达方式，但千言万语都围绕着"司马信里提到调令的事没"。

关于迟迟未来的调令，小梅和司马准备了种种理由，包括医院有紧急任务，非小梅参加不可；司马有政治学习，过了这几个月再说；徐州这边不放，还要做院长的思想工作；兰州那边有名额，但司马有同事，家里更困难，两地分居更久，他们把调动的机会先给了别人，正在排队……

1954年年初，司马又来徐州看小梅，距上次探亲仅一个月。这次，他是出差顺路，只在徐州停留几个小时。他事先没通知小梅，先去了小梅家，得知小梅今天是夜班，转身去了铁路医院。

晚上11点，小梅茂盛的黑发盘起来，塞得护士帽鼓鼓囊囊。她从病房走廊的一头走向另一头，走廊尽头是穿着铁路制服、高高大大的司马。已经值了几天班的小梅头昏脑涨，没提防，撞上司马，撞进他怀里，她"哎哟"一声，刚想说"对不起"，没料到对面的人捉着她的手，用指甲碰她的下巴。小梅本能地踢打，待反应过来，惊喜地尖叫，用另一只手狠狠捶了司马一拳："你怎么来了！"

他们走到医院僻静的一角，令小梅惊喜的，除了司马的到来，还有他带来的消息。司马说，他已经放弃对现任领导的希望，他谈过、冲动过、辩解过、被刁难过，事情都没有实质性的进展……所以，他已忙着自己的调动。

"你调动？"小梅不解，含着一块糖，说话含混不清。糖是司马从兜里掏出来，亲手剥了糖纸，塞进她嘴里的。

"是的，我调走。"司马笃定地点头。

司马解释，现单位好几个人等着提干，他是焦点人物之一，管理难免严格些。他的一个好朋友在青海的兄弟单位，远是远了点儿，想来小梅也不会介意的。朋友管开介绍信，只要能调动成功，就能开出介绍信，到时候，"我们就可以去领结婚证"。这是他能想到的唯一的万全之计。

"青海？条件会很艰苦吧？"小梅心疼地看着司马。

"不怕，现在国家要修青藏铁路，正是缺人的时候。"司马眼中燃烧着温暖的小火焰。

时间紧张，他边说边把兜里的糖都掏出来，放进小梅护士服的口袋。他又打开随身携带的包，有四分之一个酱肘子、两只蝴蝶结发卡。他刚从北京开完会回来。"还记得，那会儿，去景山，咱们拿刀割着酱肘子卷大饼野餐……"

"哈哈哈"，两人同时迸出一阵笑。那次郊游，作为南方人的小梅根本不懂这种北方才有的粗放吃法。当时，是司马为她割肉、司马为她卷饼，这是他们之间最愉快的时光——因为暧昧。这也是自1952年12月27日以来，两人唯一一次露出发自肺腑的笑。

"我要走了，"司马凝视着他的新娘，摸摸小梅乌黑的鬓角、几缕从护士帽中挣脱出的倔强青丝，"等我的好消息！"

他挥挥手，消失在医院大门口，路灯把他的背影拉得很长很长。目送着司马走远，小梅嘴里的糖还没化，是硬的水果糖，话梅味。

许多年后，小梅每每想起司马，就会有生理反应。舌尖甜甜酸酸，是话梅糖的味道，之后甜越来越淡，酸越来越明显，酸从舌尖横着蔓延到整个口腔，竖着贯穿食道，连接胃部，一阵痉挛。

那时，站在铁路医院门口，吹着风的小护士于小梅，还不知道，此后几十年，她和司马奋强之间再无交集。

中

周末的晚上，请远离东直门和西直门。

孟磊开了一个多小时的车，停停走走，喇叭按了无数次，最堵的地方简直寸步难移。

雍和岸边两堤柳，我们看了有十分钟；凯德 mall 近在眼前，远在天边，伙同另外两座状如修女戴着披巾的楼，像"西直门三姐妹"等待我们的朝圣，总也靠近不了，只能虔诚祈祷。

小梅就是孟磊的姥姥——我婆婆的母亲。

我坐在副驾，听孟磊说小梅和司马的故事，唏嘘不已。孟磊说累了，抓起矿泉水瓶，拧开盖子，猛灌一口水。

我清清嗓子，问："司马就是第一个姥爷吧？他和姥姥其实一生没有领结婚证，只算初恋？他们后来一直没开出介绍信吗？你姥爷和姥姥怎么认识的？姥姥又怎么和司马接上头的？是司马生前，还是身后？"

"不，司马姥爷是我的第二个姥爷，是我妈的后爸。"孟磊把瓶盖拧好，手又放回方向盘。

我有点儿弄不懂了，用我的理解为它翻译了一遍："司马是小梅的第二任丈夫？所以，小梅正式结婚的第一个人姓孟？"

"姓孙，我是我姥爷的外孙。你傻啊，我跟我爷爷姓孟。"孟磊转过脸，扔给我一个嫌弃的眼神。

"稍等，我盘盘。"我有点儿乱。

1. 亲爱巷

1954 年春节前，司马和小梅通过一次电话。

在电话局，话务员帮小梅接通司马单位的线路。小梅握着黑色话筒，闲话几句家常后，低声问："调去青海的事儿怎么样了？"

司马说："出了点儿状况，单位不放，现在看，没有想象的那么简单。"他在电话中沉默了一会儿，接着，两人在沉默中僵持。小梅嘴里的甜变得有些酸，酸越来越明显，胃部随情绪波动，一阵痉挛。等司马邀请小梅去兰州过年时，小梅拒绝了。也许是等待的时间太长；也许是希望、失望，屡次反复，不断叠加，失望变成了绝望；更也许是小梅想起司马当初脸上闪过的那丝犹疑，她先挂了电话。

过了几天，母亲问小梅："今年春节，是司马来徐州呢，还是你去兰州？"小梅没作声，母亲再问，两地分居的事，司马究竟怎么打算？话语中，母亲难免埋怨司马几句，小梅避而不答，转身离去。

半夜，母亲起来小解，听到小梅屋里沉闷的哭声。她循声而去，发现小梅埋在被子里；她掀开被子，看见小梅咬着枕巾的一角哭，枕巾已经半湿。

一年多来，小梅的内心藏着一个天大的秘密。同事、邻居、亲戚、家人，闲言碎语、关心、问候、各种遮掩，都伴随一通电话宣告彻底地崩溃。没等母亲问为什么，小梅就扑倒在她怀里，有些气愤地说："妈，其实，我和司马，没领成结婚证！"

灯火通明，母亲把父亲揪起来，一家人紧急开会。关于叔叔是奉军头目、在张作霖手下做过事的说法，他们也才知道不久——形势确实越来越紧张了。事实上，之后几十年，也没人明白，这究竟是传闻，还是有实证；究竟是同名的同乡，还确实是叔叔本人……总之，莫须有，像一只黑手，冷不丁探进他们的生活，无情揉捏，肆意玩弄。

1954 的春天特别冷，司马寄走的信有一摞，王胖子很久没看到小梅在信封上娟秀的字迹了。司马不是文人，不知道"枕前发尽千般愿，要休且待青山烂"的敦煌曲子词，但以实际行动践行了。每封信，他都在诉说自己又做了哪些努力、找了哪些人，无论发生什么，哪怕铁轨锈穿，哪怕公职不要了，他都会和小梅在一起。但小梅像人间蒸发了似的，再没回复他任何消息。

农历三月初三，司马风尘仆仆地来到徐州。在小梅家巷口，碰到邻居，司马热情地打着招呼，问邻居见到小梅没？邻居一脸诧异地回答："小梅，不是走了吗？"

半小时后，司马又出现在巷口，他被曾经的岳母请出门外。小梅的母亲关门时，一脸抱歉，却又一脸坚决，感叹地说："司马，小梅等不起，她嫁到西安去了。"

她还把小梅没有拆封的一大沓信还给司马，以显示小梅的决绝。

"可是我把介绍信开出来了！我调工作就为开介绍信啊！我们可以去领结婚证了！"司马从包里翻出介绍信，抖动着。

门已经关上了。

小梅家住的巷子叫亲爱巷。据说，以前这里的人刁蛮无理，政府想让大家相亲相爱，就改了这个名。1995 年，司马和小梅一道回去过，旧地重游，满头白发的司马指着亲爱巷的路牌，向小梅回忆当年自己离开时的狼狈："深一脚，浅一脚，雨后道路泥泞，我在这里摔了一跤，大衣、鞋、裤子、袜子上，都是泥，我的怀里抱着你不看的信，手里攥着介绍信。"

小梅的母亲留给司马唯一的线索是：西安。

司马万念俱灰地回到兰州，没多久，去了青海。几年后，他娶了远房表妹，组织家庭，生儿育女。20 世纪 70 年代，司马携全家调动到西安铁路局下属的一家被服厂任厂长。经多方打听，他得知位于城南的那所铁路医院里，有一个姓于的护士，同事们都叫她"小梅姐"。于小梅，江苏徐州人。丈夫姓孙，在西安站工作。夫妻俩有四个孩子，一个女孩、三个男孩。

2. 交集

司马四处托人打听小梅的下落，小梅自然有所觉察。医院的同事，和司马认识、去城南铁路医院看过病、被小梅服务过的病人，乃至小梅的邻居，只要和司马有过接触、司马向其询问过小梅消息的，转脸，都会和小梅提起——

"被服厂新调来的司马厂长，说以前是你在北京一个培训班的同学呢！"

"看得出，司马厂长很记挂你啊！"

1973 年夏天，小梅第一次听同事说起司马的名字时，吓了一跳。之后，在她脸上就看不到波澜了。每每听到上面那些话，她都不动声色，点点头说："对，司马奋强那时是我们的班长。"

1954 年到 1994 年，四十年间，小梅和司马真正意义上，只有一次交集。

那是整个铁路局的年度总结暨表彰大会，后勤部门推荐了司马；医院系统，小梅被选中。

大会在礼堂举行，从主席台往下看，几百号人，乌黑的头和乌黑的头挨着，像打开火柴盒，看排列整齐的火柴们。座位都是事先分好的，某一处是某个下属单位，某一排是具体哪个部门。被表彰的人坐在最前面两排，那些座位的靠背上，都贴着名牌，名牌由毛笔写就。司马被工作人员带到第二排，他从左往右走，一路找着自己的名字。无意间，他看到左四座位上贴着"于小梅"，因为后面跟着其他人，他只能继续往前，不能停下脚步，有老熟人招呼他："司马，这里！这边！"他坐在那一排的右三。

大会在欢腾的气氛中举行，照例是领导发言，然后先进个人代表发言。

小梅是代表之一，这一年，她四十一岁。短发齐颊，一侧头发垂在腮边，一侧别在耳后。圆脸依旧，只是比过去的圆大些，毕竟中年。

小梅的发言是平实的，除了感谢铁路局和医院领导，感谢同事，主要谈她亲历的两件事，也是被表彰的核心事件。一件，她在回乡探亲的火车上，为忽然破羊水的产妇接生，情况十分危急，最后，在她的救治下，母子平安；另一件，某县麻风病盛行，各地医院都抽调医务人员前去支援，她如何第一个报名，又如何带领团队，历尽千难万险，圆满完成任务。

台下的人都被她说得热泪盈眶。

司马掏出手帕擦眼泪，他把正方形的手帕摊开，对折成长方形，按在自己的深眼窝上，留下对称的两片湿。等他松开手帕，小梅已经在热烈的掌声中走下台，同一排的人都站起来争相和她握手。司马一米八几的个儿在一众人中格外显眼，他挤开人群，来到小梅面前，伸出手说："于小梅同志，祝贺你，我是被服厂的司马奋强！"

小梅愣了愣，脸上挂着一副阔别已久的表情，刚蜻蜓点水般和他碰了碰指尖，手就被其他激动的听众抓住。

戴大红花的环节，司马和小梅同台，当然，同台的有二十多人，从台的这头排到那头。铁路局的一把手为每个人颁发奖状，主持人，也是局里广播电台的播音员，用高昂的声音倡导全场起立，为受表彰者鼓掌。

1995 年，司马和小梅一起去徐州亲爱巷访旧时，都提到了这一幕的心理活动。恍惚、感慨，不约而同都在台上想到，"我们一起戴过两次大红花"，一次在兰州婚礼，另一次在西安表彰大会上。

但这想法在小梅的脑海中，只是一闪而过。

那天，小梅的丈夫孙福成也在场，他在台下第七列第三排，和车站的员工们坐在一起。孙福成是公认的苦出身，山东人，逃荒到了西安。一开始，他在铁轨边捡煤渣为生，后来，到站里做司炉工。上班，就是一锹一锹添煤，下班时，只有牙齿是白的。再后来，他从临时工转成正式工，从客运转去货运，"文革"后，提了货运部主任。孙福成踏实肯干、愿吃亏、爱学习，工友们都服他，大家都亲切地喊他"老孙"。

女娲造人时，像拿了一支毛笔，在老孙的脸上用浓墨点了两个点，又认真地写了一笔"一"。老孙的两道眉毛短而浓，胡子卧蚕似的，卧在唇色极深的嘴上，他嘴一咧，两个眼角就堆起幸福的小褶子。

小梅在台上发言时，无疑，车站货运部门爆出的掌声最热烈。大红花让小梅瞬间失神，与受表彰代表一一握手的一把手又把小梅迅速拉回现实。一把手成为一把手前，做过老孙的领导，他有亮堂堂的额头、亮堂堂的嗓门，他摇一摇小梅的手，开玩笑地说，以后要给小梅和老孙单设一个奖，就叫"比翼双飞好夫妻奖"，左右两边的人都笑了。

1995 年，小梅在亲爱巷巷口回忆，表彰大会开完的那个晚上，回到家，老孙在小方桌上为她摆上小酒盅。四个孩子团团围在桌前，老孙做了几个素菜，开了个罐头，还蒸了碗鸡蛋。嫩黄的鸡蛋呈圆形，老孙拿一枚竹片小心将蛋划成十二等分，一人两分，他的没吃，十二分之一给妻子，十二分之一给女儿孙敏。儿子们不服气，老孙把眼角堆满褶子，呵呵笑说："今天双喜临门，妈妈受表彰，姐姐上大学以来，第一次回家探亲。再说了，咱们家，男的要让着女的。"

司马吸吸鼻子，对应回馈了那晚他家的情况。

他和表妹生了三个孩子，一儿两女，长子与小梅的次子同龄，小女儿刚上初一。这天，小女儿放学回来，见爸爸在家，热烈地想和爸爸说点儿啥，可司马一脸落寞，词不达意，问几句才回一句。表妹以为司马累了，把小女儿轰走，说："让爸爸好好吃口饭，别打扰爸爸。"

"都挺好的，"司马承认，但他有执念，"那些年，我就是想找个机会告诉你，介绍信开出来了。想问你，知道吗？"

"不知道，我妈没说……为人父母，我能理解她。"小梅第一千零一遍回答他。

小梅母亲没说的还有小梅写给司马的信，共计三封：一封为那天挂电话道歉，一封问事情的进度，一封说有什么难处，两人一起担。在亲爱巷，小梅和司马回忆当年时，发现司马一封也没有收到。是了，定是小梅前脚投到邮筒，后脚就被母亲等着邮递员来，强行撤走。

1980 年，司马和小梅还有过一次不算交集的交集。

一个秋日，司马负责给各单位发最新的被服，他在名单中，发现城南铁路医院来领取被服的负责人是于小梅。中午，他特地回家，换了一件新衬衫，下午，城南铁路医院来人，不是小梅。

"我故意不去的，请了假，换了别的同事，"六十多岁的小梅表情上闪回当年，一脸没必要的神态，"都挺好的。"

3. 求婚

小梅的四个孩子各有各的出息，其中长女孙敏，女承母业。上山下乡时，孙敏做过赤脚医生，曾用脚丈量过苗寨。她拍过一幅照片，照片中，她穿苗族便装，拖两条大辫子，斜挎着标红十字符号的药箱，蹲在一条小河旁，一只手扬起水，另一只手还在水里；照片旁有一行白色小字：广阔天地炼红心。

这张照片，寄回家后，被老孙用木板和玻璃镶了个框，挂在家里最显眼处。

1977年恢复高考，孙敏考上北京的大学，学临床医学。毕业后，她回到母亲工作的铁路医院上班，外号"高蛋白"，因为皮肤白，白里透红的白。"看起来就好健康噢"，见过孙敏的人都这么说。

孙敏于1982年生下孟磊。1994年，孟磊读小学五年级，最爱他的姥爷孙福成去世。

一家两代，好几口人，都在铁路系统工作；老孙人缘又好，他的葬礼极尽哀荣。老孙死于恶性肿瘤，三年五次手术，该上的手段都上了；该抢救时，一点儿没耽误。因此，老孙去了，家人遗憾，却不愧疚。

老孙的头七刚过，小梅家就来了一位不速之客。

是司马。

小梅家的客厅设着灵堂，老孙的像挂在墙的正中央。那些天，前来悼念的人络绎不绝，老孙的几个孩子，面露凄色，立在一旁。是孙敏的丈夫孟石接待的司马，孟石把司马当作岳父的老同事，和他握手，点燃三支香递过去。司马背已有些驼，他走到老孙的遗像前，深深鞠个躬，再直起身，快走几步，把香插在香炉里，回头问孟石："你们的妈妈呢？"

当地习俗，红白喜事，来访的人都要随份子。孟石以为司马要把份子钱亲手交到岳母手中，便领司马进了里屋。里屋，小梅倚在双人布沙发的一侧，沙发巾是一床旧毛巾被，花色有些模糊。见到司马时，小梅有些恍惚，一时没想起来是谁。出于礼貌的本能，她撑着沙发扶手想站起来，孟石赶紧走过去，搀扶起岳母的左胳膊。司马让小梅不用多礼，好好休息，他将手伸进黑色夹克衫内袋，摸索出一只牛皮纸信封，放到小梅手里，低声说："节哀顺变。过段时间，我再来看你。"再拍拍孟石的肩，道一句"照顾好你妈"，就和大部分来客一样，礼数完成，便走了。

小梅捏着牛皮纸信封，过很久才想起打开，事实上，不是她打开的。她捏了一会儿，放在沙发巾上。负责登记份子钱、前来帮忙的远亲发现了信封，拿起信封前后看了两遍，仍没找到送礼者的姓名，连呼奇怪。接着，远亲打开信封，抖一抖，飘出五张百元人民币，散落在沙发上、地上。五百元在当时是一笔大数，可信封似乎还没抖干净，还装着些什么。远亲掏一掏，掏出一张对折的、泛黄的、质地有些松脆、上面还印着些什么的纸。远亲不敢造次，捡起钱，钱叠在信封上，连同那张对折的纸，交给小梅。

小梅木然将纸展开，双手从慢到快地抖，抖到停不住。

1954 年 4 月开出的结婚介绍信，寥寥数语，油印部分的字体是楷书，钢笔字部分是行书。合起来拼成：兹有我单位司马奋强同志自愿与于小梅同志结婚，请予以接洽审查登记。

稍后，介绍信被颤抖的手抖出手外，落在地上。

一个半月后，老孙的七七结束。司马奋强再次敲开小梅家的门，只有小梅一个人在家。客厅恢复成过日子的常态，老孙的遗像从墙的正中央挪到饭厅一角，像下摆着香炉、一碗、一盘和一双筷子。碗里是面，洒着些葱花、辣子；盘子里是红烧的肉类，看得出家里吃啥，还不忘给老孙留啥。

小梅为司马泡茶时，司马给老孙敬了三炷香。小梅把茶杯端到司马面前，司马忽然意识到他和小梅一对一、面对面，已过去四十年了。

现在，小梅六十二，司马六十五，油光水滑的乌黑大辫子不见了，一米八几的大个子起码缩水五厘米。

司马没喝茶，他把茶杯搁在饭厅的桌上，两人在桌前坐下，沉默了一会儿，司马开口了。

他先是交代这些年的经历，从徐州回兰州，从兰州到青海，再从青海到西安。之后说起现状，表妹去世好几年了，孩子们各自成家，如今，他已是三个小朋友的爷爷和姥爷。最后，他谈到此行的目的："如果你不嫌弃我老……我还能陪你十年。当年，我们就差一张结婚证。"

他断断续续说完，一口喝干杯中茶，额头沁出微微的汗。小梅拿起水瓶，拔掉木塞，将瓶身倾斜，水冲着杯口，流成一条粗线。热水在杯中，升起一道白色雾气，袅袅娜娜，雾气渐散。她将水瓶立正，按上木塞，没抬头，只点头，声音微嘶哑，语气坚定地说："好。"

她握着杯把，把茶杯递过去，司马的手盖上她的手。

司马和小梅告知了各自儿女，很快，领了结婚证。注意，是告知，他们根本就无所谓儿女是否同意，尤其是司马。他的原话是："当年组织不同意，我没办法。现在我什么都不管，我要结婚。"

幸运的是，双方儿女听完故事，都感叹他们的不容易。两家人在一起，摆了一桌家宴，一屋子人，为他们举起祝福的酒杯。

1994年至2004年，司马真的陪了小梅十年。

开头几年，两人身体还不错，旅游是他们生活的主题。他们牵手走遍了祖国大好山川，复习人生履历中每一处停留过的地方。北京的景山、天坛、曾经的培训基地，新疆、青海、甘肃、江苏；火车站、医院、亲爱巷……

他们像要把失去的都弥补回来。

孙敏和他们住在一个大院，在二老的夕阳红旅途中，她还陪过一次。

那是1999年去贵州，孙敏带着丈夫、孩子，和司马、小梅，一家五口，游山玩水，还抽空儿去了她曾插队的村子。

在景点，小梅穿上苗族礼服，满头插着银饰。孙敏则找到当年的河，摆出同样的姿势，蹲在河边，一只手扬起水，另一只手还在水里。老年摄影发烧友司马咔嚓咔嚓按着相机，为她们拍照，回到西安后，再将它们洗出来、装框。孙敏的那张扬水照，就放在"广阔天地炼红心"照片旁。见过的人无不赞其妙，无不感叹时光如水般流逝。

除了孙敏，两家其他子女来往得也不错，一年总有几次，中秋、春节，一大家子聚在一起，在饭店包厢，十二人桌，能开两桌。

司马和小梅在其中的努力，是他们和谐相处的前提。首先，老两口单独住，婚后，司马就搬到小梅家，尽量不麻烦孩子们。其次，他们尊重彼此之前的婚姻，每逢清明、七月半，他们就相携为各自的前夫、前妻上坟；小梅家，老孙的遗像甚至都没摘下来。

2004年春，司马在离休干部例行体检中，发现胸部有个肿块；继续检查，确诊为淋巴癌。手术后，他出院，没回小梅家，被在华县工作的儿子接走。司马对孙敏说："你妈命苦，我不能再让她眼睁睁地看着第二个男人走，我就不回去啦。"

从此，司马和小梅恢复到年轻时两地分居的生活状态，只靠鸿雁传书，维系感情。

鸿雁就是孟磊。

2004年，孟磊在西安交通大学医学院读大四。周末，他总往来于西安和华县之间，替小梅和司马送信、带话、捎东西，他喊司马叫"司马姥爷"。

司马在病床上支了张折叠小桌，看书、吃饭、写信都靠它。一次，孟磊去看司马，将小梅的信递给他。司马戴上眼镜，拿起笔，认认真真地在信封上标上数字"282"，再拆开。孟磊大奇，问司马："这数字有什么特殊含义？"司马笑呵呵地解释，他和小梅年轻时通信，就习惯标上数，他还记得，他在第一百七十六封信中求婚，小梅在第一百七十七封信中答应。

信封上的数字没标到"300"，司马就不行了。他的儿子火速将他送回西安，救护车上，司马停止了呼吸。

消息瞒不过小梅，但家人不让她去司马的追悼会。她没坚持，只是让孟磊带了一样东西去追悼会，此外，订了只花圈。

司马和老孙一样，是铁路局的老人，徒弟、下属、同事、领导、邻里、故交，枝枝蔓蔓，追悼会肃穆、盛大。一些人知道司马和小梅的故事，另一些人通过一些人得知。小梅送来的花圈朴实无华，但挽联的落款催人泪下，赫然印着两个字：老妻。

"老了才成为他的妻子？"

"是一个年老的妻子？"

遗体告别的队伍往前蠕动，排队的人们窃窃私语猜测着。

轮到孟磊告别，他弯下腰，从随身的包中掏出一对鲜红的结婚证。司马在鲜花的簇拥中，平躺着，像熟睡般安详。孟磊将结婚证插进司马衬衫的口袋，轻轻道："司马姥爷，姥姥说，当年就差这一对结婚证，就让它们陪你一起去吧。"

司马的白衬衫很薄，红色结婚证透过他胸前的口袋，清晰可见。所有经过他的人，都看见了。

仪式完毕，在场所有纸质的祭奠品都焚烧了，包括那只写着"老妻"的花圈。

结婚证随司马的遗体火化。

下

路况喜人，过了西直门，我和孟磊的车一马平川，一路狂奔。

孟磊去隔壁小区接孩子，我先回家拾掇。北京的街头，风中如拍了花露水，自带凉意，树叶一片接一片地落在我的脚前。我默默走着，心里只有一个声音，我要写它，写那对结婚证；我要写他们，写司马和小梅。

等不及到家，我就给孟磊发微信。孟磊过了会儿才回："写吧，我刚问了妈，她说，姥姥和司马姥爷的故事，比她看过的任何电影、电视都感人，我想，她会乐于看到你写出来。"

我松了口气，从现在开始盼着婆婆和姥姥回来，当面聊，会有更多未知的细节。

1.红被子、绿被子

怀远的石榴个儿大、皮儿薄、颗粒饱满，剥出来，盛在玻璃碗中，像一捧闪闪发光的红宝石。

　　我剥了一碗，递给婆婆。

　　这是 2018 年的国庆假期，下午 2 点，姥姥午休未起，其他人各有各的理由不在，客厅只剩我和婆婆。

　　婆婆家，俨然是标准的退休知识分子之家。客厅隔成两部分，左边，摆着茶几、沙发、电视机，电视墙呈淡绿色，竹叶似的花纹凸起如浮雕，绿植让空间充满活力。右边布置成小书房，宽大书桌上，搁着几本书法教材、数支毛笔、一摞宣纸；书桌后，是一排书柜，除了书，还有些摆设。

　　边吃石榴，我边和婆婆闲聊，今天的话题当然是姥姥。

　　婆婆口中，姥姥的母亲在官宦人家长大，而姥姥出生七天就受天主教洗礼，中小学读的都是教会学校，十五岁前接受的教育是洋派的。

　　提及姥姥在过去岁月中，因政治原因带来的磨折，婆婆说："她总像是有心事。性格中，忍的成分居多。小时候，我很少见到她笑。"说到这儿，婆婆倒爽朗地笑了。

　　秋天的阳光从阳台射进客厅，穿过半掩的窗帘，均匀铺在茶几上，零碎洒在玻璃碗的各个棱面。婆婆的头发刚烫染过，一头小黑卷。她的圆脸微胖，一笑，皱纹浮起，一双外科医生的手灵巧白皙。石榴吃完了，她将碗端走，我忙着泡茶。一人握着一个小茶杯，我把话题带进另一茬，谈姥姥和司马姥爷。

　　"我找几件东西给你看。"婆婆走向书柜，按动弹簧门，从书架上取出几本相册和一册旧书，将它们摊在茶几上，我凑过去。

　　"这是……"我对着旧书橙色封面上的"几度夕阳红"五个字发问。

　　"这是琼瑶的小说，写大时代背景下，一对恋人的离合。我

妈和司马叔都很喜欢，读过很多遍，每次读，都要叹息一番。你
要是没读过，也拿回去看看。"

"这是……"

"这是他们 1951 年在北京培训时的照片，也是他们唯一一张
老照片。"婆婆在几本相册中翻了翻，找到一张黑白集体照。她
用指尖为我圈出前排左三、坐着都显得比其他人高大的男子——
"司马叔"；再点一下后排居中、梳辫子、圆圆脸的女生——"我
妈"。

"这是……"

"这都是司马叔和我妈全国各地旅游的照片……"婆婆把一
本相册推到我面前。

"啊，他们真是走了很多地方。"我一页一页翻过去，照片以
姥姥的单人照为主。我不禁感叹，平时总在忙忙忙，对家人关心
太少，对老人们的从前知之甚少。

"司马叔爱好摄影。"婆婆解释，她又站起来从书柜里取出
两个相框，其中一个黑色木框已掉漆。框内的照片均是婆婆，姿
势、地点相同，年龄、拍摄时间有别。她指着新一些的相框道：
"喏，这是我们一起去贵州时，司马叔为我拍的。"

这两张照片，我早就看过，此刻再看，却别有一番感触：
"真难得，你们相处得不错。"我将相框搁在膝头，仔细端详。

"人和人之间也讲缘分，我们两家人，我和司马叔，都很投
缘。"婆婆微笑。

婆婆姐弟成长各阶段的照片、孟磊的照片、姥姥和孙姥爷的
照片……就这样，我们在沙发上，不知不觉翻了一个多小时相册。

其中，一张照片拍于 20 世纪 80 年代末，正红色背景，写着

"结婚三十五周年纪念"。相片中，姥姥穿着米色羊绒衫，戴一串米粒形状的珍珠项链，嘴唇矜持地笑成一个弧状，容貌和婆婆现在几乎一样。姥爷则穿着咖啡色手织毛衣，鬓角已白，眼周笑得堆起褶子。

"其实我爸活着的时候，和我妈感情也很好。"婆婆用指肚摩挲着她父母的影像，轻轻地说。

姥姥房间传来声响。

"姥姥醒了？"我问。

"好像是，我们去看看。"正往屋里走，婆婆忽然拽拽我的衣角，提醒我："我已经告诉她，你想写她，但……毕竟都是些伤心事……"

我忙说："我懂，多余的话我不会说，有啥疑惑的，还是问妈。"

我们走进卧室，瘦削的姥姥坐在临窗的靠椅上。她上身穿一件红色针织开衫，下身着一条灰色长裤，腿上盖着床薄毯，腿边倚着一根褐色木质拐杖。她从红色针织袖管中伸出的手，青筋凸起，头发花白，发量稀疏。那双灵活的大眼告诉我，她的精神依旧矍铄。

我满脸堆笑，快步走近，喊着："姥姥起来啦？"姥姥露出一个只属于长辈的笑，她捏住我的手，与我闲话家常，问贝贝呢？我说，爸和孟磊带她出去玩了。

婆婆走近姥姥，刻意放大嗓门，提高音量，问："要不要去阳台晒晒太阳？"姥姥的耳朵有点儿背。

姥姥点点头，婆婆扶她起来，我正要帮忙，被婆婆拦住："你先在这儿待着，我还有东西给你看。"

她们离开卧室，没多久，婆婆回来了。她径直走向姥姥床边的衣柜，打开白色柜门，喊我的名字。我不明就里，走过去，只见衣柜分上下层，下层是四进抽屉，上层是高约四十厘米的橱子，一床看不出花色的床单包裹着什么，整个把橱子塞满了。婆婆一扯，那床单如幕布落下——

一床红被子叠在一床绿被子上，两床被子，袒露在我面前。我听见了心跳的声音，可我的呼吸像要暂停似的。

"琦琦，你来看这被子。"婆婆和我站在衣柜的两侧，我们的头微微仰着。

缎子被面，光滑、精致，除了红和绿，还有金色。隔着折痕，隐约看出，是一对金鸳鸯。我伸出手，微微碰触它们，又迅速收回，我为我食指上的老茧感到抱歉。

1953 年，于小梅和司马奋强在兰州，没领成结婚证，但婚礼如期举行。探亲假完，于小梅把绿被子背回徐州，红被子留给司马奋强，告诉他，什么时候领成结婚证，什么时候，红被子和绿被子再合在一起。

1994 年，两人再婚，司马搬到小梅家，他背了红被子来，发现床上放着一床绿被子。

"这被子……从西安又带到了北京。"婆婆声音平缓，在我耳边，徐徐道来，如电影旁白。

我腿有点儿软，后退几步，退到姥姥床边，"咚"地坐下。说实话，这一刻，我才能确认，于小梅和司马奋强是真实存在的，他们是旧照片中冻住的前排左三、大高个，后排居中、小圆脸，而阳台上那位耄耋老人千真万确是事件的亲历者，我的女主角，他们对上号了。

2.《结婚证》

一个月后，我带了本杂志去婆婆家，我在杂志第八页折了个角，婆婆打开就能发现那篇名为《结婚证》的文章。文章结尾处，我表述了为什么要写它——

"除了爱情，更打动我的是，时代的车轮总不经心碾轧无辜的人，可故事中的人，没有一个是坏人，没有谁主动伤害谁。他们用自己最大的努力，付出坚守，付出珍重。"

《结婚证》比我想象得更受欢迎。一段时间内，我陆续收到几十家杂志的样刊和转载稿费，常有不同平台的新媒体小编来加我微信，请求授权刊登，微博也时不时有热心读者给我发私信。

"我很喜欢《结婚证》，请问是真的吗？"

"我是一名音频主播，我可以念一念《结婚证》吗？"

我也忘不了它，在多个线下沙龙提到它。

一次，在敦煌图书馆，我给一群中学生讲怎么搜集素材，以《结婚证》为例。讲完故事，还没讲方法论，台下的中学生们已热泪盈眶。

另一次，在上海书展，我有本新书开发布会。记者提问："新书中，您最喜欢哪个故事？"我又举它为例。书展是开放空间，观众走来走去，可那天，观众越来越多，椅子不够用，站着的人围着坐着的人，站着的人围着站着的人。当我说到在婆婆家，看见红被子叠在绿被子上，一位相貌普通的中年男子用食指关节拭泪，而他，不是唯一一个。

这些消息，我都转告了婆婆。从爱护姥姥出发，婆婆只把首发的杂志给姥姥看过。

"姥姥看完，什么反应？"我小心翼翼地问。

"她没说话。"

"哦。"

"很久没说话，"婆婆停了下，"但她把杂志一直放在那儿。"她冲姥姥的床头努努嘴，我趁姥姥晒太阳时去看，果然，姥姥的枕边，躺着那本杂志，一副老花镜搁在上面。

渐渐地，司马和小梅在我的生活中告一段落。《结婚证》只是我写过的众多故事之一，不同的是，原型仍在我的生活里。

转眼，已是2020年。

3月底的一个下午，我正忙着在各种买菜APP上抢青菜，公公忽然给我来了电话。

疫情原因，孟磊所在的医院有新冠肺炎确诊病例，形势紧张，他工作更忙，已经有半个月不在家了。

"琦琦，出大事了。"公公态度慌张。

"是孟磊吗？"我脱口而出，情不自禁，坐正身体，"他确诊了？"想想不对，孟磊没给我消息，怎么会先给他爹消息。

"呸呸呸！"公公骂我乌鸦嘴。

"对，呸呸呸！那是……"我的脑子飞快转了下，"姥姥……又……"疫情对于高龄老人是个坎儿，姥姥前几天在洗手间晕了过去，摔到腰，我们叫了120，现在已经回家。

"你姥姥情况是不好，这次……是你妈。"我公公马上否认。

"怎么了？"我疑惑。

"今天早上，你姥姥精神好点儿，叫你妈进房间，说有话要跟她单独谈……"我公公咽了下口水。

"然后呢？"我着急了。

"你妈从姥姥那儿出来后就一直哭，哭了几个小时，还一边哭，一边喊'爸爸'，不吃不喝，谁劝也不听。"

"姥姥跟她说什么了？是交代后事吗？"

"差不多。你姥姥说，她不一定能撑过今年，有件事一定要告诉你婆婆。"

"什么事？"我急了。

"'你后爸是你亲爸'。"公公像脱水的行者走在沙漠上，艰难地嚼一块干馕。

"后爸是亲爸？"我喃喃重复，待反应过来，半晌说不出话。

3. 亲爸后爸

1954 年 1 月到 4 月，三个多月，发生的事儿，于小梅三十多年都没有消化。

春节前，她在徐州电话局与司马奋强通话，得知司马调动去青海的事有困难，结婚证还是领不成，她主动挂断电话。心痛引起胃痛，于小梅蹲在地上，好一会儿。稍后，她回医院做了检查，发现怀孕已两个多月。

秘密无人分享，于小梅只能一个人在夜里咬着被角哭。

秘密被母亲发现，那个灯火通明的夜、开家庭会议的夜，父母和她约定，过了春节，如果司马还不能带着介绍信来，她就要服从安排，嫁到外地。

这期间，小梅写给司马的信，都被小梅的母亲拦截；司马寄来的信，也都被她封锁。

没有信的日子，小梅整天以泪洗面、心灰意冷，她为司马找了各种理由，太忙或彼此都需要冷静，然而，她的内心却附和着母亲的质疑——

如果司马想娶你，为什么一直不来徐州？一封信也没有？

如果司马不是在意他的前途，为什么不能弃置不顾，辞去公职也要和你在一起？至于拖到现在？

如果司马真的在意他的前途，你现在逼着他娶你，他就算娶了，你这一辈子也是欠他的，你还得起、我们还得起吗？

目前的形势，谁都看不清楚。妈和爸有一天也会自身难保，最好给你找个老实可靠、贫苦出身的，不求有大出息，但求他的苦能罩着你，过上安稳日子。

……

春节很快到来，小梅的肚子慢慢凸起，小梅的母亲在苦口婆心外，开始忙碌起其他的事。

一个湿冷的雨天，她敲开铁路医院院长办公室的门，在感谢院长对小梅的栽培之余，娓娓诉说着女儿的困境和最大的秘密。

院长和小梅母亲同龄，沉吟片刻，她决定为小梅安排流产手术，并表示，如果需要，还可以开一张肝炎的病假条……

但小梅拒绝手术。

与此同时，小梅的姐夫用最快的速度去了趟西安。他的发小姓张，在西安铁路局工作。老张的妹妹是该市城南铁路医院的护士，和丈夫两地分居，想对调到徐州来。老张央小梅的姐夫帮着蹚摸可以对调的人已有一段时间，如果不是小梅和司马早是一对，老张甚至想帮小梅介绍个西安的对象，以成全自己的妹妹。现在，双方都有这个需求，当事人也同意，对调，很快就批了下来。

姐夫和老张握手告别时，还拜托他再做一件事，帮小梅迅速结婚。

关于找个什么样的，小梅只有一个要求，能容下她和她的孩子。

老张在周围扒拉了一圈，最终锁定孙福成。一个山东逃荒来的司炉工，三十岁，还没转正。逃荒路上，死了老婆、孩子，人老实、心地善良，就是穷了点儿，但知根知底，认识好几年了。

老张随信附来孙福成的照片，没有更好的选择，小梅的父母冲姐夫点了头。姐夫再问小梅，小梅把脸偏过一边，看都没看照片。姐夫再看姐姐，姐姐眉毛一皱，示意"就这么着吧"。于是，姐夫在灯下给老张回信，把这事儿给定了下来。

车票、行李、手续都用最快的速度弄完。1954 年，果然如小梅的母亲预言，她和小梅的父亲在单位受到冲击，是姐夫送小梅去的西安，老张和孙福成在西安站接的车。

那天，于小梅进了孙家的门，所谓孙家，只有孙福成一个人。两人面对面无声坐着，终于，于小梅想对孙福成解释一下过往，孙福成拍拍炕沿儿先开口："别说了，我都知道了。我命苦，你也命苦，我们成个家不容易。说起来，我还配不上你，你是医院的正式工。只要你不嫌弃我，以后，你就是我老婆，你生的孩子就是我的孩子，我会一辈子对你们好。"

说完，孙福成就去忙了，还特地为小梅煨了一只猪脚。

马不停蹄，小梅去城南铁路医院报到。

孕期心情抑郁，工作又忙，小梅生产时，整整晚了半个月。

小梅没奶，孙福成千方百计搞到一只羊。

一日，于小梅绑着头巾，披着棉袄，坐在炕上。她拍着襁褓中的孙敏，透过平房窗户，看见孙福成在屋外挤奶。沧海桑田、天翻地覆、造化弄人、随遇而安……一个个成语从天而降，落在她眼前。她把孩子拍睡着了，端详着孩子的脸，轻轻说："咱俩也要一辈子对他好。"

孙福成给孩子起名"敏"，过了很久，小梅才知道，那是他在灾年夭折的女儿的名字。他也确实兑现了诺言，将孙敏视如己出，是那个年代少见的生闺女还要散红鸡蛋的好爸爸。

1971 年，司马奋强四处打听城南铁路医院是不是有个叫于小梅的护士、是不是徐州人、是不是在北京培训过。孙福成和于小梅的生活如齿轮般咬合精准、正常运转，亦如古井水宁静幽深、波澜不惊。

1978 年，表彰大会结束，当晚，于小梅躺在床上，将头斜倚在孙福成的肩膀处，她提起自己见到了司马奋强。孙福成问："谁是司马奋强？"于小梅这才发现，自己从来没有向丈夫提过前男友的名字，于是，她用更准确的词，"小敏的亲爸"。

她明显感觉孙福成的肩和整个右臂顿时僵了。结婚二十四年来，孙福成第一次向她发火，他推开妻子，坐起来，披上衣服，走出门。于小梅问他："你去哪里？"孙福成没理她，于小梅扯件衣服套上，跟着出去，只见孙福成拿着烟袋，坐在平房廊下一只他亲手做的木头板凳上，烟袋锅敲打地面，发出沉闷的声响。

后半夜，孙福成带着一身烟味回来。

他躺下，于小梅没睡，看着他。他浓如墨的眉毛纠结在一起，像个加粗加黑的破折号。于小梅轻声说："对不起。"孙福成重重叹口气道："以后别说这种话了，我就是小敏的亲爹，咱们四个孩子的爹！"

他把头歪向一边，于小梅把他的头掰回来，就算和解了。

1994 年，在亲爱巷漫步时，于小梅对司马奋强提起老孙的好、老孙的执念。

"他不是自私。"于小梅强调。

"当然，我懂。"树叶一片一片地落在司马奋强的皮鞋上，他的目光飘向很远的地方。

"这是他亲手建设的家，像一个堡垒。"于小梅感叹。

从徐州回西安，窗外，一路风景。

夕阳如一枚鸭蛋黄，远远挂着，司马奋强忽然对小梅说，他决定，出于对老孙的感激和尊重，有生之年自己绝不向孙敏主动提起他才是亲生父亲的事。虽然他早就猜到了，无论是孙敏的出生年月，还是她的肤色、轮廓、自来卷都已证明。其实，当年，他也猜到了，所以，才会抱着一定要再见到小梅的决心，调到西安，寻访她的下落。

"你后爸是你亲爸，你亲爸才是你后爸。"八十八岁的于小梅自觉时日无多，用枯柴一样的手握住六十六岁的女儿孙敏交代后事。她气若游丝，说几个字，就要歇一歇："我想了很久，还是觉得要告诉你，因为，你的两个爸爸，都是好人。"

在孙敏的记忆中，有几幕，总也挥不去。

小时候，大概七八岁吧，全家一起去西安长乐公园。当时，她已经有了两个弟弟，但爸爸只把她扛在肩头，弟弟们在后面走。她绑着两个红色蝴蝶结，小辫子在耳边一蹦一蹦。她双手搂着爸爸的脖子，居高临下，不可一世，骄傲得像个公主。

插队时，她和一个同乡的男知青恋爱两年。男知青先回城，渐行渐远渐无书，她为此专门回了趟西安，发现他已和别人出双入对。

事发突然，她整日以泪洗面。起程回贵州的那天，她哭着问爸爸："我以后是不是不会再遇到更好的人了？"爸爸看了她一眼，神色诧异，像把她的话当笑谈："我闺女！怎么会？"瞬间，她也意识到，嗐，天涯何处无芳草，真的是笑谈。

三十多岁时，孙敏的婚姻出现危机，因为婆媳关系。她气急败坏回娘家，机关枪一样"嗒嗒嗒"地说出自己的委屈。爸爸等她说完，拍拍她说："别怕，真的要离婚，我们给你带孩子，你就安心工作。"她扑哧一笑，又觉得，没到那一步，算了。

再往后，是爸爸临终时。

儿辈、孙辈环绕着他，他说，他这辈子知足了，有这么好的一切，都别哭。他长叹一口气，闭上眼。

孙敏当时握着爸爸满是老茧的手，从温暖到冰凉。她迟迟不放，最后，被人强行拉开。

与之对应的几幕，也不断浮现在孙敏眼前。

爸爸灵堂上出现，给爸爸上香的高个儿老头，那是她第一次见到司马叔。

妈妈宣布要再婚时，她起初愕然，听完往事，再去看，有同情，有理解，还有一种说不出的亲切的司马叔。

执意要和他们住得近的司马叔。他们，就是孙敏一家三口。

不摘爸爸遗像的司马叔，陪妈妈去上坟的司马叔。

唯一一次一起去旅游，跑前跑后张罗，一有机会就忙着按快门，提议去她插队的地方走一走的司马叔。

去华县前，佝偻着背叮嘱她，照顾好自己，照顾好妈妈，"我不能再让她眼睁睁地看着第二个男人走，我就不回去啦。"眼神复杂的司马叔。

……

孙敏坐在沙发上，这些画面交错出现，两个爸爸影像交叠。

她号啕时，在别人眼中，六十多岁的她像个孩子。在她心里，她也确实是个孩子，是坐在老孙肩膀上、抱着老孙脖子、两只羊角辫一蹦一蹦的那个孩子。

她锥心地痛，只变成重复的称呼，"爸爸，爸爸"。她说不完整，她其实想说："我想爸爸。"

而于小梅，在房间里睡着了，像要睡一个世纪那么久，十指相扣，放在胸前。

尾声

金桂飘香的9月，我和孟磊在景山闲逛，一粒小石子挡在我面前，我一脚将它踢飞。

疫情最紧张的阶段已过去，但口罩还挂在每个人的脸上。禁足几个月的人们如蜜蜂从蜂巢中放出，嗡嗡嗡一片，四散在各个看起来安全的景点。我和孟磊，趁周末，来公园转转。

自然，转转的不止我们俩。

老老小小。孩子们在前面奔跑，老人们蹬着球鞋，撸着袖子，弓着膝盖，拾级而上。最老的老人坐在轮椅上，对，就是姥姥，她被女儿孙敏——我婆婆推着，顺着骑行的坡道，缓慢前行。她穿一件厚实的红毛衣，在绿树掩映下，一派宁静祥和。几乎无人记起，前不久，她几出几进医院，家人连病危通知书都签过了。

"姥姥的生命力真是强。"我们和他们保持着十米开外的距离，我羡慕地说。

"谁也没想到，她交代完后事，竟又奇迹一般，撑到现在。"孟磊附和。

"姥姥一生不容易，但她遇到了两个好男人。至于妈，亲爸后爸，都很伟大。"

"是啊，"孟磊拿手支着腰，喘着气，"对了，疫情过去，妈说，家里要重新装修下，墙要重粉，洗手间的下水道也老化了。最重要的是，要收拾出一块地方，把两位姥爷的遗像都挂上去，这些日子，她总梦到他们。"

"应该的，应该的。"我依偎着孟磊，沉默良久，又补充了一句，"我们也应该对他们更好点儿。"

孟磊拍拍我的头。

"喂，你们赶上啊！"我公公把贝贝抱起，扛在肩头。他们在前方回转身体，大声喊我们。

我和孟磊疾步向前，孟磊和我拎着大袋小袋，袋子里满是野餐的吃食。

婆婆扶着轮椅的把儿，将轮椅停在半山腰的亭子边，再往上，就只有台阶了。

我和孟磊把野餐布铺好，把酱肘子、卷饼、各种凉菜、酸奶、水果摆了一圈。孩子嘻嘻哈哈坐内圈，大人们坐外圈。

我拿饼卷了肘子肉，用保鲜膜套着，走到婆婆和姥姥身边。

她们正顺着石头护栏从景山往下、往南看。这是北京最好的季节，秋高气爽，天蓝云白，故宫的屋檐像被神笔点过，每一撒都要飞起，琉璃瓦泛着金光，金光连成一片。姥姥正对着那片光，光折回来，映在她脸上，为她镶了一道金边。

姥姥的脸病过后越发小了，口罩有些挂不住。往前数七十年，她面颊鼓鼓，头发紧紧张张地塞在护士帽里，白色口罩上一对笑眼，是铁路医院公认的院花。

而今，她有些孱弱地倚在女儿的胳膊上，看向远方，像回顾一生，又像在思念谁。

向着明亮那方

上

1. 十八岁

向亮十六岁时，迷上电波中的一个声音。

她喜欢的女主播名叫诗莉，大她一轮，南方人，有时兴起，会在节目中唱一段昆曲。

当然，诗莉主持的《天涯咫尺》绝非主打戏曲，那是一档都市情感类节目。听众热线不断，来信五花八门，诗莉反应快，口才佳，嗓音温软，点评中肯。不夸张地说，诗莉是向亮在某些方面的启蒙者，某些方面包括情感态度，包括语言。向亮习惯一边听诗莉，一边做笔记，专记金句。那些句子，让她和同龄人交往时，显得成熟、犀利；那些句子和节目中听来的故事，被她引用在作文和演讲中，频得高分，公认是才女。

十八岁，向亮面临人生第一次抉择，高考。

在中国大部分地区的人眼中，向亮所代表的边疆考生是幸运儿，因为分数线低。

可向亮不这么认为。她迷上艺术太晚，五线小城，突击又找不到合适的老师。比这更糟糕的是，援疆一代的父母，对孩子职业的想象，公务员、会计、教师、医生就是全部，再多，他们就感觉失控了。

高三上学期，向亮第一次提出想报考播音主持专业。
父亲说："听我们的，我们出学费。"
母亲说："听你的，你自己出学费。"
总是吵架的他们，在重大时刻倒是保持恩爱的统一，据说上一次，还是两人结婚时。

向亮识时务，她数了数从小攒到大的压岁钱，共一千四百零八元，不够为爱出走的，只能闭嘴。但她不死心，一个周五，她没去上晚自习，守在电话旁，给《天涯咫尺》拨热线，占线、忙音，拨了三十多次才拨进。导播问清楚向亮的问题，将她切进直播间，终于，她和诗莉面对面了。

"你好！"诗莉悦耳的声音在向亮耳边响起。
"你好！"向亮有些不敢相信，语气怯怯。
"有什么可以帮到你的吗？或者，你有什么故事要和大家分享吗？"诗莉引导她。
"我……"向亮深吸一口气，再将她目前的状况和盘托出。爱好、梦想、现实、父母、地区、自身条件，"我想……可是……我该怎么办？"

诗莉的声音感性，答案一如既往的理性。

几个关键词，频频在她口中出现，"理想的城市""理想的专业""理想的学校"。诗莉说，对于未来的选择，三者合乎三，自然好，条件有限，合乎一，也是一条路。

"你可以'曲线救国'，比如，先去理想的城市，或理想的学校。"

"你可以选择等待，比如，做好多考几次，复读几年的准备。就你目前的情况看，一次性报考成功的可能性不大。"

"你有一辈子的时间去接近你的梦想，不急于一时。"

"一时，只需走性价比最高的路。"

"嗯嗯"，向亮在电波那端，不住点头。

那天，诗莉在节目中，还提起她的过去。

和向亮一样，她也曾有个主播梦，也是非专业出身，甚至，她还在老家做过几年幼儿园老师。如果不是参加当地的业余主持人大赛拿到季军，不是因此凭借一腔热血来到北京，寻找和声音艺术有关的一切工作机会，今天，她根本坐不到主播台前。

"小妹妹，"诗莉鼓励向亮，"你会想清楚走哪条路的。"

节目最后，诗莉送出一首歌，送给向亮，《夜空中最亮的星》，歌手情感充沛地唱："夜空中最亮的星，那仰望的人，心底的孤独和叹息……"

诗莉说，理想也好，目标也罢，就是夜空中那颗星星，顺着光的方向，向着明亮那方，往前走就好了。

歌声中，导播切断向亮的电话，向亮握着话筒，做出决定。

为了三个关键词中的一或二，向亮拼了。

理想的专业暂时达不到，理想的城市和学校也值得奋斗。

何况，它们更合乎父母的期待。

整个高三，诗莉的大照片，都立在向亮的书桌上。

照片是诗莉获"金话筒奖"的那张，向亮从网上找来，下载、打印、镶进相框。学习累了，她就凝视着相框。诗莉的卷发，诗莉的杏眼，诗莉露八颗牙齿标准的笑，她的珍珠项链、真丝白衬衫，都象征着高贵、典雅、知性的成功女性世界，是向亮向往的、茫茫戈壁滩上的女人所没有的。而诗莉手中捧着的话筒状奖杯是金色的，杯身线条流畅，像后冠，向亮总忍不住伸出手摩挲，心里有个小小的声音喊："我想要。"

高考结束，志愿表上，向亮统统填着"北京××大学""首都××大学"。

8月，她收到录取通知书。

9月，她去师大报到。

入学一周，在学校社团招新的"百团大战"中，同学们在林荫道流连。道路两旁挂着各种横幅，长桌连成流水席般，长桌后，各路"团长""副团长"如打了鸡血，喊着诱人的口号推销自个儿。向亮目不斜视，直奔以配音为特色的配音公社；随后，在校广播电台的招募中，她以执着，以努力，以业务本身，应聘成功。

别笑，向亮虽然来自边疆小城，她的业务真的不俗。

在喜欢诗莉的日子里，向亮跟着《天涯咫尺》学普通话，纠正发音。

一度，别人晨读读英语，她读诗，读里尔特。那是诗莉在节目中推荐的，她翻遍小城图书馆终于找到一本。

在着了魔地想学播音主持的那段时间，向亮还无师自通地精准营销起来——

向亮的中学离小城电台仅五百米，戈壁滩的日出早，一到早晨，她就带着晨读材料，在电台旁边的空地大声朗读，希望得到电台工作人员的注意，没想到，真遇到伯乐。高二暑假，她做了两个月暑期工，每个下午在一档少儿节目中，为小朋友讲故事，虽然一次的报酬只够吃顿盒饭，还得是路边摊，但那已是难得的体验和履历了。

拿到师大录取通知书，看到父母脸上绽开的笑时，向亮申请了五百块奖学金。不干吗，她只是听说乌鲁木齐有个播音主持的培训班，培训半个月，不包吃住，要一千五百块学费，奖学金加上压岁钱，正好够她第一次为爱出远门的。

以上故事，在求职、应聘中，总为向亮加分。

在校电台、配音公社参加的活动越来越多，来往的人也越来越专业。向亮认识了一位学长，名叫晓聪，是配音公社的创始人，如今在 FM777 工作，FM777 恰是诗莉所在的频道。

一日，晓聪在朋友圈转了一条消息，《天涯咫尺》招实习生，条件优异者，有机会留下做正式员工。向亮不假思索，秒发微信："晓聪师兄，我想去，我现在就写简历！"

2. 生力军

几天后，晓聪把向亮带到诗莉面前。

这次是真正的面对面。

面试地点在诗莉的办公室，广播大厦第十五层1503室。

向亮出了电梯，就听见心怦怦跳，她在走廊两侧的主持人海报墙上发现诗莉的大幅写真。嘿，正是高考前陪她整年的那张，照片中是诗莉巴掌大的脸，长发中分，发梢处打了几个俏皮的卷，纤纤玉指握住金话筒，贴近话筒的是她的樱唇，微起，露八颗牙，温婉、标准地笑。

过一会儿，向亮推开1503的门，又看到那张照片，它被放得更大，做成了背景墙。

"诗莉老师好！"向亮穿着白衬衫、铅笔裙，为面试，她打扮得像个写字楼的打工人，她向诗莉鞠了半个躬。

"快来！晓聪的师妹，对吗？"诗莉招呼她，态度爽利，比想象中更没架子。

两人交谈了二十五分钟。

诗莉先请向亮介绍下自己的基本情况。

"学思想政治教育的，上过一些播音主持培训班，从高中开始在老家电台实习，上大学以来，一直是校广播电台的负责人，业余热爱配音，是学校配音公社的社长，该公社微博粉丝五万。我个人的粉丝也有两万。"

诗莉歪着头听完，向向亮抛出三个问题。

"一、你怎么得到去老家电台实习的机会？"

"二、你在配音公社具体做什么？"

"三、你了解《天涯咫尺》吗？"

关于一，向亮描述了她十七岁在县电台门口的操场坚持晨读以吸引台长的注意，最终获得去电台主持节目的机会。

关于二，向亮解释，配音公社到他们这一批人，已从学校发展到校外，线下发展到线上，线上的是一档以搞怪著称，以改编名著、名剧著称，发动网友为它们配音，不定期在线上更新的音频节目。

"我配过最具人气的角色是青蛇。"向亮学诗莉海报上露八颗牙的标准笑容。

"我也是非专业出身，我也喜欢配音。"诗莉的卷发垂到锁骨，一荡一荡，带着清香。

关于三，向亮把手机打开，给诗莉看一张图片。图中是一排整整齐齐的笔记本，编着号，垒在寝室书架上，向亮说："我是《天涯咫尺》的忠实听众，不，是您的忠实听众。《天涯咫尺》节目七年来的所有音频，我一期不落，手写，记了二十四本笔记……对这个节目，我非常熟悉，特别有感情。"

诗莉笑了，露八颗牙齿，"满分面试"，她后来告诉晓聪，看到一摞笔记本时，她被打动了。

这时，向亮才说起几年前那通热线电话，"曲线救国"、三个关键词。诗莉画成远山似的眉挑了挑，两眉蹙了蹙，少顷，她做出恍然大悟的样子："啊，你就是那个女孩！"

向亮眼中闪烁着泪花，有种我走了很久才到你面前的感慨。诗莉则很快将惊讶收起，她清清嗓子，问向亮一些细节，剪辑、编稿、导播，技术性的工作是不是都 OK，一周能来几天，工作任务是哪些。

她说一句，向亮"嗯嗯"一句，像当年在热线电话里。

向亮没有辜负机会，很快，她成为实习生中的"战斗机"。

来看数据，半年来，《天涯咫尺》二十六期常规节目，再加暑期、开学、中秋、元旦四期特别节目，外加两次户外直播，向亮独立策划的占六期。独立，意味着，节目从头到尾，她一个人负责找选题，准备文稿，临时客串导播，热线不够了还要扮热心听众主动来电和主播只隔一层玻璃地唠家常。

此外，除了《天涯咫尺》，诗莉还有一档日播节目《诗和远方，一天一趟》，与晓聪共同主持。向亮参与报道的，有全城五十场沙龙，十个艺术家、画家、作家的葬礼，八次巡回全国博物馆的文物大展。

"生力军。"诗莉在小范围总结会上夸向亮。一段时间内，诗莉如果批评一个人，都会拿向亮做比，"作为一个有正式编制的编导、记者……你还不如实习生向亮。"

自然，在诗莉身边，向亮也学习多多，受益多多。

诗莉外表温婉，头发常年卷着，浑身喷一种似有似无的香水，无论前一天加班到几点，第二天都能按约定时间出现。

近距离接触诗莉，向亮才意识到，诗莉的温婉、优雅，或者说柔弱，只是她的一面，她的另一面像一个经纪人，用令人发指的自律，运营产品般运营自己。

诗莉的办公室有一面白板，总是密密麻麻写着待办事项。向亮发现，诗莉如果不能将所有待办项全部画上红钩，就不下班。电台的工作没有那么忙，可诗莉身兼数职，她在松果卫视做《非常接触》的嘉宾主持，在珠穆朗玛有声 APP 开设《诗莉有约》访谈节目，还在三所大学播音系客座教学。同时，她还是一个五岁女孩的母亲，非常重视亲子关系，向亮见过，诗莉百忙之中，还为女儿幼儿园的万圣节派对做购物清单。

因为忙，诗莉总是将时间安排得滴水不漏。

最经典的事例是，一次，诗莉临时救场去另一个城市主持一场发布会，她下飞机，坐在车上，搜索离发布会最近的所谓"最美证件照"照相馆。离发布会还有三小时，诗莉就用这三小时，赶到照相馆，边化妆，边吃东西，化完妆，拍了照，带妆出席活动，圆满完成任务，再搭飞机回北京。落地首都机场，照相馆发来修过的照片，正好有媒体找诗莉要最新的写真海报，诗莉"啪叽"将照片发过去，齐活儿！

更别说那些生活习惯了，不吃精米细面，辛辣油腻一点不碰，每天万步走，是诗莉的常态。据说，十年来，诗莉的体重没变过。诗莉采访过一位港星，该港星的美容秘诀有一条，只用某个温度的水洗脸，从此，诗莉的脸就没蘸过别的温度的水。

"诗莉是升级版向亮，向亮是低配版诗莉"。晓聪和她们俩都熟，一次闲聊，忍不住点评。

就是那次，向亮表达了对诗莉常年不用扬鞭自奋蹄状态的好奇，晓聪向她提起诗莉的前传。

诗莉二十一岁时，正是向亮这个年纪，揣着厂办幼儿园解散买断工龄的三万块，坐了一宿火车到北京，举目无亲，只认识一位参加主持人大赛时为她集训的广院教授，两人在赛后还保持联系。诗莉按信封上的通信地址直接去找那教授，根据她受教育的情况，教授建议她参加成人高考。诗莉便在广院附近租了一间没有暖气的地下室，边打工，边准备考试，每天凌晨 4 点就起床，4 点半，站在广院的路灯下背单词⋯⋯

三年后，诗莉拿到成人大专文凭，积攒了各种声音类兼职的经验，在 FM777 首次面向全社会的招聘中，脱颖而出，千分之八的录取率啊，诗莉是八个幸运儿之一。

在许多人看来，进入 FM777 后的诗莉有如神助。八年来，她拿了一个又一个奖，一次次被评为"大众最喜爱的主播"，结婚、生孩子、深造、评职称，像开推土机般进行。身份越来越多，老师、代言人、国际图书节阅读大使、红丝带公益活动形象大使⋯⋯

死磕到底，无往不胜，是诗莉的标签。

一无所有只有自己，成为自己的司令，是诗莉的做事方式。

半年来，向亮在诗莉手下，发生了巨大改变。

瘦了，肉眼可见的瘦。

快了，速度越来越快，尤其开会、出会议记录时。向亮第一次参加选题会，诗莉随口说了一句，"两军对垒，两个单位合作，谁的会议记录出得快，谁就容易给人留下深刻印象。"向亮把拳头攥紧了，暗暗发誓，她会这么做的。

强准备，向亮在档案室见过《天涯咫尺》节目组建组以来全套的策划案。最初几年，由诗莉手写，她娟秀的笔迹落在纸上，观点清晰、叙述到位。之后的，已是打印稿，是集体策划会的成果，每个人的对话都如实记录下来，看得出，诗莉的创意、判断、决定，尤其在特别节目、大型活动中，是整个节目组的灵魂，事前，她都做了充分的准备。

向亮开始明白声音的秘密是什么。不能只求好听，"要演好听众心中理想的你""每一次，每个不同的场合，人们对你的期待都不一样"，诗莉一语中的，向亮醍醐灌顶。

说到"演好听众心中理想的你"，向亮在 FM777，没什么"演"、面对听众的机会。

她只是个实习生，半年来，仅出过两次声，一次，录一本书的书摘，另一次，念一个嘉宾的简介。但两次机会，已让文艺部的其他三个实习生嫉妒得眼睛红了，这可是 FM777，这可是一姐诗莉的节目。

3.《天涯咫尺》

就在向亮以为日子平稳，路很顺，成为 FM777 的一员，以诗莉为师，做诗莉的下属，指日可待时，诗莉忽然离职了。

事发突然，几乎算事故。

诗莉没有和任何人提前沟通，直接在节目中宣布离职。

节目，还是《天涯咫尺》，那天的主题是"告别"。播完别人的故事，送完寄语，诗莉没按事前准备好的稿子念，她声音哽咽，情绪激动，表示之所以今晚选择"告别"为主题，是她要和听众告别了。

诗莉最后播放的歌曲是《夜空中最亮的星》。

歌声中，她说，她将开始新的人生，从事一份新的，也是有挑战的工作，不仅告别 FM777，还将告别主播间。

当晚，FM777 乱成一团。

电台总监名叫安徒生，和童话泰斗同名，有人看到他在办公室和诗莉交涉长达两小时之久。他坐在转椅上转了七千二百度，他苦口婆心地冲诗莉说着什么，手势纷繁，张牙舞爪。诗莉双手交叉在胸前，一直处于自我保护状态，一副不为所动的样子。安徒生办公室外，八卦的人们纷纷竖起耳朵，听力最好的那位说，诗莉的辞职与副总监竞选的猫腻有关。

"诗莉只能赢，不能输，她怎么可能向空降的李珊珊认输，服李珊珊管呢？"人们讨论着，表示理解。

事情太突然了，以至于向亮在导播间外，半天没有反应过来。

她迟迟没有回校，旁观着安徒生与诗莉的对峙、两人映在玻璃窗上的剪影，听着人们七嘴八舌的议论，心中的石头越来越沉。

大人的世界，远比她想象的复杂。她是冲着诗莉来的，诗莉走了，她还要在这实习吗？还有，以她对诗莉的观察，诗莉许多心里话不会对身边人说，反而会对听众倾诉，诗莉在节目中说："当你意识到在日复一日的重复性劳动中，眼看着自己的激情消磨殆尽，就是要走、要变的时候到了……"一定是她真实的感受。

遥不可及的梦，梦中人竟然放弃了，梦外的人也不禁怀疑，

梦究竟做得值不值得。这真是个沉重的打击。站在四个实习生共
享的灰扑扑的工位旁,穿背带牛仔裤,扎纺锤式马尾辫的大三女
生向亮搂着粉色印 HelloKitty 图案的电脑包,对周遭的声响充耳
不闻,她前所未有地感到孤独,她哭了。

回到寝室,室友们都休息了。

向亮心情仍未平复,洗漱后,她躺在床上,翻来覆去睡不
着,干脆披衣又起。

她摸下床,从 HelloKitty 肚子里掏出笔记本电脑,"嗒嗒嗒",
她敲击键盘,开始写信。

写给诗莉。

"诗莉姐:

"你好!

"我在茫茫戈壁滩第一次听见你的声音时,才高中二年级。

"……

"我的人生,因你改变。

"我在校电台做主持人,又在网上和许多同好一起做配音公
社。每次拿起话筒,我都想象自己是您;每次在学生会办公室
里,对着电脑挑音乐、做剪辑,我就想什么时候能有机会和您
一起工作,为您打下手,真的成为您的学生、徒弟。命运待我不
薄,这半年,我终生难忘。

"请允许我喊你一声,师父!"

下笔千言,写完信,点击发送,已是凌晨 2 点。

郑重道完别,向亮还是没法睡。"从此电波中,我最喜欢的
声音消失了。那么,我就来做我最喜欢的声音吧。"

向亮默默下了决定，上一次心中有类似确定的指令，还是高三时，三年，才三年。

向亮在朵音乐 APP 上注册的网络电台名叫《天涯咫寸》。无他，唯手熟尔，也算对《天涯咫尺》的致敬。2 点忙活到 3 点，向亮在朵音乐上将个人信息、电台名、一句话标语填完，并提交审核。二十四小时不到，朵音乐审核通过，之后，向亮在配音公社及她的微博上低调地发了个公告。

靠过去的粉丝基础，《天涯咫寸》俩月，涨粉四千，点击率不温不火，每周六晚上更新，这肯定不是网络电台流量最好的时段，但向亮必须在完成《天涯咫尺》每周五的直播任务后才有心情做自己的，再说了，有时，为"尺"找选题时，向亮也会私心地、照猫画虎地为"寸"做一份，只不过时长缩短些，针对听众年龄层放低些，百忙之中节省了许多气力。

一开始，每个周六，向亮都去校电台，借用录音棚。更新到第四周，向亮狠狠心给电脑升级换代，买了新声卡、新话筒。说起那只话筒，嗬，金色、方形，是"双十一"晚，向亮在电商网站蹲守至 0 点 2 分，抢购成功的战利品。一周后，她又从潮水般涌入女生宿舍的快递中，在卫生巾、洗发水、睡衣裤的包围中刨出闪闪发光的它，举着，像一支火把。

此后，白天，向亮是 FM777 最好使唤的小喽啰，晚上，她就是自己世界里的王，万籁俱寂时，她会翻后台留言，静静地想，那些听我声音的人一个个都什么样？

大四明显比大三忙，毕业论文、实习、找工作、忙《天涯咫寸》。向亮不得不专门下载一个软件管理时间，每当她在软件上记日程，排事情优先级时，就会想起在办公室白板前勾勾画画的诗莉，不知如今，她还这样吗？

白板早随诗莉一起在 FM777 消失了。诗莉提出辞职后，两周内，办完所有手续，收拾完所有东西。她的私人物品，包括白板、大幅照片、书、奖杯、水杯、午休用的折叠床、毛毯、价值一万多元的椅子，整整装了四个大纸箱。是向亮、晓聪和其他两个编导一起帮她收拾的，干活的时候，不断有人涌向 1503，打断诗莉打包的动作，和她握手，与她拥抱，向她告别。

"醉笑陪君三万场，不诉离殇。"散伙饭，晓聪举起酒杯念道。"怀同样心愿者无别离。"向亮说的是诗莉在一期节目中的台词，高考结束，她曾将这句话写在每一个同学的毕业留言册上，没想到，今天用在原创者身上。诗莉在这一刻才动了真情，有泪光闪烁。"苟富贵，勿相忘。"她温柔地念叨，温柔地碰杯，杯子和杯子发出"砰砰"的声响。这句承诺自带王者气质，让诗莉白皙的小脸流露出叶赫那拉·玉兰进宫前的决绝。

诗莉没提向亮那封信，但邮件显示"已读"。她走时，办公室里一些没拆封的物件都当礼品送了人，于是，晓聪有了一只新话筒，两个编导分别多了一架香薰灯和一副羊皮手套，向亮收到一个背靠，灰色的两扇像肺叶，人坐下，靠在上面，腰能被稳稳托住，诗莉笑说，她的意思是，"有我给你撑腰"。

搬家公司的车等在广播大厦的楼下，他们帮诗莉抬四个大纸箱时，向亮看见诗莉拿着一个签满著名球员名字，装在精致玻璃匣中，搁在黑色、圆形塑料球托上的蓝色真皮棒球，走进总监安徒生的办公室。

　　谁都知道安徒生的儿子是棒球迷，安徒生则是儿子迷。安徒生的朋友圈除了单位的资讯，其他全在"晒"儿子打棒球。诗莉这份礼物可能备了很久，忘了拿出来，也可能就是为终极和解而置办，总之，大平面的人又支起耳朵，房门关上后，便全部将注意力都集中在1510室透明窗户上的剪影上。

　　诗莉将棒球递给安徒生。

　　安徒生没接。

　　诗莉将棒球放在安徒生桌上，说了什么。

　　安徒生沉默，安徒生把玩棒球。

　　诗莉停下来，也坐下来。

　　诗莉看着安徒生，安徒生也看着她。

　　诗莉站起身，安徒生跟着站起，诗莉伸出绵软小手，安徒生跟着伸出大她一半的手掌，两人握手。安徒生的另一只手还捧着装棒球的玻璃匣子，像托塔李天王。

　　许多日子后，诗莉和向亮在某个水乡举办的新媒体大会相遇。

　　向亮好奇地问，那天，诗莉和安徒生究竟说了什么。

　　诗莉斜倚着木质的美人靠，她将蓬松卷发抓一抓，抛出一个美丽的弧线，任那道栗色瀑布泼泼洒洒在肩膀。她重现当天的情景，"我告诉安徒生，一日为师，终身为师，当年不是你把我从一千人中招进来，我还不知道现在在哪个犄角旮旯流浪。我不是走了，背叛你了，是从你这毕业了。"

　　主动站起来，伸出手时，诗莉喊了安徒生一声"师父"，安徒生眼中的怨气渐渐消散，他成全了诗莉的体面离去。

当然，这和诗莉出走的根本原因有关。诗莉比李珊珊更有资格担任副总监一职，李珊珊仅凭在上层的关系，来领导她，取代她，诗莉无法接受结果，但她可以用脚投票。安徒生解决不了矛盾，死劝诗莉忍耐，又不能承诺什么，只能同意她走。

而诗莉的走是光荣的走，她口口声声，人前人后喊安徒生"师父"。谁会和一个艺高又尊重自己的徒弟过不去呢？为此，安徒生对外宣称，他提前一周收到诗莉的辞职信，没对外公布，是为了交接顺利，稳定军心。一个月后，关于诗莉被 KING88 投资集团投资五千万，成为"一千零一种美好"文化公司 CEO 的新闻一经发出，安徒生就转了。在本台资讯、儿子、棒球之外，他的朋友圈多了新内容。

有安徒生定性，FM777 的前同事们转发新闻时，对诗莉不吝赞美之词，"华丽转身""乘风破浪""直挂云帆济沧海""我看好你噢""我们是永远的诗莉后援队"……

与新闻同步，诗莉和 KING88 总裁沈辉在新风云投资论坛圆桌对谈的直播，FM777 的前同事们也都人人献出一点流量，大部分人全程在线，目不转睛，比单位开大会时专注多了。

当沈辉介绍自己为什么投诗莉时，FM777 的人没怎么听明白。沈辉的原话是：

"诗莉老师做情感节目这些年，积累了许多的粉丝，她的音频节目《诗莉有约》点击量过亿；'诗莉微社区'数次获得名人微社区影响力排行榜的周榜第一……都从一个侧面体现出人们对情感交流的强烈需求。从这个角度来看，诗莉要做'国内最大的情感心理互助社交平台'，能够获得我们 KING88 的青睐，是一种必然。"

当沈辉提到和诗莉的初次见面，对她的个人魅力留下深刻印象时，FM777 的人有些激动了。

沈辉回忆："那天，我去电台上一个财经节目，在广播大厦的咖啡馆，我遇见诗莉，我是她的粉丝。我记得，她当时要了杯美式咖啡，我走上前，向她递了张我的名片，她说，她知道 KING88。我们坐下来聊了聊，我发现诗莉谈事情总是那么娓娓道来而又一针见血，我感觉，她是一个有梦想，又偏执，一定要赢的女人。在企业的创业期，想赢是领头者必须要有的一种气质。"

稍后，一楼咖啡馆潮水般涌进大批来自十五楼的顾客，他们喊着"只点美式""来杯美式""我也要美式"。他们主动和每一张生面孔搭讪，希望能复制诗莉的好运，被五千万幸福地砸晕。

4. 没有一份工作不受委屈

《天涯咫尺》一共有四个实习生，名额有限，只能留一个。年终总结会上，安徒生的点评，晓聪哥的附和，几乎让所有人都认为，向亮是最没悬念留下的。

然而，过完一个年，天就变了。

新年的第一次例会，窗外是雨，窗内是雷。

向亮被人告了。

李珊珊把胳膊肘架在会议桌上，铁着脸。

安徒生更铁，向亮看完打印出来的匿名信，真觉得痛心。

匿名信的邮箱是 L 打头的英文名加 95，向亮飞速地在心里过了一下，一批来的谁是1995年生的，还没过完，安徒生就指出事件的严重性——

且不说，向亮边实习边做网络电台是否算违反同业禁令。

也不说，向亮这电台有多少雷同正版《天涯咫尺》。

关键是，几年前，FM777所在集团的领导集中注册了一批商标，尤其像"天涯咫尺"这种著名的品牌，其周边、类似的字眼也一起注册了，分别是"天涯咫尺""天涯咫寸""天涯咫毫"，涉及面之广，只怕你想不到。

"嘿嘿，"安徒生露出了先见之明的笑，"我列了一个单子上交注册，还包括'海角咫尺''海角咫寸'……"

全体与会人员倒抽一口气，你看我，我看你，李珊珊竟条件反射地在笔记本电脑上来回来去敲字："天涯咫尺""天涯海角""海角咫尺""角海涯天""寸寸尺尺"。

所以，向亮实打实地侵权了。还好，她素日表现好；还好，她只有四千粉丝，并无太大影响力和实际收益；连安徒生也明白，她是被人盯上了、算计了，要不怎么会二十期节目清清楚楚列出节目单、案例梗概，还大段摘抄，向亮可没有文字稿上传，这是什么样的精神逐字记录？

向亮印象中，她只对诗莉做过。

会议室里将《天涯咫寸》的录音当作证据播放，在座二十来个人，神情严肃的，坐立不安的，难掩喜色的，一脸漠然的，每两个人的表情都不同。

又是一个寂静的夜，又是趴在床上、头对着电脑的一夜。

这次是写检讨，每个字都艰难。

"尊敬的台领导：

"我是《天涯咫尺》节目组的实习生向亮。"

来来去去，还是这几个字。

眼看时针分针分开并拢再分开，"社会险恶，人心难测"，向亮恨恨把这八个字写进检讨书中，到底没敢，删除了，她干脆搜索了一篇小学生检讨书范文，照猫画虎换了换词，改了改称呼，就算交差了。

但到底意难平。

上午会议结束时，安徒生宣布处罚结果："一、二十四小时内改掉与《天涯咫尺》雷同的网络电台名；二、通报批评；三、下周例会，公开检讨，在此之前将检讨书发到部门邮箱，抄送各部门领导。"

安徒生不容置疑的铁人脸，李珊珊嘴角下撇的样子，人们各自离开时的或讪讪，或奚落，此刻还在向亮脑海里闪烁。

她有冲动，向人说。

这人不是具体的某个人，而是理想的听众。

说委屈吗？不，是受委屈后，如何治愈。

会议室里她强撑着没哭，因为哭也没用。

会议室最后剩她一个人，她收拾投影仪，摆好椅子，摆正桌子上的花，像她从前每次会后做的那样，突然红了眼眶，像鱼骨头卡在喉咙口——

她认认真真来实习，认真想讨每个人喜欢，目的很明确，就是想留下来；哪怕诗莉不在了，这也是诗莉工作过的地方，靠近诗莉的起点，就可能得到和诗莉一样的巅峰，这也是她从高二起，每个周五在茫茫戈壁滩迟迟不日落的夜晚准时收听节目时种下的心愿。

现在，不用人提醒，她也知道 FM777 不会留她了。

剩下的路怎么走？

专业她只是过关，根本谈不上优秀，她也不想做本专业的工作。课余所有兼职、活动都和声音艺术有关，FM777 不能留了，还有更好的单位吗？又能换什么单位？大部分招聘会，大四上学期就开完了，眼下还来得及吗？

先把《天涯咫寸》的名字改了吧。

向亮大脑高速运转，手和眼睛机械运动，运动在电脑屏幕上，搜索、查看别人的电台都叫什么名字——

"花瓣雨""雾非雾"是文艺小清新。

"一起去远方""爱，就出发"是旅行类。

"做一个有趣的姑娘""做一个彪悍的姑娘""做一个生猛的姑娘""做一个心中有小野兽的姑娘"，顾名思义，各种标新立异姑娘类。

向亮看得头晕，想起看过的一首诗，诗名藏着她的姓名，便随手为她的电台改了新名字："向着明亮那方"。

"Hi，大家好，我是向亮。"

周六节目照常更新，节目名《没有一份工作不受委屈》，内容就是她昨天受的委屈，匿名信、全情投入、被中伤、前途茫茫。但结尾是光明的，这是向亮的习惯，无论发多少牢骚，都要保持希望，这也是诗莉教她的，诗莉曾说，当一个人有影响力后，要注意，一言一行对追随者都是导向，留个光明的尾巴，就是创作者积的德，你看鲁迅，哪怕写黑暗，也让人觉得那黑是黎明前的黑。

因此，上半场谈委屈，下半场谈治愈。

向亮的治愈方式，除了承受结果，寻找新的工作机会，还提议"做一张哄自己开心的节目单"，在电台和"亲爱的听众们"倾诉算；绞尽脑汁，想出如何用一百块给自己奖励也算。

"亲爱的听众们呢？你的委屈是什么？你的治愈又是什么？欢迎来信，我是向亮，我在《向着明亮那方》等你。"

向亮对着空气，对着理想的听众，声情并茂，深情款款，自我治愈时，没想到另辟蹊径，杀开一条血路。

9点节目上线，次日上午10点，向亮就接到朵音乐平台的电话。

编辑姓谭，男低音——

"励志、向上、接地气，鼓励年轻人哀而不伤、理智地处理成长过程中必经的磨难。后台数据显示，今天最热议的几个话题'没有一份工作不受委屈''你的委屈，如何治愈''哄自己开心的五十件事''如何用一百块钱给自己鼓励'都是从我们电台导流过去的，而昨天的节目里，只有你提到这些。

"朵音乐现在有计划培养自己的人气主播，如果感兴趣，请给我一张你的大图，简短的个人介绍，做海报，让营销推一下。"

四十八小时内发生的事儿太多了，向亮疲惫又平静地向谭编辑致谢完，点开电台，发现粉丝变成了五万。

从四千到五万。

她的嘴张成"O"。

几年后，在水乡，在木质美人靠上，诗莉冲向亮抛下橄榄枝，约她做合伙人时，向亮忽然想起粉丝从四千到五万的时刻，这感觉如此熟悉，是不敢置信，是只疑在梦中，那一刻，她又把嘴张成了"O"。

不谈后事。

挂掉电话，向亮赶紧上乐乎 APP，"委屈"和"治愈"果然高居话题榜首，连"五十件""一百块"等关键词都成热搜了，网友的评论着实让她暖心到烫……

来择两条看看。

"大学毕业时，没拿到毕业证，只能拿到肄业证，找工作特别艰难。家里一个月给我一千块钱，我就变着法子给自己煮面条，当时研究出一百多种面条的做法，现在想想很治愈。"

"刚工作时，我不敢说话，只会沉默做事，为和同事搞好关系，每天都很早去办公室，打扫卫生，垃圾都是我清理。一次，在垃圾箱里，找到之前离职的所有销售的笔记，那个时候还不太流行电脑记东西，这些不大成功的前辈把他们长久以来的工作都记在了本上，因为统统是没有业绩的失败者，所以部门也没什么人上心整理他们的客户。我把上面所有的内容都整理在电脑上，然后有记电话的就打，没有电话有公司名的查114或者互联网又重新找了出来，这样我手里抓了一大批客户，后来发光发热的也是这批客户。至今，我还养成习惯，路过垃圾桶的时候，总想翻翻。"

初入职场、社会那点儿小酸痛、小迫害，遇到的小恶意和小善意，对自己的小安抚、小取悦，向亮看着看着笑了，笑着笑着又想哭，自己昨天那点儿委屈似乎也不算啥了。

过一会儿，向亮发现每分钟数字都在变，因为她每分钟都在刷主页；二十四小时后，呈现出的点击率比半年以来的总和还多得多得多。

好消息一个接一个。

　　这期节目被谭编辑放在朵音乐的首页,《每日优选》一栏。《每日优选》主要推新主播,栏目头图一共三张,这意味着今天在几万主播中,只挑中三个人推送给听众。三张图轮着转,其中一页是向亮,她在海报中笑得灿烂。

　　向亮的笑脸边,是推荐语,一行手写的钢笔字:"成长是一道坎儿,不怕,不惧,有章法地去治愈。"

　　向亮盯着海报里的自己,穿白衬衫、背带裤,举着话筒,背后人山人海,空中无数彩旗飞舞。她半侧着,仿佛谁叫了她一声,她猛回头般,露出惊喜的笑,马尾辫的梢刮擦着脸。这张照片,是在朝阳公园一个创意集市采访时,一位报社的摄影记者抓拍的。

　　就是那天采访完,她回 FM777,编了条文化资讯,诗莉还在节目中还念了那条资讯,稍晚,诗莉在另一个节目中宣布辞职了。后来发生的事儿,谁敢想象呢? 向亮感慨着,又刷了一遍"向着明亮那方"主页,"十万了! "

5. 朵音乐

　　朵音乐位于朝阳区的元宝大厦,建筑形状如名,像一锭金灿灿的大元宝,朵音乐就在元宝左边翘起的那个尖上办公。

　　朵音乐从前只是做平台,谁来注册、发布都行,自由带来流量,自由意味着野蛮生长,长得好的,朵音乐就想自个儿扶持、培育。这点,谭志,也就是谭编辑,第一次和向亮聊天时就提到了。很难说,是向亮敏锐地抓住机会,还是粉丝基数大,节目点击率上去了,随便说点什么都有人叫好,她更新的积极性更高。

总之,《向着明亮那方》从周更变成日更,朝廷正是用人之际,谭志需要业绩,于是这边更新,那边猛推,五十天内,向亮在站内上榜十四次,是"热听排行榜"前十,而分榜"情感榜",第一竟拿了三回。

数据比谭志想象的攀登得快,他约向亮来朵音乐见见。向亮从城市的这头到那头,三小时后,抵达金元宝,站在谭志面前。谭志戴一副小圆眼镜,脸瘦而黑,像老照片上年轻时的徐志摩。这是一间大办公室。放眼望去,有五百个工位,分不清谁是领导,谁是下属。办公室中间地带是工位,四侧都是卡座,对,就是咖啡馆、西餐厅里常见的那样,像打麻将,四周围着,池子里放些散张。池子正中央竖着一块电子屏,正面实时显示又加入多少会员,又收了多少费,反面则是英雄榜,近期点击超百万的主播名、电台名均在榜上,比如,"向亮、谭志、《向着明亮那方》"。

谭志引向亮去一间无人的卡座,临近卡座里各自开着各自的会,人来人往,人们穿着打扮休闲,但节奏、气氛紧张。

谭志介绍,目前,他是栏目主编,这间办公室五百个工位的五十个人和他职位相同,剩下四百五十个人归这五十人管,即十人一组,负责审核并在海量自动上传的音频节目中挑选有资质、发展前景的新人,包装他们,参与策划,打造"星路",下一层楼的结构与此相同,那里的五百人为他们提供技术、财务、行政等支持。

"星路?"向亮喃喃重复。

"星路。"谭志的口吻毋庸置疑。

"未来是超级个人的时代。"谭志往西南四十五度一挥手,挥向办公室四周一排墙壁贴,顺着他的食指,向亮看见了同款台词的标语。

"You must trust, you are superstar." 谭志又一挥手，向亮又接着了，在东北六十度的墙上找到标语。

谭志谈起，最先发现《没有一份工作不受委屈》的是他，监测自然增长数据后，发给当班的营销编辑，最后确定主推。"一小时内自然增长和转发超过两千人，这引起我的注意，而你的基础粉丝量只有四千。"

向亮忙合掌，连声说谢。

谭志又用二十分钟时间概括了天下大势，他恢宏的演讲一看就练习多遍，每天和不同人说相同话，只针对具体对象做些微调，向亮记住几个关键词，"新旧媒体""更新换代""粉丝经济""精准定位"。

这是向亮经历的第二次一对一面试，上一次是诗莉，两人风格南辕北辙。

诗莉虽然强势，但做主持人出身，发言时，总能照顾到在场的每个人，起码等别人说完了再说。谭志则说话很快，每当他抛出一个问题问向亮，总在向亮报出答案一半时，就强行打断，打断的方式是又来一个问题。

谭志唯一听完的，是向亮对"向着明亮那方"的定位，"我想成为少女力的代表"。

"少女力？"谭志莫名其妙。

"我研究过生猛的姑娘、心中有小野兽的姑娘、彪悍的姑娘；一句话，人们，女人们，不就是希望又美又飒又有力，尤其是倔强少女永不服输的那股劲吗？"向亮说出她的观察。再结合网上正热的傅姓运动明星的那句名言，"我用了洪荒之力……"

"有人以少女心为特色，我打算专打少女力。"向亮身体前倾，她的地盘她做主，这又不是在FM777报选题，还需要人同意。

谭志点点头，这是他唯一一次未打断。接下来，谭志单刀直入，问向亮今后有什么打算，现在在校还是在职还是待业，愿不愿意全职做网络电台，如果加入朵音乐，想要什么样的待遇。当然，朵音乐很开放的，有多种合作模式，签全职约呢，是保底工资＋分成，不签全职，纯分成也可以。

"分成？"向亮问。

"分成。"谭志信心满满，一看就有钱撑腰。他解释，流量上去了，会员制、付费产品、广告资源等都自然开始了，这也是朵音乐为什么要扶持自己的主播的原因。

向亮实诚地说起，她在FM777因匿名信一事，留不下了，正在寻找新的工作，现在已经5月，时间还蛮紧张的。

"哦？"谭志脸上闪过一丝意外，他见多了虚张声势、为骗流量紧跟热点凡事都虚构的"网红"，没想到向亮在节目中说的委屈是真的。他还想说些什么，一抬头看电子屏上的时钟，马上意识到下一拨客人要来。他对向亮说，给她足够的思考时间，合同稍后发到她邮箱，半个月，够吗？

向亮从谭志的身体语言中看出送客的意思，她识趣地站起来。谭志送向亮出门，随口提起，一周后，如果她感兴趣，可以直接来参加朵音乐针对签约主播的一个内部培训，是个提升的好机会。他摸出手机，调出一张表格给向亮看。向亮眼尖，看到陈诗莉的名字，她欢快地叫出声，见谭志疑惑，她解释了和诗莉的师徒关系。

谭志眼前一亮，朵音乐曾想花大价钱签下诗莉做头部，但诗莉已经成立自己的公司，和他们的业务部分重叠，几乎算竞品，此事不了了之。最后，由朵音乐的老大出面，和诗莉签了培训主播的项目协议，打算在新闻上做做文章，模糊处理，处理成诗莉给朵音乐站台的样子。从这一点看，老大是多么欣赏诗莉这一派的啊。别说，向亮在电波中的样子还真有点诗莉的味道。谭志上上下下打量着向亮，右手拇指和食指伸出八字形握住下巴，看向亮像看一个产品："行啊，签不到诗莉，我就把你做成'小诗莉'。"

回去的路上，向亮想给诗莉发消息，发现诗莉的名字后加了一条备注，"近期不在国内"，再看她的朋友圈，最近的一则是新闻——以第一情感女主播陈诗莉携全国十佳心理专家为卖点，主打情感社交，解决心理问题，满载高端情感困惑受众的一艘游轮于半个月前已从北京驶向北极，行程长达二十一天，旅费高达二十一万。

看着新闻图片中五层银色豪华游轮在阳光下、海面上的倩影，向亮油然生出在山脚望山顶的震撼，她再计算下时间，下周，朵音乐培训，正是诗莉出长差回京的第二天……还是那个拼命三郎的诗莉。

一周后的培训在朵音乐的大会议室由谭志启动，他坐在长方形条桌的尽头，操作着面前的电脑。投影同步更新电脑里的PPT画面，谭志把未来三年朵音乐的发展计划演示给在场的各位签约主播看；投影上，画面一换，他便回一下头，做相应指点。

参加培训的共十六位，除了向亮，都已经签了独家长约。向亮通过名牌才能把真人和节目名对上号，令向亮受宠若惊的是，他们都认识向亮，看来两个月来的业绩，几个百万加，真的让她成为小范围内的红人。

只见，《雾非雾》的主播雾雾和《花瓣雨》的主播雨雨眼睛里互相放箭。她俩节目同质化太严重，雾雾在很多场合，说雨雨都是抄她的。

《魅力女人》《气质女人》《高情商女人》《女人就要狠》四个节目的主播，用表情证明，每两个人之间就有一组矛盾。《一起去远方》的方爷、《爱，就出发》的发仔、《星座奇缘》的"小鲜肉"星星，三位男士默契十足，不能抽烟，都拿着圆珠笔在鼻尖假吸。

门忽然被推开，编辑武芸芸在前开路，身后穿一身灰色麻质西装，戴一串洁白圆润珍珠，踩一双裸色尖头高跟鞋，顶一头栗色碎卷发的女郎铿锵有力走进来，是诗莉。谭志马上停止发言，他迎上前，为在座主播介绍，掌声四溅。诗莉微笑，露八颗牙，她将目光在每个人脸上扫了一遍，主持人式的亲切在见到向亮时多了意外，她对向亮点了个头，说："嘿，向亮，你也在！"

不清楚向亮怎么在朵音乐冒出来的十五位"网红"越发不清楚向亮的路数，此刻，纷纷向她投来羡慕的眼光。

诗莉坐在谭志旁边，谭志继续发言时，她打开她的笔记本电脑，熟悉课件。武芸芸为诗莉送茶，诗莉谢了，却没喝。向亮跟着武芸芸出去，再进来时，她端着一杯美式咖啡，她将咖啡杯放在诗莉面前。熟悉的香味让诗莉从电脑屏幕前拔出头，她一看是向亮，莞尔一笑。

诗莉的讲座开始了，关于如何认清自己的声音本质，凸显个人特征。

在场十六人，听得全神贯注，放箭的忘了放箭，放电的忘了放电。讲座共计两小时，咖啡上了三杯，谭志问诗莉要不要中场休息时，她摇摇手拒绝了。诗莉说，她刚从北极回来，公司还有很多事没处理，赶紧上完课，就要回去。谭志像伺候女神似的对待诗莉，引得众人手脚都轻抬轻放。

课罢，几位热情的主播围着诗莉提问，更多的人是想和诗莉加微信。谭志过来打断他们，说以后还有机会，现在，请抓紧时间到门口，写着"朵音乐"几个大字的那面有机玻璃墙那儿，和诗莉老师拍个集体照。诗莉冲想加微信而未遂的几位说，不用急，待会儿让向亮把你们的微信推给我吧。向亮像个助理，忙应道："可以的，可以的。"

大伙儿鱼贯而出时，诗莉露出一些疲惫之色，她还抽空接了一个电话，电话中，"成本""利润""北极""下不为例"不断蹦出来。诗莉挂断电话，发现向亮和她并肩走着，两人这才有机会闲聊几句。诗莉问向亮怎么到朵音乐来了，来上班，还是做签约主播。向亮简短地把这几个月发生的事儿向诗莉交代一番，还没提匿名信的事儿呢，武芸芸就吆喝大家排成两排，诗莉站中心位，谭志请来朵音乐的老大站在诗莉一边，向亮自然被安排在诗莉旁边，成为合影中新主播序列最耀眼、最核心的一位。

"茄子！"

拍完照，诗莉与朵音乐的老大寒暄几句，冲每个人挥手说再见，便踩着高跟鞋消失在玻璃门外，向亮对着诗莉的背影出神，没提防，谭志站在她身边，谭志懂向亮在想什么，他轻轻说："你会比她做得更好，只是你需要加速器。"

向亮"咯噔"一下，心里的花扑啦啦开着，枝枝蔓蔓连成片，疯长成野生的花园。她知道，那叫欲望，而诗莉朝哪边走，哪边就代表着明亮那方。

七天培训结束，朵音乐官方微博刊登了那张合影，新闻标题是"朵音乐签约主播十六强，音频帝国就此起航"。紧接着，朵音乐新一轮融资的新闻发布会也引用了它，消息铺天盖地，甚至，向亮论文答辩结束，一位老师都在现场开起她的玩笑："向亮啊，你以后虽然不会成为一名政治老师，但做媒体，尤其情感节目，时时刻刻都要牢记，讲政治、讲正气。"

既然如此，向亮仔细研究了合同，她选择做朵音乐的全职主播，拿保底工资，业绩提成另计，不坐班，招必到，节目，向亮享有署名权，其他版权归朵音乐所有。条件是苛刻了些，但新人，即便是冉冉升起的新星也没有多少和甲方讨价还价的余地。何况，向亮没有更好的选择；何况，她在朵音乐，在网络电台的这个领域，比在FM777，从小喽啰熬起，离理想、离疯长的花园更近些。

决心已定，向亮去FM777办结束实习的手续。就在这时，她接到安徒生的电话，让她来签劳动合同，向亮蒙了。

原来，电台也想做新媒体，向亮在朵音乐平台上的爆红，在"十六强"照片中紧贴着诗莉的站位，早传遍了FM777。在安徒生办公室，向亮绞着十指，坐立不安，安徒生谈了会儿上次的事故，问了会儿朵音乐的情况，说了FM777最终可以留她的决定，窗户外，又多了一堆竖起的耳朵。

说实话，安徒生说的那些，对向亮没有吸引力。

在十五层伏小就低，待一年了，她在外面那堆支起的耳朵中，看到她未来的样子。预知比未知可怕，她需要加速器，

FM777 不是。再说，在传统媒体做新媒体？Oh，no！"对不起，安总监，我已经和朵音乐签约了。"向亮放下杯子，站起身，向安徒生鞠了一躬。

当晚，向亮和晓聪一起吃晚餐。晓聪先为上次匿名信一事发生时，没为向亮帮上腔抱歉。他解释，当时正在青岛老家为妹妹就业的事忙叨，他又表示 FM777 目前的困局是"优秀的年轻人招不进来，成熟的业务骨干留不下来"。他切着五分熟的牛排，肉与肉之间的血丝清晰可见，让向亮看得一阵肝颤。

向亮咬咬嘴唇，举起杯："无论如何，我都感激在 FM777 的这段经历。"

"噗，"晓聪哥笑得像刚打开的香槟，他与向亮碰杯，"别说这么早，山高水远，后会有期。"

中

1. 三十六岁

诗莉赶早班机，到首都机场 T2 航站楼时，5 点半，天麻麻亮，更远的天露出青白相间的颜色，她办完手续，走到登机口，在对面书店门外立着的易拉宝上，撞见一张熟悉的脸。

是向亮。

易拉宝关于她的新书《向着明亮那方》，书的封面是她的半身像，梳丸子头，留龙须刘海儿，戴一副红色耳机，脸像只丰润的水蜜桃。

易拉宝下端印着一句宣传语："全网顶尖治愈主播，三千四百万粉丝深夜的故事与她相关。"一段书摘，以花体字形式出现："我曾以为，能在电波中听到自己的声音，是我夜空中最亮的星；现在才知道，喜欢我声音的人，毫无保留分享故事给我听的人，才是我坚持下去的动力，他们、你们才是我心中向着的明亮那方。"

这段话令诗莉想起在 FM777 的岁月，她露出难得轻松的笑。

三年前，诗莉在《天涯咫尺》节目中宣布辞职。接着，租房、注册公司、招兵买马，员工从三人到三百人，公司从光华路的这头搬到那头，如今，一些新人，她都叫不出名字。前两天，坐电梯，一位陌生小伙抢在她之前按下"10"，整个十楼都被"一千零一种美好"包下了。诗莉问小伙："你找谁？"小伙一米八，低头看诗莉，诚惶诚恐："陈总，咱们公司不是在十楼吗？"

三年，诗莉做 APP，签约众多主播。诗莉培训他们，包装他们，教他们如何与粉丝、听众互动，抚慰心灵的同时，收费、卖产品。一开始，产品只是心理咨询，后来，变成女性喜欢的一切，床上用品、图书文具、美妆、粮油……

诗莉已变成真正的商人。

一旦接受投资，就像被绑上跑步机，下不来。扩张，再扩张，扩张到需要更多钱时，就要说更多故事，拿到钱，再被追着更大力度地扩张。

扩张必须不断上马新项目，具体项目有具体的人负责，但作为一把手，十分起码要懂三分，因此，诗莉像蚕吃桑叶般，不停吸收新知识，包括她不懂的知识。而人员增加带来了负担，成本高了，利润从哪里来，总不能全靠一轮轮融资？诗莉过去在麦克风前迎风洒泪或爱，享受粉丝的景仰，现在，她周末读黄河商学院，几乎每个工作日都要看报表，哪怕在飞机上、客栈中、应酬时，都在默默算账。为了资源、为了资金链，拉关系、"画饼"、四处勾兑，诗莉常自嘲，她从大青衣变成刀马旦，从林黛玉变成王熙凤。

最明显的例子是，刚创业时，有人向诗莉提辞职，诗莉会背着人哭，会向人力请教怎样提高福利待遇留住员工，她觉得都是她的错。现在，谁向诗莉辞职，诗莉都不会挽留。"想走，当天就办交接，想离开我的人，我一个也不留。"铁腕、绝情成了她的标签。

对婚姻也一样，诗莉于今年春节恢复单身。

二十六岁，诗莉刚进 FM777，在一次集体采访中，认识某"国字头"单位宣传部负责对接人李大圣。十年婚姻，诗莉名满天下，李大圣官至正处，是人人羡慕的比翼双飞好夫妻。去年十月的一天，诗莉从洛阳出差回北京，进小区，碰到在小径如没头苍蝇般乱转、等她回家的李大圣。李大圣向她摊牌，他和女同事丽丽好上了。丽丽大龄未婚，刚为李大圣做了流产，扬言如果李大圣不对她负责，她就以职场性骚扰起诉他，这会影响到他的晋升。李大圣不知该怎么办，当务之急要把丽丽稳住。

说到情急处，李大圣神色慌乱，给诗莉跪下了。当晚，他们坐在小区花坛前谈了五个小时，谈到更深露重，谈完事情始末。李大圣发誓，他会好好处理。但之后的一个月，他反反复复，一会儿表示要选择诗莉，一会儿又说丽丽没他不行，"又去洗胃了""正在写检举信"。

与其说是心痛让诗莉决定离婚，不如说李大圣扑通一声跪下的姿态，让她不屑。诗莉见过丽丽，资质、姿色都普通，和丽丽争，还争一个屄货，让诗莉的骄傲受损。

那天，和今天一样，诗莉正在候机厅等着登机，李大圣把丽丽第三封遗书的手稿发给诗莉看，并附言"怎么办，怎么办"。诗莉握着手机，把遗书看完。稍后，她打开电脑，连上 Wi-Fi，下载了一份离婚协议的模板，在万米高空，她支起小桌板，修改、添加，像拟订一份普通的商业合同般。飞机落地，一有网，她就把协议发送至李大圣的邮箱。

孩子归她，房子也归她，但孩子一直由爷爷奶奶带，诗莉和李大圣约定，在小区另租一套房。平时，爷爷奶奶像上班一样，去诗莉家带娃，诗莉回来，他们就走，诗莉不在，他们就留守。

李大圣最在乎的是仕途，私生活是重要的加分或减分项。陈诗莉卖的是完美女性的"人设"，完美暗含家庭美满这一必要条件。他们都不便将离异状态公之于众，于是，默契约定"隐离婚"，并将这一条写进离婚协议第十项第四条，违约要付违约金。

太累了，诗莉用指肚往外轻轻揉抚两只眼的眼袋，揉到登机广播响起，她踩着招牌裸色尖头高跟鞋，一往无前地朝检票处走去。

几小时后，诗莉落地杭州。此次在安平水乡举办的活动，主题是"新媒体·她力量"，顾名思义，以女性嘉宾为主。活动上午就开始了，诗莉的环节安排在下午2点，她将做一场名为"如何把情感当作一门生意"的演讲。

一进安平，张灯结彩。

换另一组工作人员对接，他们带诗莉去宾馆休息。宾馆隐在一片竹林中，诗莉听着水声，小寐片刻，梳洗装扮罢，前往会场。每位来宾都要在会场的巨幅展板前签名留念，展板上印着二十四位嘉宾的精修写真。诗莉接过工作人员递来的黑色水笔，在展板上找自己时，又撞上向亮。向亮居中心位，扎丸子头，水蜜桃般的脸蛋上飘着碎刘海儿。

不一会儿，诗莉就见到向亮本人。

她们的座位均在会场第二排，柔光下，诗莉穿一件露锁骨的蓝色礼服，她在"诗莉老师，左边第四"的指引声中前行，还没走到，左边第五就腾地站起了，是向亮。向亮的脸与她的红礼服颜色一致，她喊着"诗莉老师！"，随即给诗莉一个热烈的拥抱。"哎呀！向亮！好久不见！"诗莉回应着问候和拥抱。待她们松开彼此，殷殷牵手入座后，会场观众席上方的灯渐渐暗了。

"好吗？"诗莉小声问。

"还行吧，"向亮如小鸟咕咕，"您呢？现在怎么样？"

"我？创业狗。"诗莉商业自嘲着，卷发自肩膀滑落，落在锁骨。有摄影师在拍她们，诗莉忙冲镜头露八颗牙标准的笑。

正窃窃私语，音乐声起，舞台中央，数十束光从四面八方同时射向一位男主持人。

工作人员走到向亮身边，提醒她上场，又弓腰朝向诗莉："诗莉老师，准备。"

台上，主持人的开场白已说完，他宣布下一位登台的是"来自朵音乐、《向着明亮那方》电台的向亮主播"。电子音在会场四角的喇叭中为向亮报幕："短短两年，她成为三千四百万年轻人追捧的当红女主播，在耳朵经济大潮中，听说，她的声音能让人怀孕。来看看，她如何做到令 90 后喜欢，不断做出爆款？又认为 90 后最中意什么？"

舞台追光、全场目光都集中在向亮身上，伴随着热烈掌声，向亮含笑，拿着麦，款款走向舞台中央，她背后的电子屏现出几个大字："90 后中意什么？"

诗莉隔着一排座位，隔着舞台前三层渐进式的台阶望着向亮。四年前，向亮第一次走到 FM777 十五层 1503 室时，处处想表现好，处处显得局促紧张，是那种不知道自己拿不拿得出手的紧张，而今，她落落大方，未曾开口笑先闻，笑中藏着"我知道大家都喜欢我"的暗示。

向亮的演讲近四十分钟。

工作人员向候场的诗莉指指表，再做一个"5"的手势，诗莉打开手机，快速瞄一眼她的发言提纲，接连收到几条微信，她化着精致妆容的脸变了。这边，向亮在潮水般的掌声中下台，与诗莉交接。她微微弯腰将麦克风递给诗莉，还俏皮地抬起手掌想与诗莉击掌，但诗莉没看见，也没接住。向亮空荡荡地扬着手有二分之一秒，她很快反应过来，将手腕花式转了下，处理成迎客松般的姿势，大方送诗莉上台。

稍后，向亮才知道，令诗莉神色突变的消息是什么。

诗莉在台上演讲"如何把情感当成一门生意"。台下众人正疯传一则突发新闻，大意是"一千零一种美好"的头部主播鲁智浅，被曝光在视频直播中卖的燕窝有假，当网友指出时，他不但不直面错误，还和网友争吵起来……新闻的落点在，今天、就是刚才，鲁智浅因不当言行被封号，"一千零一种美好"也被殃及，上级主管部门责令公司整改，为期一个月。这意味着，一个月之内，"美好 APP"及旗下所有签约主播，全部业务陷入停顿。

台上，诗莉按着PPT翻页器，讲述"互联网趋势下的情感诉求"。"随着移动互联网小额付费时代的兴起，人们，不只是女性用户，都开始逐渐接受'为情感内容付费'，从图文到短视频的情感教育，情感知识商业化充满了更多可能性。我们美好公司，正是以此为突破口，带着优质的情感主播们冲出网络，冲出电波，逐渐变成一个个独立的品牌。"

PPT继续往下走，诗莉将旗下数十位主播的视频、课程、线下活动、出版、电商等方面的表现逐一展现。在鲁智浅那一页，诗莉迅速翻过，台下议论声四起。

"在座各位，如果想有更多、更立体的发展，请联系我，让美好公司助你远航。"诗莉礼貌弯腰，结束演讲。

人们脸上的表情暧昧，掌声稀稀拉拉，诗莉露八颗牙的笑容有些强撑。

到互动环节了，主持人把向亮和上午几位嘉宾都请上台。主持人逐个寒暄时，不小心把诗莉的名字叫错，他喊诗莉"诗诗老师"，过一会儿，当台下有人向诗莉提问，也跟着这么喊时，诗莉面露愠色。虽说这两年诗莉做幕后运营更多，没什么新作品，但她毕竟曾是大平台的大头牌，江湖上有号的人物，接受不了业内人士不识她、喊错名字带来的过气感。

"诗诗老师，据我所知，贵公司刚刚被责令整改，不知道您打算如何应对？"

诗莉的笑彻底冻住了："对不起，我认为提问的基本礼貌是，先喊对被访者的名字。请允许我再做一次自我介绍，我，陈诗莉，'一千零一种美好'公司的CEO，初次见面，请多关照。"她甚至微微起身，做轻轻弯腰状。

全场安静下来，嘉宾们，你看我，我看你。

安静三秒后，向亮拿起话筒，转移话题，她清清嗓子，微笑道："诗莉老师如诗，所以才会被人误读为诗诗，我来教大家如何记住诗莉老师的名字，'向着明亮那方'推崇少女力，少女力三个字的灵感就来自诗莉老师，如诗般美，又有力量，谐音诗莉，诗莉老师就是我心中少女力的代表。"

这一会儿，诗莉已慢慢回转，她收起凌厉的目光，换成一副温柔面孔，举着麦，冲向亮的方向颔首："哪里，哪里。"

"看来，诗莉老师和向亮'女神'很早就认识？"主持人脸上红潮未褪，他用八卦打哈哈。

"这是一个很长的故事。"向亮像介绍案例一样，说起她十六岁起，在茫茫戈壁滩听收音机，做梦都想成为诗莉的往事，说着说着，她转向诗莉，竟然动了情，眼泪夺眶而出："如果没有诗莉姐，我根本不可能站在这里，如果不是诗莉姐从传统电台辞职，我也不可能去做电波里我喜欢的声音，谢谢你！"她从座位上站起来，向诗莉鞠了一躬。

应该说，是向亮的名气、热度、故事本身的真实、真诚拉回了诗莉的体面。诗莉将愕然迅速反应为主动和向亮的拥抱，她把双臂张得很开，当她们松开彼此，主持人道："这是前浪和后浪的拥抱，是后浪对前浪致敬！"

向亮领掌，全场跟掌。

当晚7点，向亮与诗莉在安平大酒店一楼的自助餐厅再相遇，两人端着餐盘，走到一张靠窗的桌前，相对而坐。窗外，树影婆娑，窗内，向亮见诗莉神色没有在会场时紧张，便关切地问："解决了吗？有什么我可以帮忙的？"

　　诗莉在饭前才和沈辉通完电话，布置完危机公关稿，态度是"承认错误，积极整改"。事情没那么好解决，但也没有想象的那么糟。沈辉建议诗莉，趁此机会，把一些埋雷的、不听话的员工趁机解约，最关键的是想想鲁智浅的事善后处理完，推谁做头牌，引开注意力，让资本及内容市场对美好公司维持信心。

　　两小时电话会下来，像打完一场硬仗，诗莉疲倦而放松。她对向亮提起今天是她三十六岁生日，向亮连忙叫服务生加瓶香槟，她请了，却被诗莉拦下："别，虽然你现在是个小富婆了，但和师父吃饭哪有让你掏钱的？"这是诗莉第一次主动提起"师父"二字，她刻意拉近距离，向向亮下午的救场致谢。

　　没想到，提起"小富婆"，向亮脸上浮现出一种无奈又嘲讽的笑，是自嘲。

　　诗莉何等机警，她问："怎么了？在朵音乐不开心？"

　　向亮不由得说起这两年在朵音乐的发展，"老谭成了总编""我是老谭的人""可我明显感觉到，我已触碰到朵音乐的天花板"，简而言之，向亮有各种各样的计划，不止一次接到过商家、品牌的邀约，但朵音乐没人，也不愿专门为她招人实现。她不只想做一个电台，做一个微信公众号，她想做一个"少女力"的综合体，成为十八到二十五岁年轻女性的偶像。

　　"说实话，有时候，我也蛮灰心的。"向亮舔舔嘴唇。

　　"怎么？"诗莉抿着酒。

　　诗莉的姿态让向亮感到贴心，她在朵音乐和谭志沟通时，从来没有一次能把话说完，以至于她养成了哪怕面对面坐着，也宁愿用微信打字说事的习惯，而谭志哪怕用微信，也保持着强势，一连十几条语音，条条六十秒。

"那我教你一个技巧，以后，你再收到类似的语音消息，就从最后一条先听。"诗莉千杯不醉，一仰脖子，酒杯空了，服务生凑近，为她添上，"一般前面都是过程，只有最后一条是结果，如果不是，你再倒着听。"

"妙啊！"向亮大笑，双击掌。

"您还需要再加点吗？"帅气的男服务生问向亮。

"不，不。"向亮连声拒绝，从学生时代起，她的外号就是"一杯倒"。

"还有别的不开心吗？"诗莉脸上保持着倾听者的微笑，向亮的人气和现场能力，她都看到了，鲁智浅是个废子，旗下其他主播还没成气候，如果能签下向亮，是在 B 轮融资的关键时刻，挽回公司形象，得到投资人信任的好办法。

向亮回到"小富婆"那个打开她话匣子的关键词上，说到与朵音乐签的约，保底＋分成。向亮的节目点击率虽高，但朵音乐实行的是会员收费制，向亮的节目一部分是免费的，用于吸引流量，收费的那部分，实在很难从朵音乐的会员年费中计算究竟有多少利润是由她贡献的，因此根本不能分成。只有一些朵音乐为向亮接的商业活动中，向亮才能拿到一部分工资之外的酬劳，此外，向亮两年出了两本畅销书，书的版税是属于她的，她对着元宝大厦买的阁楼就是靠版税付的首付。

诗莉飞快地算了下向亮给朵音乐带来的利润额，判断出向亮确实在朵音乐做牛做马。向亮的流量让她惊讶，还有一丝丝难言的嫉妒，但这嫉妒很快被职业经理人的身份压下去，诗莉决定将向亮拿下。

自助餐 9 点结束，诗莉和向亮带着剩下的香槟和杯子，转战酒店通往竹林的走廊处，那里有一排木质美人靠，她们靠在那儿慢慢聊。

"你和朵音乐是一年一签吗？"诗莉看着向亮，她思索什么时，杏眼微眯，涂了黑色眼线的眼尾妩媚至极。

"三年一签，还有半年。有时候，我很踌躇，毕竟朵音乐是我的第一站，谭志捧红了我，我如果离开……是不是不太仁义。"

诗莉打消了向亮的念头："别傻了，那只是商业互换。当时当地，你们互相提供了对方所需的，合作愉快，没给对方丢脸，还提携了对方，就可以了。能做事的好时光就那么几年，耽误不起。"

酒喝多了，诗莉忍不住说起三年前向安徒生辞职时的艰难。事实上，没有李珊珊和她在副总监之职的竞争，她也要走，只是那件事促使她快走，并给了她一个好的辞职理由。

向亮把下巴搁在膝盖上，忽然，她听到一句："不如，你过来帮我吧？"向亮把嘴张成"O"。

"我为你成立向亮工作室，作为美好公司的分公司，我控股，你持股，你做老板，你挣的每一分钱都与你自己有关。我们把你说的那些变成现实。"诗莉把胳膊在美人靠上摆成 W 型，同时摆出的还有利益、蓝图。她受向亮下午演讲的启发，向亮说过和 90 后谈钱，"赤裸裸说出来更容易得到好感"，谁知向亮竟有些口吃了，"我……我……我？老……老……板……板……板？"向亮不是害怕，是太突然了，她心里的花又扑扑开放，枝蔓连一片，疯长成花园。

"对，就是你，"诗莉把 W 收回，鼓励向亮，"你可以的，我的资源、资金，你的流量、能力，一加一大于二，让我们彼此加速。"

"可我还有半年约才满。"向亮想到最后一个顾虑。

"相信我,如果你想半年后才了断的事儿,眼前就了断只会更好。"诗莉像用半生阅历做赌注,赌"听我的准没错"。

"有法律问题吗?需要我让律师去解决吗?"诗莉补充道,"对了,你和朵音乐的约,究竟有哪些是属于你的,哪些是他们的?你、向亮这个名字被他们签死了?"

"没,只有朵音乐的电台,《向着明亮那方》。而这个名字也因为是一首著名的诗名,没注册成商标。"向亮也被点醒般,是啊,她最值钱的是向亮这个名字,已成招牌,如果只割舍一个电台,随时随地能东山再起。

2. 金话筒

三天后,向亮敲开谭志办公室的门。

解约没想象的难,向亮事后分析,她是谭志真正意义上做出的第一个个人品牌,闹得太难看对大家都不好。因此,谭志听完向亮一口气说出显然在家操练过多遍的跳槽申请,只拿电子烟点点桌面三十秒,一反常态,客气地说:"待会儿还有个会,我们稍后联系,都再考虑考虑。"

一周内,谭志没大作妖,除了仍保持着动不动就给向亮发长语音的习惯,向亮也牢记诗莉的意见,都从最后一条听起,中间只有一搭没一搭地回复一个"嗯"字。

没想到其中一个"嗯",涉及一个重要决定——

谭志的原话是:"我们研究决定,和你的合作方式变成朵音乐参股向亮工作室,这样,你就不用付违约金,而我们之间还有联系，你在朵音乐的《向着明亮那方》可以保留。说实话，我们留下没有你的《向着明亮那方》实在无用。""做一个品牌不容易，我们毕竟捧红了你。""听我的，向亮，这样对你好。"

"嗯。"

回"嗯"时，向亮正聚精会神地给诗莉写商业计划书，她拿出写毕业论文的架势，做思维导图，绘制《向着明亮那方》的粉丝画像，她需要多少钱，这些钱哪些用来招人，哪些用来干事，三个月、一年、三年分别做哪些事。

"嗯"发出去，就无法撤回了。

等向亮将商业计划书的一个段落完工，去听谭志的最后一条语音时，发现他已将两份合同发过来，解约合同、新参股合同，向亮往回倒，才知道发生了什么。

她将这些发给诗莉，讨教该如何做。

诗莉立马回复："可以啊，主要看他们能给我们什么。"

向亮把腿盘在沙发上，又放下，她想起晓聪，想听听他的主意，向亮打字道："在吗？"良久没有回音，打电话过去，发现晓聪的手机停机了，再算算上一次联系，已是四个月前，而晓聪的朋友圈只有一条淡淡的分隔线，及一句话"朋友圈仅三个月可见"。

"晓聪哥还在电台吗？"向亮问一个 FM777 的熟人。

"大明星，不问晓聪，你就忘了我吧？"熟人立马回，"他走了，没联系了。"

"什么？"向亮对着金元宝的窗口喊出声，发生了什么？

一个月后，美好公司对外发布消息，整顿结束，清退不良主播。两个月后，宣布成立向亮工作室，朵音乐也是股东之一。

向亮携编辑武芸芸和阿花集体跳槽，诗莉在光华大厦十层，为向亮安排了一间朝南的独立办公室。向亮推门进去，在满屋碎钻似的阳光中，激动地捂住了眼睛，宽大办公桌后，背景板是她梳丸子头、戴红色耳机的那张写真。

诗莉站在向亮身后，樱唇一弯像一个小括弧："以后，你要是拍视频，或接受采访，坐在那里，光线正好。"

阿花和武芸芸，两人用了四个工位，诗莉解释："我给你两个招人的名额，招聘细节，你和人力小黄商量，最近就发出去。"

稍后，三层蛋糕推进十楼。蛋糕正中央是两个并立的小人，一个卷发穿黑西装，另一个盘发穿红色蓬蓬裙，小人之间是一只巧克力做的金色话筒，"开工大吉，向着明亮那方"十个鲜奶做的字，每个笔画都丰厚得让人垂涎欲滴。

美好公司的员工全部围过来，他们纷纷拿出手机拍摄，拍切蛋糕时，诗莉和向亮四只手一把刀，喊"cheers"，双双绽放露八颗牙齿的笑；拍香槟的气泡四溅，拍美艳的阿花和质朴的武芸芸。分蛋糕和香槟时，她们一脸殷勤，一路喊着"初来乍到，请多关照"。

这些图片、视频通过朋友圈发布，向亮直到第二天，坐在办公桌前，才各个角度全部欣赏完，她靠在诗莉当年送她的灰色背靠上，凝视昨天照片中，蛋糕上那只巧克力金话筒，原来，诗莉早知道她想要什么。

"一定要好好干。"向亮在办公桌下，攥紧拳头，暗暗发誓。

发完誓，就要开会了。

会议室，营销部、内容部、推广部各派代表参加。诗莉坐会议桌这头，向亮坐会议桌那头，阿花、武芸芸，一左一右，拥着向亮坐。

　　诗莉让助理小王将向亮做的商业计划书打印出来，与会者人手一份，讨论可行性最强的项目。经投票，向亮关于"少女力集市"的提案排名第一，理由有三——向亮工作室需要有一个爆炸性的新闻在公众、同行面前亮相；资源汇总需要一个突破口和载体；"向着明亮那方"这几个字文艺有余，商业变现不足，要把"少女力"从"向着明亮那方"的一句口号中独立出来成为一个品牌。

　　决定后，诗莉便让营销部小李去对接广告，内容部小樊准备物料，推广部瑶瑶负责联系媒体。从前向亮只在朵音乐上发声，有公众号，但基本只是朵音乐节目的搬运，现在诗莉要求武芸芸、阿花负责在一周内，以"少女力集市"为靶心，将原有自媒体改名，在拽音、C站等全媒体上架"少女力"，一些内容根据旧的素材改，一些则需要新的思考和策划。

　　工作布置完毕，诗莉说"小王，你待会儿出一份会议记录，群发给大家"时，向亮已在笔记本电脑上打完，她说："不用了，我已经做完了。"两人相视一笑，都想起在 FM777 时，诗莉关于会议记录谁出的快、谁最容易得到好感的话。

　　之后两人的闭门会上，诗莉却叮嘱向亮："从现在开始，像会议记录这种事，你不用亲力亲为了，记住，你是向亮，你也是向亮的老板。"

　　"就像你一样？管理着诗莉这个产品？"向亮俏皮地问。

　　"我这个产品不成功。"诗莉一愣，打着哈哈。这两年，她忙于公司事务，取消了许多耗时耗力的内容工作，诗莉的公众号、微社区和粉丝群，她都不再亲自打理，各种节目中只保持着《诗莉有约》，从周更到月更，不再是昔日的头牌。

"捡起来，还不是分分钟的事儿。"向亮给师父打气。

"再说吧，我也得有那么多分钟。"诗莉一动心思，就忍不住
薅头发。

3."少女力"

四个工位根本不够，四十个工位很快坐满了。

阿花和武芸芸各领导二十个人，她俩频繁出入向亮的工作
室，有时，向亮不得不一边化妆，一边听她们汇报工作，在两则
视频的拍摄缝隙，在文件上签字。忙碌的成效显著，除日常更新
外，少女力集市于3月7日开幕，持续四天，跨民间"女生节"
和官方妇女节。

诗莉的判断没错，她与向亮的合作贵在她的资源、资金。向
亮的流量，两代情感女主播的噱头，并不重叠的粉丝群，让姑娘
们、熟女们、阿姨们均对集市发生了兴趣。

来看当天的新闻——

"想不想永葆青春，永葆少女力，无论风刀霜剑严相逼，遇
到多少坎坷，皆能信心满满、美美地'原地复活'呢？女生节这
天，来自全国的大小女生在少女力集市都找到了答案。"

"活动位于朝阳公园，北京最受关注的地标之一。在这里，
著名女性自媒体代表向亮携手三十六家独立小众品牌，以少女力
为口号、为品牌，打造出梦幻般的女性集市。"

当天集市盛况，呈现在各路报道中——

"一进朝阳公园，只见三十六个女性品牌，三十六家店铺连
成一条街。"

　　"露露香水有个人气味订制馆之称，他们为所有流连于摊位的顾客做免费的一分钟测评，测评出最适合你的独家气味，为你订制绝不会撞款的香水。"

　　"DD高端蛋糕在现场搭建了小型摄影棚，据说许多'网红'不惜拼团也要留下和DD蛋糕合影的照片发在朋友圈以示时髦。现在，机会来了，不但有蛋糕，还有摄影棚，还有可搭配拍摄的不同款包包！满足你马上就发朋友圈的需要！"

　　"只在重庆出售的地方名片欢喜奶茶，在北京第一次出现！欢喜奶茶的服务员打扮得也像奶茶，买奶茶送玩偶，玩偶暗合集市主题，是一群金刚芭比。欢喜奶茶这一举动被视为进攻北京市场的一次预示！"

　　"此外，'红有多少红'移动红酒馆，'粉有多少粉'五百色口红展，'blue的多少种可能'失恋博物馆……令人目不暇接、目瞪口呆。"

　　这么说吧，与女性有关，与创意有关，你能想到的一切，在少女力集市都能看见。人来人往，熙熙攘攘，正经来追向亮的，玩cosplay的，穿汉服的，一家老小结伴周末出游，碰巧遇到的，将集市挤得水泄不通，"哇哦"之声不绝，一些摊位前，长队动也不动。

　　当天集市也是向亮粉丝会的第一场线下活动，在临时搭建起的小舞台前，向亮的粉丝多年来第一次见到向亮本人，她们自称"力妹"，她们尖叫、欢呼，当诗莉带着重量级嘉宾出现时，更将活动推向高潮。

　　向亮像在安平水乡一样，说起和诗莉的故事，她依旧投入，诗莉听过多次了，还是配合演出，流下感动的泪。稍后，诗莉请来的数位女创业者、主持人、明星，轮流上场，分别谈起自己最具少女力的那件事，还留下手模，手模由阿花和武芸芸一一捧下去。向亮和诗莉，加上杰出女精英们合影的照片、视频发得到处都是。

这是向亮的高光时刻，早在FM777，她作为实习生在朝阳公园的创意集市采访时，就曾梦想过有条这样的街，到处挂着她的头像、她的名字、她的口号。

彩带飞舞，她和"力妹"的一些代表在视频直播的镜头前做鬼脸，展示在集市上的收获。诗莉正在接受采访，一位FM777的记者把话筒杵到她面前，诗莉带着自信的笑，如女王发布演说："我要把向亮打造成第一女性自媒体，美好公司已经建立了自媒体矩阵，在向亮之后，我将继续签约人气品牌……"

嗬，这也是诗莉作为职业经理人的高光时刻吧，她像舞女大班，展示手下猛将如云。

傍晚，向亮在"红有多少红"移动红酒馆看到一个年轻男子的背影。除了媒体和美好公司的工作人员，来集市的男性实在是少，那背影就显得特别扎眼，向亮越看越眼熟，她快步走过去，正脸朝向那男子，果然！她喊了一声："晓聪哥！"

"好久不见！"晓聪和失联前比，少年气犹在，却又说不出哪里不对，他浑身收拾得还是那么利索、高级，衬衫袖子还套着袖箍。

"真的是你！"向亮抓住他的袖箍，摇晃着他的胳膊，缠着丸子头的彩带从丸子边滑到她的肩膀，落在晓聪身上。

晓聪算是诗莉的半个徒弟，他是诗莉带出来的，关于晓聪的消失，诗莉知道的比向亮多。三个人坐在公园门口的一家咖啡馆，向亮追问晓聪为什么，诗莉给晓聪加糖、加奶，像姐姐对弟弟，她只说了一句"回来就好"。

"从哪儿回来？"向亮好奇地问，啜一口美式。

"青岛。"晓聪冲诗莉道一声谢，端起他的那杯。

"噢，你老家。"

"现在怎么打算？还回电台吗？"诗莉指的是FM777。

"出来了，还回去干什么。"晓聪下巴一圈刮青的胡子根，带着慵懒的荷尔蒙味儿。

"要不要我给安徒生打个电话？"诗莉不解晓聪的打算。

"不用了，"晓聪从双肩电脑包里找出两张新名片，分发给诗莉和向亮，"我做了家小公司，今天过来也是想看看，有什么能一起做的。"

师徒二人双双低头，研究起晓聪的新名片和新身份。静默五分钟后，在向亮追根究底的眼神中，晓聪说起这两年，他经历的事儿。

晓聪的妹妹，比他小七岁，和他同母异父，一样没有父亲。晓聪的母亲嫁了两次，都遇到丈夫早亡。晓聪读大学时，母亲也撒手人寰，临终时，她把妹妹托付给晓聪。晓聪把妹妹供上大学，两年前，妹妹大学毕业，晓聪发动所有关系为她找工作。他还给她买了一辆电动车做代步工具，上班一个月，妹妹就骑着这辆电动车倒在一辆大货车的车轮下。

"啊！"向亮惊呼，双手捂住脸。

诗莉拍拍晓聪的背，事情过去两年，提及伤心事，晓聪仍忍不住身体颤抖。

"我去办的后事。"

"没事，都过去了。"晓聪结束颤抖，转回正题。

"所以你辞职了？"诗莉拨拨头发，身体前倾。

"对，我有一段时间，没有办法从情绪中拔出，不太适合继续工作。"晓聪简短说完他离开 FM777 的原因。

诗莉从桌上拿起晓聪的新名片，把玩着，想起什么，问晓聪："你这公司和'晨晓聪语'是什么关系？"

"聪语就是我。"

晨晓聪语是最近崛起的一个情感自媒体，打"国民哥哥"牌，每天早上 7 点零 7 分准时发布音频和文字。

"就是你！"向亮的手终于从晓聪背上挪开，她拍着巴掌，难以置信，站起来绕晓聪一周，"是啊，我早该想到是你！"从男性角度解决情感问题，一会儿支招，一会儿吐槽，一会儿灌鸡汤，一会儿打鸡血，还能是谁？还有，怪不得听晨晓聪语，总觉得耳熟呢！只是为什么聪语从不以正脸示人，宣传照都套着一个玩偶的头，跟蒙面唱将比赛似的？

"我那段时间状态不好，整个人有些浮肿，我不想以真面目见人。有一天，我觉得我妈妈和我妹妹并不想看到我这样，我得振作起来。有过去的听众给我写信，我想开了，我失去我的妹妹，可我的听众都是我的弟弟妹妹，我还能当哥哥，给所有听众当哥哥……"晓聪说起做"晨晓聪语"的缘由。

没有野心，只想在治愈别人的同时治愈自己，晨晓聪语在珠穆朗玛和朵音乐、乐乎上靠自然流量的增长渐渐积攒人气，毕竟是专业人士，很快脱颖而出。当这三家平台都来找他签约时，却被他拒绝了，因为不想受束缚，还有状态没有调整过来。

"今天，来找我们是？"诗莉声音温婉，捏着那张名片，她的葱葱玉手，一只搭着另一只，优雅地放在膝盖上。

"有个项目，我吃不下，你们可以做，我搭个线，拿点儿中介费。"晓聪从双肩包中掏出笔记本电脑。

诗莉忽然想起，晓聪在 FM777 时，做过几年汽车节目，那会儿，他还负责拉广告，真是每段经历都不会辜负你。

4. 逃离大都市

诗莉掐灭烟头，将它摁进烟灰缸，让它和它的十六位兄弟团聚，再一仰脖子，用喝中药的方式把一杯美式咖啡灌进喉咙。时钟指向深夜 1 点，十楼灯火通明，一同加班的有十来个人，平均年龄二十五，诗莉有点羡慕他们的年轻，尤其是向亮。她在丸子头上插一支笔，表情焦躁，精力却还算充沛，正对着电脑改策划案。

这是第四十三份策划案，前四十二份都被赞助商合纵旅行否定了。合纵旅行是一个开张不到两年的航空服务 APP，他们付给"少女力"天价广告费，旨在借用向亮的影响力，做出刷屏的营销事件，让更多人知道合纵旅行的大名。他们否定的理由分别是执行困难、创意不够新鲜、没找到爆点、请问燃点在哪里、似乎只是及格还不够优秀……

行内默认的口号是，"给钱就行，姿势任选"，那就改吧，诗莉陪着他们改。

第四十三份策划案又被打回来了，在座的所有人都觉得黔驴技穷，不可能再想出更好的方案了。向亮绕着会议室的长桌转了一圈，转到门外。诗莉看见她蹲在门口挠头，走过去递根烟给她，向亮抬头，瞪大眼睛："诗莉姐，我不会。""来一根吧，提神，"诗莉又让了让，"我以前也不会。"

"那是怎么抽上的？"向亮不解。

"以前虽然忙，忙都是锦上添花，有时间自律、养生，后来都是被逼着忙，不得不忙，只有时间自损、消耗。"诗莉吐出一个烟圈，她又要把烟往向亮面前抻。

向亮直起腰，犹豫着接过，诗莉从口袋里掏出打火机，给她点上火。她们走到窗口，向亮不熟练地吞云吐雾，呛得咳嗽，她捂着胸口；诗莉夹着烟，歪着头；她们的剪影投映在窗户上，像一幅画。

"'可以约你吗'足以刷屏。"向亮提起第三十七份策划案，方案核心是由合纵旅行赞助三十张机票，替三十个单身青年送给暗恋对象，制造惊喜。

"听起来像一夜情，再说收了机票，对方仍然不接受，咋办？"诗莉提醒她。

"其实，出一张每个人一年的飞行总结图，也不错，起码大家都愿意'晒'。"诗莉说的是第十四份策划的"梗"。

"问题是，合纵旅行没那么多人用，'晒'的人有限，如果大家都'晒'，也用不着我们做推广了。"向亮指出那份策划的漏洞。

"机票。"诗莉喃喃元素之一。

"刷屏、刷屏。"向亮重复甲方要的效果。

诗莉把烟头往窗台上一拧，"回去干活吧，等这场仗打完，奖励你们组放大假，想去哪儿玩？"

向亮一根烟只吸了十分之一长，她边咳边回答诗莉的问题："哪儿都行，最好说走就走，最好到机场才知道目的地，只要能逃离大城市这种紧张的节奏。"

"嗯，说走就走，不知去向，逃离大都市。"诗莉捕捉着字眼。

向亮灵光一现，对上师父的眼神，两人心有灵犀，互相点了个头，第四十四份策划案呼之欲出。二十天后，上午9点，"少女力"微信公众号首发文案《送你一张机票，三小时内，和我一起逃离大都市》。文章称，"少女力"与合纵旅行联合推出"一场说走就走的旅行"，游戏规则为"微信后台回复'逃离大都市'即可获得机票集合地点，之后赶往离你最近的首都机场、虹桥机场、白云机场，参与活动，前三十名，将获取一张前往未知地方的机票，并要完成规定任务。"

前方，"666直播"全程跟进该项活动。镜头里，向亮的水蜜桃脸红扑扑，她一路奔跑，一路采访，一路给赶到首都机场的热心粉丝发放机票。

后方，美好公司办公室。

诗莉正在监测数据，刷屏效果比想象的更好，阅读数量三十分钟破十万，三小时破百万，涨粉十万。她盯着旗下其他主播暗搓搓转发向亮的消息，盯着大平面的工作人员玩命接电话、对接直播平台、在"少女力"的各种媒体平台上扮客服、回复留言，有人不约而至，是晓聪。

晓聪推门进来时，诗莉浑然不知，晓聪轻轻用右手食指关节，在玻璃门上叩了叩，诗莉抬起头，他见诗莉随意将卷发盘在头顶，咧嘴一笑："你今天的发型，我还以为是向亮呢。"

"嗯，向亮不红的时候，都说是低配版诗莉，现在红了，开始说我是发展版向亮。"诗莉揶揄着老搭档。

合纵旅行的单是晓聪介绍的,就目前的形势看,赞助商还算满意。诗莉和晓聪对坐在沙发前,诗莉没空招呼晓聪,忙着看向亮后台的留言和直播进程。向亮正在向粉丝解说任务,粉丝正在拆信封,信封中除了机票,还有任务清单。

在首都机场,一位妙龄少女举着任务单,甜美地笑。她的机票是北京—项城,任务是"在项城乘热气球",少女尖叫:"我恐高!但豁出去了,坐一次热气球!"另一位活动参与者是位中年大叔,胡子拉碴,胡子和头发都是自来卷。他一只手举着机票,另一只手比着胜利的手势,面对镜头,他呵呵笑:"请六安姓马的女士加我哦,我的微信号是××××",他的任务是"认识一位马姑娘,一起游览佛子岭水库"。

其他任务,逐一公布。直播区的评论每秒都在刷新,"文艺致死!"成为点赞率最高的评论。

镜头切换至白云机场,武芸芸正向十位穿得花红柳绿的幸运儿发放任务信封,美好公司在当地的签约主播李雷和他的搭档主播韩梅梅一起主持。

韩梅梅念:"去并州,坐一趟有轨电车,把沿途的站名背下来,研究每个站名背后的故事。"李雷做出羡慕的表情。李雷念:"去漠河,试着抓拍一张日落的照片。"韩梅梅亮出嫉妒的眼神。

镜头切至虹桥机场,美好的另一主播华商和美艳的阿花已经互动起来。华商一手搭在阿花的肩膀,另一手用尽力气握一个用户的手:"恭喜!恭喜!我也想和你一起去牧马草原数风车!"

阿花的两只手也没闲着,她和一位大学生打扮的寸头青年热络地谈着,阿花尖叫:"哇!你确定你领的这项任务?这可是我最想去的地方,最想做的事呢!"寸头青年把任务单转向观众,赫然印着"去北海，找一尊月老像，和它合影，许一个愿望"。

晓聪站在诗莉身后看直播，突然冒出一句："向亮下面的阿花，镜头感还不错啊！""对！她很会来事儿，小时候学戏的女孩子，长大了眼珠子都灵活。"诗莉没回头，对着电脑屏幕点评。晓聪环顾左右，直播中的那些任务写在诗莉办公室的白板上，密密麻麻，有诗莉的字迹，也有向亮的。

"去米米大教堂吃十个大列巴。"

"在顺阳老街上找到一栋一百年以上的洋房。"

"到邵安的原始森林捡一截小树枝。"

"在狄门山的玻璃栈道上走一趟，害怕，就大叫出声，并录下来。"

……

"你们这该死的浪漫。"晓聪走到白板前看了会儿，不但说出来，还哼了出来。诗莉笑了："对，该死的浪漫，是直播区点赞率排第二的评论。"

时针指向 12 点，第一批登机的已经落地，最后一批飞机已经起飞。参与活动、去完成任务的人开始在各自社交网络更新，"少女力"全媒体跟进；没参加上活动，跑到机场，看着机会落空的，也觉得这是难得的经历，继续贡献着眼球，贡献着朋友圈关注，哪怕只是和向亮、和"逃离大都市"的大牌子合了张影呢。当然，更多的人无缘活动现场，他们只是看着"逃离大都市"上了热搜，成为热议人群中的一员，看别人未知的旅程，会遇到什么刺激。这动人心弦的旁观从周五上午，持续到周六周日，直到下一个周一，仍是都市上班族中讨论最热烈的话题。

到周二，捧和杀几乎同时出现。负责执行落地的 KK 公司率先发布文案，扬言"逃离大都市"是他们的创意，美好公司，尤其向亮，不过是 KK 请来的代言人；合纵旅行的公关部几乎同时对外宣称，该项目的策划已经运筹帷幄半年之久……两方打得不可开交时，有不和谐的声音出现。有网友称，此次营销事件是文艺青年的大反攻，是把文艺当生意做，是侮辱文艺青年。在此之前，诗莉就曾发布"情感如何当生意做"，于是，"什么都是生意""情感情怀都是生意吗"大讨论变成大混战，用句时髦的话来说，逃离大都市"出圈"了……见势不妙，KK 公司和合纵旅行又开始互相推诿，说明自己只是参与方，其实是陈诗莉的美好公司为主要推手。当外面乱成一锅粥时，周二下午，诗莉已和晓聪关起门来，讨论起下一步合作。

"实际情况，是向亮抽了一根烟想到的吧？"晓聪滑着手机屏看着 KK 公司和合纵的文案，忍不住问。

诗莉没理会，"对我来说，前一秒没用的都是往事。"她向晓聪解释请他来的用意："合纵这一单尾款月底到账，款结清，我们就扔开合纵，让商务去招商，把'逃离大都市'做成我们的自有品牌，你和向亮各自领一队。"

"我和向亮？"晓聪摸摸下巴。

"当然不只你俩，有我签的其他'网红'，再找两个明星，借机推一下……你也发挥下你的特长，继续拉广告，给你八个点提成。"诗莉忽然想起什么似的，"对了，向亮说逃离大都市是她抽烟时想到的？"

"怎么？"晓聪问。诗莉的眼神耐人寻味，"没啥，我只是想到十年前的我们，每一个经手的大项目，哪怕亲力亲为都会说成安徒生做的，感谢领导，把师父摆在第一位。"

晓聪马上领悟到老搭档的意思，岔开话题："一代又一代。咱们再在面儿上感谢，最后也都离开师父了。大徒弟都不好带，向亮这次表现不错……"

"对，能给公司盈利就是好汉，"诗莉及时收起对向亮的微词，"我放了她两天假，第二季下个月月中启动，有的是要用她的时候。"

有员工进来，递给诗莉文件。诗莉匆匆瞄两眼，递给晓聪，是"逃离大都市第二季"策划案。晓聪将几张 A4 纸翻得啪啪响，看到他要执行的任务是"喝一瓶崂山白花蛇草水，吃一块钙奶饼干，体会青岛人的骄傲与寂寞"，笑了出来，一口整齐的牙在阳光下白得耀眼，果然，他在随后的招商名单中，看到蛇草水和饼干公司的名字。

"所以，向亮带队是去乌鲁木齐？"晓聪猜。"对，衣锦还乡不好吗？人熟、地头熟，当地品牌也好介入。"诗莉说的确实是那么回事。

美好公司以迅雷不及掩耳之势连续两个月刷屏，"逃离大都市"第一季还未退热，来自天南海北，踩着张家界玻璃栈道，啃着东北大列巴出逃城市，回归田园、说走就走的都市人的视频还在网上散发时，一众"网红"、明星已加盟，在向亮和晓聪的带领下，十条线并行，被直播，被当成新综艺，在网络平台 C 站上线了。这时，合纵旅行和 KK 公司全程闭嘴，再也不提是谁的创意、谁的执行了，只剩合纵隐隐地控诉："美好公司营销事件做得很大，但为我们引流的目的没有达到"，"可以说，我们花钱为美好公司、为美好的头牌向亮做了一场营销"。"逃离大都市"成为诗莉创业以来，操作最成功的品宣加盈利项目。

"不怕晓聪哥难做吗？毕竟是他拉来的单，"第二季正式启动前，向亮坐在会议桌的这头问那头的诗莉，"这也是我在首都机场给粉丝发完任务单，想到第二季策划时最忌惮的一点，所以把合纵仍计划在这一轮的合作伙伴中。""前一秒都是往事，没关系都是故人，绝不恋战。"诗莉提到和合纵公司的关系，至于晓聪，"行规五个点提成，我给了他八个点，已经补齐他的损失"。

诗莉揉揉脖子，捏着水笔，脸冲着向亮那组人马提交的苹果、羊肉、景区的广告文案中。是的，第二季策划是向亮的核心创意，但诗莉对内对外发布时，绝口未提。

"向亮，你们新疆真好，"诗莉只是一伸胳膊，冲这头还没想清楚晓聪难做不难做的向亮莞尔一笑，"什么时候，不为工作，你带着我，我带着我闺女，去你家乡玩一趟。"

"你和姐夫是不是……"向亮脱口而出，带着一直以来的疑惑。

诗莉的笑容凝固了。

下

1. 人肉大会

"合作一周年快乐！"诗莉微笑举杯，照例千杯不醉的范儿。

逃离大都市两季完美收官，向亮从新疆飞回，诗莉在皇城根儿下的一家高端餐厅，为她摆了桌接风宴。诗莉脸上的红晕证明，她对向亮的表现十分满意。向亮眼中闪着光，她拿起酒杯碰诗莉的，一仰脖子，一整杯入喉。"不错啊，酒量见长！"诗莉夸她。

"是啊，在新疆那么多年都没练出来，这一年，到处混圈子，和赞助商吃饭、谈业务，现在白酒也难不倒我。"向亮感慨。

"怎么样？有衣锦还乡的感觉不？"诗莉问。

向亮笑成一朵花，她说起，抽空回到老家小城，被电视台、高中实习的电台、毕业的中小学及幼儿园都拉过去作为名人介绍成功经验的种种，"哎呀，我妈当了一辈子老师，怎么也想不到，有一天会被学生追着问'如何能长成一个网红'。"

诗莉笑出声。

"除了一件事，我妈不满意。"向亮给诗莉满上酒，给自己也满上。

"什么？"

"诗莉姐，你是不知道，在我们那儿，女孩快二十六，就是大龄了……我还……"

"在北京，你不用担心，"诗莉为向亮鼓气，"三十岁前都不用担心。有时，我想，这也是大城市的好处，人人都忙，没空管你。你看，我们是不是下一次做一场'逃回大都市'？"诗莉的习惯是说什么最后都能谈回工作。

"好啊！"向亮鼓起掌来，"但我现在最想做的是'人肉大会'。"

"人肉大会？"诗莉对着蓝天白云和牛排问。

"对，人肉大会。"向亮兴冲冲，说起她在回程飞机上苦思冥想的新型相亲局，还和逃离大都市第一季一样，发布公告，招募男女粉丝，以相亲为目的。这次收费、限名额，再学诗莉当年，包一条豪华游轮远航在外一两周，"没有感情也处出感情啦！"

两人吃饭的窗对着朱红色的宫墙，城门的檐在阳光的照射下，显得分外高大巍峨，几只鸟儿从天空掠过。向亮摸出手机，把简要的方案用微信发给诗莉。

"向亮，没你想的那么简单。"诗莉不得不给向亮泼冷水。她放下酒杯，小脸变得严肃起来。她让向亮先算账，打算组织多少人，游轮有多少位子，有多少年轻人会有几周的时间恰好可以出游，并出得起游轮平摊下的钱。项目听起来没那么有诱惑力，除非做出新意，否则很难找到赞助商。

"游轮会挣不着钱？会没有噱头？"向亮被打击了，她提起诗莉做的北极游轮情感专家游。

诗莉沉吟片刻，轻轻抿了一口酒，她不是一个愿意承认失败的人，但为了阻止向亮做赔本买卖，将创业之初叫好不叫座的北极游真实情况和盘托出："真的，我拿到财务报表，心都凉了，辛辛苦苦二十多天，加上筹备的时间，搭进去两个月，最后赔了十几万，我被沈总骂死了。但那是创业之初，美好公司需要新闻，而今我们不需要了，你向亮的工作室做出一系列营销事件，现在我们要踏踏实实想着怎么盈利了。再说，全公司的资源一直向你倾斜，公司签的其他主播、博主已经有意见了。"

这是向亮和诗莉第一次产生分歧，向亮心有不悦，仍不忘恳切劝说，向亮工作室需要不断有刷屏事件是理由一，"少女力"要用一场别出心裁的线下相亲活动打好美好公司的情感社交牌是理由二。向亮滔滔不绝地说着，语速越来越快，诗莉自顾自切着牛排，终于，向亮忍不住敲桌子："诗莉姐，我的工作室，我总有权力做主吧？"

"咱们签的合同有一条包括服从公司和我对你安排的约定，"诗莉将五分熟的牛排切得藕断丝连，丝是血丝，"我不是不让你做，是在你想到好方案、绝对盈利的方案前，别轻易做。"

"行，那我回去想。"向亮闭嘴，两人沉默着，各吃各的。诗莉意识到言重了，毕竟她们不只是上下级，在向亮的小公司里，还是合伙人关系。她把剑拔弩张的氛围往回拉："我是怕你吃力不讨好，我们之前的少女力集市、逃离大都市都是绝对成功的案例，最近拿到的广告单和现成的项目，都执行好，做好口碑，就够吃一阵子了，何况你还有日常的更新……"

"这样，我保证做好每一项现有的工作。人肉大会，我一定要做，不过，活动以省钱为主，场地以免费为主，范围以北京本土为主。另外，必须有新意，您看行吗？"向亮的态度不容拒绝。

诗莉看看她，五秒钟后，道一声："好。"

向亮松口气："诗莉姐，我做这场人肉大会，除了为工作，为自己，也是为了你。"

"我？"诗莉莫名其妙，一只黑鸟隔着玻璃，从她旁边飞过，扶摇直上，在城楼东北角的钩子上短暂停留，双脚一点一蹬，往更北的地方飞。

"对啊，别瞒我了，我看得出来，你现在是一个人。"向亮的脸已经红得像杯中酒了。

诗莉摇着酒杯，不动声色。

"我觉得在公司，同事们都知道你离婚的事了，再找一个吧。人肉大会说不定……能解决许多人，包括你我的问题。"向亮鼓起勇气说。

诗莉放下酒杯，拿餐巾优雅地擦擦嘴，招呼服务员："买单！"

人肉大会，拖了又拖，半年后，才举办。

诗莉不支持，向亮必须亲力亲为，失去母公司的帮助，诸事艰难。常规工作外，大伙儿筹备了一个月，就在向亮和诗莉那天吃牛排的宫墙饭店一楼，高规格的相亲大会，不，人肉大会，拉开序幕。

为了做出新意，向亮打出"211人肉大会"的旗号。

没有鄙视谁，只是向亮身边都是毕业于211、985大学的单身男女青年，211也成了收费标准，不过加了个零，每人两千一百一十元。这天晚上8点，宫墙饭店一楼被向亮包下，很久没下雨的北京竟突如其来下了一场暴雨，撑伞的青年男女在门口领嘉宾信息表、号码牌，表格填完就贴在号码牌背面，方便相亲时异性"翻牌子"就了解各种情况。

二百一十一名男客，二百一十一名女客。

向亮站在两百多人中央，头发高高束起，穿一件公主裙，致简短平安夜祝福语，大意是希望大家在今晚，在如此高端的相亲局上，找到对的另一半，并宣布"八分钟约会"的游戏规则。

活动开始，向亮在一旁微笑。她等待着0点的到来，并没发觉眼前从这桌挪到那桌的女生中，戴着贝雷帽、编号45、叫牛妞妞的是竞争者派来的卧底。试问竞争者姓甚名谁？哈，一个久远的名字，鲁智浅。

牛妞妞于0点后，在回去的专车上即被鲁智浅催促更新了恶意满满的揭秘文，她把当晚在宫墙饭店内发生的情状以吐槽的方式渲染成文——

"哈哈，终于混进所谓211人肉大会了，见到久仰的'网红'向亮（也就那么回事），参与者是真高端，除了毕业院校，近一半嘉宾在金融行业工作。

"说是相亲，更像是人才市场的一场面试，每个人都是应聘者，每个人都是面试官。

"与我同桌的一位男士是名海归，他主要通过自我介绍展露自己的优秀。相比他的沉默，1997年出生的小立十分亲和。但她似乎有些健忘，经常把别人的信息弄错，或回答别人的提问，和她的简历上介绍的信息不和。

"我邻桌的一位男嘉宾，听完他们桌女嘉宾的自我介绍后，以接电话为由离场，再没回来。场面有些尴尬。

"我提问每个我遇到的男嘉宾，谈过几次恋爱，都因为什么分手。一位男嘉宾告诉我：'你这样，我觉得隐私被冒犯。'可是恋爱之前不是应该做好背景调查，应该坦诚相待吗？那位男嘉宾看了我一眼，说：'我不接受这样的调查。'说完也离开了。

"以上都不是重点，重点是，0点，主办者向亮宣布她在人肉大会上找到了可以交往的对象。当她与挑中的男嘉宾凯文一起亮相时，有好事者扒出，凯文的真实身份是平面模特，业余在三里屯酒吧做酒托，绝非重点大学毕业生。不知道是向亮在审核资质环节时出现问题呢，还是明知凯文的真实身份，此次特地邀请他来做婚托？"

早在看项目方案时，诗莉就叮嘱过向亮："我只说一句，安全第一，一定要万无一失。"

牛妞妞的揭秘文被好事者于12月25日凌晨推送到诗莉的手机上，当时，诗莉正躺在浴缸里，手捧一杯红酒，浑身堆满泡泡，今晚终于能在9点前赶回家，赶上睡前给女儿讲个故事。诗莉被接连三个爆炸性推送惊得红酒都泼进浴缸里，少顷，泡泡变红了。

推送一，牛妞妞的揭秘文，以《高端相亲？高端人肉？访'网红'向亮、美好公司平安夜特别行动》。

推送二，《"少女力"变成"少女利"——三里屯酒托惊现211相亲局，审查不严？还是婚托？》，配图是人肉大会上，向亮和凯文手挽手为现场活动举行结束仪式开香槟的照片，评论区一片嘘声。

推送三，《美好公司的又一"人设"骗局！完美女人、情感导师陈诗莉原来早已离婚？！》。诗莉就是看到这篇时，将红酒泼洒的，她最近刚腾出手，招募了一个新团队，重塑个人品牌，打的就是婚恋品牌。前不久，她才做了一系列"婚后如何增值"短视频，其中，《结婚十年，我们还过情人节》那条，甚至被一家巧克力品牌篡改为广告语，以"结婚多少年，都要过情人节"面目推出，可见热度，现在，只有尴尬度。

果然，李大圣的电话打到，口气一点也不客气。诗莉用温软大毛巾将自己裹紧，走出洗手间，她不等李大圣夹枪带棒说完，"现在咱俩坐在一条船上，先想怎么应对吧，毕竟你的事儿似乎比我的事儿更难见人""再说，你怎么肯定就是我这边露出消息的？对我的折损，比对你的要更大吧？""我如果是你，先想一想，我们离婚的事爆出，对谁最有利！说不定……"李大圣不吭声了，诗莉趁着他沉默，将电话挂断。

诗莉裹着浴巾，坐在临窗的沙发边良久，直到身上的热气渐渐消散，水珠完全被浴巾吸收，才站起来，慢慢穿上衣服。事情既然出了，最重要的是消除影响。她将心里的事儿和人排了下优先级，逐一打电话、发消息。

"小齐，我不管你用什么办法，找到黑我们的公司，让他们删帖，或者找'水军'控评，总之明天早上，必须有个结果。"公司负责外联的小齐在睡梦中接到诗莉的电话，她赶紧爬起来加班，唯唯诺诺。

"白先生，对不起。"诗莉的声音迅速调整成温柔、软糯，带一丝可怜兮兮。她发的是微信语音，白先生是近期"诗莉美好婚姻训练营"的项目合作方，也是晓聪拉来的单，"我想您已经看到了，网上对我个人生活一些事实的披露，本来是私事，但我害怕会影响到咱们的项目，我之后会跟您解释，放心，我们公司一定会尽快消除负面影响，项目呢，我也会想出一个合理推进的方案，拜托了！"

"沈总，我有个不情之请，我们把之前签的出版合同更新一下。"沈亮是诗莉的投资人沈辉的弟弟，一家出版公司的负责人，他签了诗莉即将出版的新书，诗莉语气焦虑，一副自己人的态度，沈亮还在外应酬，他让诗莉等一下，几分钟后，他问诗莉出了什么事儿。诗莉简短描述后，沈亮问有什么他可以帮忙的，诗莉说："很简单，我明天要宣布，需要您这边的合同作为证据，可以不换合同，但我要改一下之前的，和你通个气。""你打算怎么改？"沈亮摸不着头脑，"新书书名改成《离婚指南》，副标题嘛，"诗莉沉吟一下，"就叫'分手后，成为更好的自己'""我这边没问题，但不是已经写完，编辑在看稿了？你现改来得及吗？"沈亮惊讶。"可以的，再加点新内容，当务之急，是要解决我现在的窘况。"

沈亮马上就懂了，他表示，既然如此，趁现在大家都在讨论诗莉离婚，明天诗莉宣布离婚和要出的新书，出版公司官方微博会紧跟着转，务必让大众以为诗莉不是隐瞒离婚，而是酝酿一个营销事件。

"OK，你们继续喝。"诗莉和沈亮告别时，嗓子有些沙哑，他们的通话被打断了好几次，"嘟嘟""嘟嘟"声闯入五六回，是向亮拨来的。

"真的不是我。"向亮哭了出来。

沉默。

"诗莉姐？诗莉姐？"向亮焦灼地喊。

"我在听，你说吧。"

诗莉把手机摁成免提，向亮的声音充斥整个书房。诗莉拿起玫红色齿梳，一下一下刷着潮湿如方便面般一缕一缕的卷发。

"诗莉姐，我也不知道，阿花他们请来的男模，还是个酒托。原本只是觉得颜值可以，怨我，怨我。"

"但你离婚的事儿，不是我说出去的。"

"诗莉姐，你放心，我一人做事一人担……"

向亮的声音还在房间里回荡。

诗莉把梳子往梳妆台一拍："向亮，你没有认识到问题的严重性，不是你对不对得起我。公司捧你，给你资源，不是你我两个人的私交。我早说过，合作就是商业互换，我不想听你哭，只想听你用什么办法解决，解决有很多种办法，危机可能就是商机。另外，这半年来，你的大多数时间在干什么，饭局、沙龙、四处宣讲……以前你自己写稿子，写策划案，现在都指望阿花、武芸芸，你一心想办人肉大会，那可不可以上点心？"

诗莉的每一句话都像抽在向亮身上的鞭子。

"行了，我不跟你多说了，"诗莉见白先生的电话进来，"好好想想残局如何收拾。"

这个平安夜，向亮在街上流浪。是的，饭局、沙龙、酒肉朋友……半年来，确实是向亮生活的主题。仔细想来，保不准就是哪次在饭局上喝多了，她说起诗莉的隐离婚，说起公司的各种故事，说起坊间各式八卦和新闻，在众星捧月中，她迷失了。

2. 鲁智浅

向亮不知不觉走到日坛公园门口，已是圣诞节，一身红衣的她，戴着红白相间的帽子，有人向她吹口哨："喂，你是圣诞老人派来的吗？"有汽车从她身边驶过，"上车吧！"车窗摇下来，一张熟悉的脸，竟是鲁智浅。

向亮没有动，鲁智浅干脆下车，为向亮拉开车门："我还能吃了你不成？好歹，我是个公众人物。"他悻悻笑一笑，"过气'网红'也算红过。"

向亮拒绝，眼中满是警惕。鲁智浅咳嗽一声："姐，不瞒你说，今晚混进去的牛妞妞是我的人。"鲁智浅把副驾驶的门拉开，弯腰，做一个"请"的手势："上来，我们细说。"向亮如太阳穴擦了清凉油般瞬间清醒，她打开车后座的门，钻了进去。

上车后，向亮紧握拳头，身体前倾，抓住鲁智浅的衣领就往后拽，被鲁智浅的两只细胳膊架住。他求饶道："好好，我承认，我做得不对，但我发誓，我不是针对你。"向亮不依不饶，胳膊架在鲁智浅胳膊上，仍在挣扎，伺机扑打。"好男不和女斗！"鲁智浅一松胳膊，双手抱拳，摆出求饶的架势。向亮经过又累又混蛋的一晚筋疲力尽，颓然往后一仰："说吧，你究竟想干什么？"鲁智浅咂吧咂吧嘴，再回头歪着身子，和向亮做掏心状。

他先掏一颗红心——

"向亮，咱俩无冤无仇，我不能说为你好，却也不会刻意害你。要怪只怪你是美好公司的头牌，我们是广义上的情敌。"

向亮一扭脸："跟你？死敌？"她的瞳孔中燃烧着两团火。

鲁智浅又掏一颗黑心——

"当然，我是不想看到美好公司，尤其诗莉好。凭什么啊？老子给她挣了第一桶金，多少人冲着我，和美好公司签的约，老子倒了霉，她就把我甩开？"

"今天不是你向亮，是她捧的别人，我也会找机会、找槽点曝光，但是……向亮，你不能否认，你这次槽点、黑料确实满满吧？"

鲁智浅将黑料一条一条转发给向亮，向亮看着冷汗直往下滴，包括"211相亲局中，学历造假的已查有三人""职业婚托王啸峰进入211相亲局"，都是一些公众号的预览链接，并未发布。这一切充分证明鲁智浅布局已久，也说明向亮组织的这次活动从筹备之初就欠审查意识。

"你想威胁我？"向亮警醒地说。

"不，谈个合作。"鲁智浅一笑，路灯射进车内，照见他刚做过美容抛光的牙，白森森。

"什么合作？"向亮内心拒绝，可嘴上还想问清楚。

"配合我，集体曝光陈诗莉、美好公司。"

"比如？"

"克扣主播工资、提成不兑现、卖假货、诈捐、虚假'人设'、员工五险一金没交全、恶意营销、竞争和偷税漏税……"鲁智浅咬牙切齿地说出九大恨。

　　向亮瞠目结舌，忘记自己绝不结盟的初衷："你这些都有根据吗？"

　　"有的有，有的没有，"鲁智浅倒也诚实，"真话中掺点儿假话，只要论证真的是真的，假的看起来也像真的了。"

　　"而且你还能像在食堂饭里故意丢一只苍蝇一样举报，对吗？"向亮前后串起来想明白了，什么凯文，什么王啸峰，和牛妞妞一样，都是鲁智浅故意派去相亲局的。

　　"聪明！"鲁智浅冲向亮竖起大拇指。

　　两人沉默一会儿，鲁智浅絮絮叨叨说起他停工后的惨状，没有工作，没有活儿，贷款买的房子，因付不起房贷，强行被法院拍卖。他去诗莉公司讨要之前口头承诺过的数百万提成，诗莉拿出当初合同上的赔偿条款说事："赔偿条款上说五十万，陈诗莉掐着另一条，非要我赔偿公司一个月整顿损失的营业额。"鲁智浅的白牙把嘴唇咬出一个深印。

　　"你还不是活该的？"向亮顶他。

　　"你也活该啊，你们最近赚得盆满钵满。你一笔年终奖，就买了三环一套房；你们一条广告利润就赶上人家工薪阶层一年的工资；你的那点事，陈诗莉那点事，还不是你一晚上赶几场饭局，喝多了，抖搂出来的？"鲁智浅毫不示弱。

　　"所以……诗莉姐离婚的事儿，是我说的？你捅出去的？"向亮的妆花得一塌糊涂，两颊红得像烂桃子。

　　"那倒不是，意外之喜。牛妞妞发布揭秘文时，在后台，我们发现一条自称掌握美好公司更重要秘闻的留言……我猜是陈诗莉前夫的现女友。"

　　"何以见得？"向亮挑起眉毛的样子和诗莉神似，把鲁智浅吓了一跳。

"留言说：'陈诗莉离婚了，还霸着，最见不得这种婊子'。"鲁智浅得意地说，"我分析得对不对？"

窗外，天空从黑到蓝又到白，看看表，6点多了。

向亮惊觉和鲁智浅竟在一辆车里待到天亮，她一脸敌意听鲁智浅说完复仇计划，和允诺给自己的好处是什么，等鲁智浅的手伸向向亮，意图握手成同盟时，"啪！"向亮把车门一摔，扬长而去。

"别啊，向亮！听我一句劝，你早能单飞了，别像我那么傻，给陈诗莉做牛做马！"鲁智浅把车开得极慢，跟在向亮身边。

向亮不理他，继续往前走。

"我给你找投资，或者咱俩做一个公司，保证赚。"鲁智浅游说不休。

"信不信，我今晚就把你的那些黑新闻都发出去了。"这是恐吓。

"我信！但你刚才的话，我也录音了。"向亮花了妆的脸，尤其睫毛膏揉得乱乱的眼，自带恐怖意味。

鲁智浅没料到向亮还有这招，"啊——呸！"他恼羞成怒，往向亮的方向吐了一口唾沫，向亮连忙闪开，手忍不住拍打大衣的袖子。

"你等着！敬酒不吃吃罚酒！"鲁智浅把车掉个头，"陈诗莉能把我当弃子，也会把你当弃子，别那么愚忠了，很快，她就能找到你的替代品，别说我没提醒你，走着瞧！"

向亮一个人站在路边，把大衣的两襟往胸口拉，真冷，她茫然往前走，一直走到朝阳路口，环卫工人挥舞着大扫把

"嚓""嚓"扫着地。"叮"，向亮从口袋里摸出手机，是陌生号码发来的彩信，几张彩图中，分别是向亮的正脸、侧脸以及向亮披散长发的小脑袋正对着鲁智浅，手搭在鲁智浅的衣领，完美错位看起来像接吻的，回想起来，正是两人扭打之际。看图片质量和角度，是车载摄像头的截图。

彩信附有几个字："怎么样？发出去够劲爆吗？鲁智浅。"

3.直播

接下来的日子，在向亮的记忆中，乱成一锅粥。要很久以后，经人提醒，向亮才能想起211相亲局一事的几次反转。先是被群起而攻之，接着，几条黑料速递，如火上浇油，再来，鲁智浅和向亮的一组"亲密"照片曝光，"他们原来是一对"的消息不胫而走，鲁智浅趁机复出。后来，终于有人看出破绽，"黑料"据查是鲁智浅指使的。为何鲁智浅又要黑向亮，又和向亮好？如果向亮是被鲁智浅刻意陷害，在211局中安插奸细，那211局看起来也没那么糟糕……

真理越辩越明，利润越辩越薄，向亮的损失不因无辜而转移。211局在巨大舆论压力下，三日之内报名费尽数向粉丝退干净，而场地、人力、营销、冠名商……诸多费用均由向亮工作室承担。更可怕的是，向亮因此公信力削弱，原定1月11日举办的"小光棍节"直播带货，好几家合作商退出，一些付了"坑位费"的退出时，还要求赔偿。

元旦，别人过节，美好公司渡劫，向亮和诗莉在事发后，于公司第一次见面。诗莉双眉紧锁对着财务报表和几份解约协议，瓜子脸紧绷。她提醒向亮，如果两个月接不到广告、代言，没有任何销售，就要裁员了。

"诗莉姐，别相信那些照片，我没有和鲁智浅……"向亮坐在诗莉的办公桌前，如做错事的小学生。她打开手机，将她和鲁智浅那晚后半程的录音发给诗莉，自证清白。

诗莉握着圆珠笔，在报表和协议上，点点点，听完录音，她的脸色越发阴沉，沉吟良久，她说："接连出了两个负面新闻，你的、我的。现阶段，公司再经不起一点舆论上的波澜。这录音放放，多一事不如少一事，过一段时间，这些事就会过去，互联网没有记忆。"

向亮原想拿录音将鲁智浅的军，没想到诗莉竟要休战，看来正如鲁智浅所称，他和陈诗莉在美好公司的纠纷，起码有五分真，比如勒令赔偿的霸王条款，比如从不兑现的股权，比如劳工福利的隐藏风险……

"诗莉姐——"向亮还想说些什么。

"你先出去吧，我还有工作要做。"诗莉态度冷淡，做了裸色美甲的纤纤玉指在白粉相间的键盘上敲打。向亮识趣，微微欠身做个告别的动作，走出去，帮诗莉把门轻轻带上。

向亮想和晓聪聊聊，但晓聪在211相亲局之后的第二天，就去考察四川一家地级市招商引资的新媒体项目了，他的一个听众在当地扶贫，是挂职的副县长。1月9日，向亮终于按捺不住，鼓起勇气，给晓聪打电话，信号不好，晓聪没说几句就挂了。这时，向亮才发现，毕业几年，忙忙忙，其实，她没几个朋友，除了工作，她几乎不接触外部社会。11日晚，"小光棍节"的直播前，又有几家品牌商退出，向亮在直播开始后第二十三分钟，晕倒在镜头前。

向亮晕倒时，大家一片惊呼。阿花是现场编导，她先切断直播间信号，然后命其他人赶紧扶向亮下去。直播不能停，恢复信号后，阿花顶上去，还好，她业务熟悉，彩排时，她已陪向亮把货品全部过了一遍，台词都是她写的，她先是开玩笑："好了，好了，向亮被你们骂走了，可是谁会和钱过不去呢？少女们！来吧，全网最低价的美妆，不抢就没有了！"

说实话，"少女力"直播间的货品无论品质还是价格都是有吸引力的，所以，对向亮骂归骂，愿意收看的人们没有放弃下单。阿花作为新鲜面孔，又是一张靓丽面孔，居然撑下一个多小时的直播，营业额虽不到向亮高峰期时的十分之一，作为救场行动，也可圈可点。

当向亮在十层办公室的沙发上醒来时，人中和虎口都被同事掐出一条深深的白印。

"我怎么倒下了？"她挣扎着坐起来。

众人忙上去说原委。

"直播怎么办？"向亮一个激灵。

"阿花顶上去了，放心。"

"她能顶？"

"硬顶，暂时没太大问题。"

"诗莉姐知道吗？"

"诗莉姐刚落地广州，她听说阿花顶上去了，就回了一个'好'。"

"广州？"向亮疑惑看向作答的小齐。

"陈总约了静心公司的白总，静心堂在广州，您忘了？"小齐提醒向亮。

"白总？"向亮喃喃。

"就是上次和陈总谈美好婚姻训练营的白总。"小齐耸耸肩。

"还做？"向亮诧异。

"也许去道歉呢？说不定要赔偿。"小齐小声猜测。

向亮呆住，默默为自己闯的祸感到抱歉，她踅摸半天手机，打给诗莉。电话那头，诗莉明显忙碌，她说，在忙，有事回头说，如果不舒服，就先放个大假，听说阿花救了场，效果还不错，最近就都由阿花代吧。对着嘟嘟嘟忙音的手机，不知为何，向亮哭了，软弱地躺在沙发上，窗外一片雾霾，窗内，众人面面相觑。

事实证明，向亮抱错歉了。"白总，我想过了，"在白茶的办公室，诗莉将茶一饮而尽，"二十一天沟通训练营，我打算做'再成长'和'二次脱单'两个方向，我个人认为更适合城市大龄单身女性，您觉得怎么样？"诗莉探询地问白茶。"可以，内容这块儿你是专家，你说了算。线下招募，线上运营，我来。"白茶就事论事，眼中闪烁着商人的精干。

白茶身后，有一张陈诗莉的巨幅照片，对，就是拿金话筒的那张。正式谈生意前，白茶刚向诗莉展示作为骨灰级粉丝，他珍藏的关于诗莉的各种纪念品。令诗莉动容的是，《天涯咫尺》时期，几乎每场线下听众见面会，白茶都在……

4. "少妇力"

向亮休息了一个月，其间"少女力"公众号、电台均由阿花和诗莉轮流出镜、出声。半年来，诗莉一直和向亮强调，"少女力"要去"向亮"化，以防有一天万一向亮病了、累了，或者需要卖了，"少女力"和她绑定太深，会有许多麻烦。没想到，"有一天"来得这么快。向亮休假期间，躺在宽阔大床、白色床单上，听"少女力"电台的节目，片头、片花、片尾还是她的声音，中间念的故事、播放的声音均和她无关。她有种感觉，她一手创办的工作室，其实有没有她并不重要，那么，她为什么还要留在美好公司，为什么不套现走人，为什么不重起炉灶？

一月月中，晓聪回京，和向亮见了一面。

瘦骨嶙峋的她令晓聪大吃一惊。"你这二十天，瘦了有九斤？十斤？"晓聪问。"不，十一斤。"向亮有气无力地答，她把晓聪让进门。晓聪拎着瓶瓶罐罐，各种茶，各种滋补品，均来自山区。

晓聪把瓶瓶罐罐在向亮的厨房摆放整齐，描述每一罐的来历，以及在梧城的各种见闻和他的计划。"我想好了，把晨晓聪语委托美好公司运营，或干脆卖了。梧城下面有几个贫困县，当地政府想看看能不能用最新的媒体手段，用推一个'网红'的形式带动地区经济，提高民众关注度。这比拘泥于男女情感、做文艺青年那点小情绪的事儿有意思多了。"晓聪一脸家国天下的气概。

晓聪的每一次决定都能让身边的人大吃一惊，向亮送晓聪走时，情不自禁抓住晓聪的袖子摇了几下，她仰起她的桃核脸，眼睛显得比平时更大，瘦让她的眼角多了几道纹。

"后会有期，"晓聪向她挥手，"快恢复正常的生活吧，就一点点小挫折，不至于。"临别，晓聪还摸了一下向亮的头。

春节后，向亮上班，不知为何，她和诗莉之间总像隔了一座大山。从前，她一有事就会敲开诗莉的门，现在，非万不得已她不想和诗莉同时出现。

一天，诗莉在她屋里泡茶，来访的白茶手把手先做示范，再全神贯注盯着诗莉自己泡，办公室外走来走去的人纷纷侧目，眼中闪烁着八卦的光芒。向亮路过，他们见到向亮马上严肃起来，"亮姐！"最近向亮得罪不起，易怒，向亮点点头，转脸去看诗莉和白茶的侧影。向亮心中竟有一些不舒服，凭什么，同样是丑闻，诗莉可以重整旗鼓，凭什么，"人人都爱陈诗莉"？

更令向亮烦恼的还有老部下阿花。

原来，美好公司有个不成文的规定，为了增强内部竞争意识，增加各编辑做自媒体的手感，鼓励每个员工都注册一个自媒体号，无论短视频号还是微信公众号，一旦达到五万粉丝，就可以和公司签约，用公司资源的去捧、去变现。

阿花的短视频小号原名"少妇阿花"，三年时间拥有一万多粉丝。为向亮代班三十天，阿花边在向亮的自媒体上引流，边坚持错峰更新和直播，大年初一，她的号涨到五万粉丝。

三月的一天，阿花小心翼翼和向亮商量，她能不能另起炉灶，专注做"少妇阿花"。"亮姐，你放心，'少女力'这边的事儿，我也会尽力顾全的。"向亮摸着她的桃核脸，还在沉吟，阿花又补了一句："陈总已经同意了。""她同意了？"向亮"咯噔"一下，她用仅存的理智和一时半会儿找不到得力助理过渡的思量装出大度，"好好干，为你高兴！"

阿花笑得像朵花："对了，亮姐，我的号今天正式改名为'少妇力'！"

"你回来！"向亮把花蝴蝶似的飘向过道的阿花叫回。

"'少妇力'？你不怕别人说你冒牌？"刚决心大度的向亮一股邪火烧向喉头。

"我和陈总已经报备过了。"阿花的目光在光线十足的地板上游动，"再说，您当初的《天涯咫寸》不也是模仿陈总的《天涯咫尺》成名的吗？"

向亮被噎住了："你是不是忘了我是你的老板？"

向亮偶见的峥嵘让阿花倒吸一口气，她们沉默对峙，直至诗莉出现。

"你们？"诗莉拿着一沓文件，质疑地问垂着头的阿花、绷着桃核脸的向亮。

"没什么，我就是告诉向亮姐少妇力的事儿。"阿花做委屈状，长睫毛上沾着泪珠。

"你先出去吧。"诗莉摆摆手。

向亮想了想，没继续辩论，"把门带上。"她冲阿花冷冷地说。

向亮以为诗莉要安慰她，可诗莉没有，诗莉只是将手中的文件递给她："向亮，你预习下，下午3点，我们去见沈总。"向亮翻了翻，那是一份关于"S品牌"的自媒体代理协议。S品牌是沈辉投资、运营的女性瘦身系列产品。"沈总想用微商的方式推进S品牌的销售，"诗莉坐在向亮对面的沙发椅上解说，"目前，美好公司签约主播中，只有你最适合为该产品代言。"

"为什么是我？"向亮抬头。

"因为你暴瘦二十斤，我把你减肥前后的照片发给沈总，他建议你对外宣称，是服用S品牌的效果。"

向亮的头又埋回文件中，接下来，诗莉布置任务、谈规划，包括促销方案，向亮如何减肥的文案，几个媒体同时发，定点投放广告，几级线上分销制以及和线下美容院的合作。

"向亮，我希望你能珍惜这次机会。沈总给我们的是大单，S品牌的'马上瘦'市面销售价是一千九百九十九元／盒，三十一包，我们的成本价是一百九十九元。"诗莉将双手搁在双膝上。

"问题是，我不是吃'马上瘦'瘦下来的啊。"向亮点出问题关键。

"你看看财务报表吧，一月到现在，两个多月，疫情不见好，后面会怎样，没人知道。你个人品牌之前也受到损害，纯粹的情感主播、好姑娘的'人设'也不能吃一辈子，我们要为不知道会怎样的未来备战。再说……沈总的东西，品质会有保证的。"

这是两人在211相亲局后，第一次好好坐下来谈话。

"陈总，我想知道阿花的少妇力，你怎么看？"向亮翻完文件，又回到刚才诗莉进门时那一幕。

"都是多找条活路，"诗莉倒坦然，"你如果能记住你是阿花的老板，就不会觉得她在抢你的饭碗。姑娘大了，早晚要嫁，嫁在眼前更放心；徒弟大了，不给地中田，她早晚都会出去自立门户，还不如让她给你挣钱。"

向亮长叹一口气。

"向亮，"诗莉见向亮情绪稳定些，便交了底，"我和沈辉签了五年约，今年六月到期，当时我们签的是对赌，如果我完不成任务，就算输了，套现也会大大打折。公司账面上，有盈利的项目，但摊子铺得大，"她往办公室窗外一指，都是员工，"之前，没经验，做APP，自己养技术人员，做豪华游轮项目，赔了不少钱，后期虽然动静闹得大，单个项目是盈利的，可整体也就是持平，遇到疫情，一切都不好说。我可以去继续找融资，但不想输在众人面前，我积极找寻新的可能，比如和白总的合作，前段时间我不找你，因为你需要好好反思，现在回来了，就脚踏实地再出发，我们努力把公司做上市。Ｓ品牌的事儿，你好好研究，这个项目由你负责，美好公司旗下所有签约的自媒体、资源你都可以调拨，3 点，司机来接我们去沈总那儿。"

5. "马上瘦"

"减肥是最便宜的整容，你认可吗？"向亮对着镜头含笑说，她举着"马上瘦"，撕掉长方形绿色包装袋上锯齿状的边，将果冻状的减肥药往嘴里一送，脸上的表情很享受。

"咔！换背景！"视频导演喊。

"真的会瘦吗？"化妆师为向亮补妆际，摄像小马小声问武芸芸。

"你看向亮现在的身段。"武芸芸用双手比画了下葫芦形状。

"每天吐一场，当然会瘦。"小马嘀咕。

"那你要不要拿货嘛。"武芸芸翻了个白眼。

"拿！拿！我二姨昨天出了三单，六千块销售，她赚两千，我赚一千，这比拍片子挣得容易多了！"小马兴奋起来。

"那就好好拍，把亮姐越拍得好看、拍得惊人的瘦，'马上瘦'才越有说服力，卖得多，卖得快。"武芸芸说着，打开手机，前一组的文案物料编辑刚准备妥当，"马上瘦"代理销售群已嗷嗷待哺，武芸芸将物料批量发送到群中，让大家自取。须臾，几个五百人群，各自领命，"总代""区域经理"们朋友圈的文案、视频如出一辙，唯一不一样的是，他们在领取物料后，还会再发一条朋友圈，内容是各自拿着"马上瘦"，在不同场景，用不同姿态呈现出的自拍。晚上10点前，再将各自朋友圈截图，发到群里，江湖黑话"交作业"。

五分钟后，就有人传来作业。来自安徽阜阳的美美将"马上瘦"放在一盘莴笋炒肉丝旁，"一人食，也要好好瘦噢！"美美写道。来自北京小汤山脚下的Lisa拍摄的是全家福，大碗炖肉、大碗花菜、水煮鱼、水煮肉，蒙古口杯共六个，"马上瘦"分别放在Lisa和五位亲人面前，"爱家人，就给他们吃'马上瘦'！"

向亮补完妆，今天第三十一条视频开拍了。摄影棚外，脚步声传来，是诗莉、沈辉。

"这个月业绩怎么样？"趁他们拍摄，沈辉和诗莉在楼梯口的窗外聊了会儿。

"还不错，这段时间三十名签约主播加上向亮和她工作室的阿花，他们的粉丝都引流到手机上了，全力销售'马上瘦'，为'马上瘦'找到代理商。"诗莉汇报工作。

"这比文艺青年变现快吧！"沈辉右手夹着烟，左手托着右胳膊肘。

诗莉不理他的茬儿："向亮能借瘦翻身，有个好项目，对公司也是好事。"

"是啊，我有几个做实业的公司今年都没戏了，还记得上次吃饭的老字号北来风吗？坚挺一百多年，资金链断了，也关门了，"沈辉叹息，"先度过寒冬，再说理想和情怀的事吧！"

摄影棚里，谈笑风生。棚外，诗莉从小包里拿出烟盒。

"我记得你以前不抽烟？"沈辉给诗莉点上火。

"创业、离婚，就什么都会了。"诗莉喷出一个烟圈。

"听说你有新男朋友了？还是公司的合作伙伴？姓白？"沈辉问。

"没影儿的事，"诗莉立马否认，"只是合作伙伴。"

"嗬，"沈辉歪嘴笑，"你们'网红'的事儿都不能信，过去你还否认过离婚呢！"

诗莉不悦，最终不过又喷成一个烟圈。

三个月后的一天，诗莉房间装饰得花团锦簇，借白茶的运营资源，诗莉的情感沟通训练营一期开张，九千九百九十九元的售价，三千份一售而空。这是近期美好公司真正意义上赚钱的内容产品，也是诗莉翻红的象征。训练营策划团队搞了一个小小的庆功仪式，仪式就安排在诗莉办公室。诗莉开香槟，气泡喷溅四周，被喷到的同事发出欢快的叫声、笑声。

"诗莉姐，我必须和你谈谈。"向亮闯进诗莉的办公室。

"怎么了，向亮？"诗莉顺手递给她一杯香槟。

"你先出来。"向亮给众人一个不方便大家听的眼神。最近，向亮是财神，公司大部分利润由她带来，她瘦身明显，前后对比的照片被张贴在各大网站，"学向亮、马上瘦"的口号，朋友圈超过五百个联系者的人就能看到。

当然，投诉、争议也是同比例增长的。向亮究竟是靠什么瘦下来的，人们买"马上瘦"究竟是为了赚取下线的钱，还是真的能瘦，是投诉、争议的焦点。

"我们必须谈一谈。"向亮再次重申。

众人莫名其妙，只得安静。

诗莉看向亮一眼，说："好。"她随向亮出去，走到最近的会议室，把门一推，她坐会议桌这头，向亮坐在那头。

"什么事，非得在庆功时说？"诗莉有些薄怒。

"我不想干了。"向亮简单粗暴，直接说答案。

"为什么？"诗莉将高跟鞋一踩会议桌下的横档儿，两腿成悬空的二郎腿姿势。她卷发的梢还沾着香槟没有消失的气泡。

向亮深吸一口气："这段时间，你忙着训练营的事儿，大概没关注我这边。本月，我接到第十三份投诉了，这钱我挣得昧良心。'马上瘦'有没有用，你比我清楚，另外，刚才，我去了趟医院，因为胃出血。"

"生病了？那就休息，医药费公司出，其实，现在有你的那些视频、物料，你只要出形象就行，销售人群已经运营成熟，可以自循环，我放你大假。"诗莉马上做出反应。

谁知向亮低下头，双手捂着脸，眼泪忽然飙出十个指头的缝。诗莉见势，从会议桌的这头走向那头，还没走到向亮身边，向亮已把脸扬起来："不是，我今天上午，在协和医院挂号排队时，我一直在想一个问题，我为什么要做这份工作。我生病，我过劳，我卖货，我直播，过去所有的节目、文章，我都是发自肺腑，但现在都像是为吸引流量，为了赚钱，为了迎合而做。而最赚钱的事儿，我心里是不确定的，我不能围绕一个我自己都不相信的东西，去卖命。"

诗莉沉默了，她别转头，看看门外殷勤等待她回庆功宴的同事们，再回转看向亮："好的，我都知道，再等等，等我和沈总之间协调好……我的难处……"

从前只要诗莉示弱，几乎没有人不买单，尤其向亮。可是今天，不知哪来的勇气，"那是你的难处，不是我的。"向亮看着诗莉，冲口而出。她摸出手机，给诗莉看一张图片，是她家的房门，被泼上红漆，墙上写着几个大字："黑心微商，还我家产！"

"这是什么？"诗莉一脸警觉，又坐下。"有什么纠纷吗？你报警了吗？不是新买的房子吗？小区保安这么不好？"她连珠炮似的问。

"有一位'马上瘦'的销售，三十多岁，把家里房子卖了，买了几千盒，最后被更下线发现没有减肥效用，全部被退货。老公听说她连房子都卖了，现在要和她离婚，红漆也是她老公泼的，"向亮有些哽咽，"我从来没有想过我的工作是这样啊！"她摊着两手，为她的激动打拍子。

诗莉尽可能语气平缓，事实上，她已经暗地里说服自己多少次，就是拿这番语言、这种逻辑。"向亮，'马上瘦'这种减肥药，与其说是药，不如说是代餐，它的原理是无毒无害能饱腹没什么热量的一种食物，多吃了它，其他高热量的自然就少摄入；另外，也有心理作用，人吃减肥药，就会想着我要减肥，自然而然会做一些减肥的动作，不是说'马上瘦'是仙丹，顾客是成年人应该明白这一点。我之所以愿意接沈总的单，也是因为明白这些原理，你不必有负罪感。"

"砰砰砰！"小齐在外敲门："陈总、亮姐，你们好了吗？白总来了。"

"好的，我这就来。"诗莉站起来。

"我认真的，我真的不想做了。"向亮完全无视小齐，跟着站起来，和诗莉脸对脸。

诗莉对着向亮意味深长的叹口气："在商言商，你有什么决定，我不会拦着你。但是我要提醒你，现在退出，你什么都没有，你的一切和美好公司签得死死的，合约未完，很多可以兑现的东西也没有。"

说完，诗莉离开会议室，留下小齐慌乱地对着向亮，不知发生了什么。向亮在几秒后，夺门而出，不小心将小齐撞在门上。

6. 写封信

向亮的新房在东三环，从窗口往外看，亮着灯的央视"大裤衩"晶光灿烂。趴在地板上，向亮对着电脑，写着信，信的内容如下——

"亲爱的读者们：

我是向亮，这是我的最后一次更新。

S品牌的'马上瘦'由我代言，但在实际使用过程中，我渐渐发觉'马上瘦'涉嫌欺诈，我令许多不明真相的粉丝，在经济、身体上受骗，我感到非常抱歉。为示诚意，向亮工作室即日起，将退赔所有已销售的'马上瘦'，并向S品牌追责。望周知。"

写完发送，向亮觉得一阵轻松。上一次这么写信，还是大三时，还是诗莉从FM777离职时。与上次相同的还有收件人，是诗莉。所以，与其说是公开信，不如说是威胁信。向亮在邮件的开头标注："陈总，您看这样的措辞合适吗？"她去意已决。

写完信，向亮给晓聪发消息。

晓聪的公司已搬到梧城，执行力强的他将晨晓聪语卖了。他的朋友圈都与梧城有关，最近，一则梧城贫困儿童组成的球队参加国际球赛获奖的消息大热，随队拍摄的纪录片引起多方关注，据说就是晓聪策划的。

"我决定了。"

"什么决定？"晓聪竟然马上回复。

向亮把"公开信"转发给他，疲惫的她仍趴着。

"诗莉怎么说？"晓聪问。

向亮这才想起去看诗莉有没有回邮件，有，只有一行字："你在逼宫吗？"

向亮五味杂陈，她在邮件输入框敲出"我做好注销所有自媒体账号的准备了"，又敲出"对不起，我不能帮你完成'对赌'任务"，再敲出"我累了，有时候怀疑现在做的都是什么"，继而敲出"我经常想，我是不是能尝试一些新的生活，不只是在挣钱，在拼谁更红，我怀念那个戴上耳机、对着话筒、和听众朋友说一声'今天好吗？我是向亮，你是谁'的我"，想想，又全部删掉了。

回家后，她找到合同，正如诗莉所说，两年前，她和'一千零一种美好'公司签约，成立工作室时，合同规定，有效期五年。五年内毁约，所有股权、分红全不兑现，更苛刻的是，"少女力"这个名字永远属于美好公司，"向亮"是品牌，三年内，她将禁业。

可是，抛开"少女力"的向亮，还是大众认识的向亮吗？可是，留在"少女力"的向亮，还是她向亮吗？瞬息变化的时代，三年后，她能保证东山再起吗？她是见过诗莉如何从一姐被人渐渐遗忘，又花了多少力气重回大众视野的。

边想边敲，边敲边删，删删敲敲，敲敲删删，向亮竟然趴在地上睡着了。

她做了一个梦，梦里，她收到诗莉给她回的长邮件，她还睡在大学寝室的上铺，她打开邮件——

"向亮，你好，还记得第一次见到你，在 FM777 的 1503 房间……

"后来，我们在安平，我惊讶于你的蜕变。我们携手度过金子一般的日子……

"我知道，你想成为我，我为你骄傲……"

贴着长信的电脑，马上切换镜头，变成视频画面，画面中，是电视台的采访，话筒对准诗莉。记者问，鉴于"马上瘦"被频频投诉一事，美好公司怎么看？诗莉自信表示，美好公司已经主动报案，控诉"马上瘦"的生产方。美好公司将作为受害方，与粉丝们一起，战斗到底，打赢官司。

记者旁白：祝美好公司维权成功。

……

都是梦。梦醒时，向亮浑身酸痛，天已从睡前的深蓝变成浅蓝，向亮习惯性地拿手机看几点。

一堆未读消息，向亮点开的第一则是晓聪发的："烦了，来梧城逛逛吧，也许能换个眼光看世界。"

向亮想点未点的第二则来自诗莉，她攥着手机，走向窗口。诗莉的声音传来："向亮，我想了一夜，先感谢你，你没有把公开信发到媒体上，目前为止，事情还是我们的内部矛盾，在可控范围内……"

诗莉的语音消息，一共六条，都是六十秒。她提出好几种方案，解决向亮的离职，解决"马上瘦"，一些和向亮的梦境暗合，一些出乎向亮的意料。诗莉只问了一句话，和十八岁时，向亮问她的一样——"我该怎么办？"只是，诗莉说的是善后方案，当年，向亮问的是高考志愿。

　　诗莉的最后一条消息是——

　　"天下无不散的筵席，下午，我们见面谈。我不想把事情闹大，也不想你我任何一个人，利益受到太多伤害。"诗莉的声音温和、坚定、标准，如最初向亮守在广播前听见的、模仿的。

　　"好，"向亮决心面对，"无论如何，一路走来，谢谢你，师父。"

　　诗莉没回。

　　天下无不散的筵席。

为了孩子

一

1. 徐飞

　我含着金汤匙出生。

　我爷爷打过孟良崮，参加过淮海战役。我爸空军转业后，先在一家国企工作，1992年下海，二婚娶了同样红色家庭出身的我妈。两人创办了一家广告公司，业务遍布全国。

　我家的家训是，男孩要成才，就要早日自立门户。为此，八岁起，父母便有意训练我，阿姨教我做家务，一放大假，我就被送去各种野外生存训练营，我还拜了位跆拳道师父……十五岁那天，我搬出父母的家，从此，一个人住。

　从幼儿园到高中，我都在当地最好的学校就读。高中毕业，我没高考，还是家训，徐家，男丁十八岁必须当兵。九月，我戴军帽，穿迷彩服，胸前别一朵大红花，拎着统一发放的暗色行李袋，站在整齐排列的新兵中。

　火车站，新兵的父母们隔离在栅栏外，冲各自的孩子挥手，我父母不在其中。离开前一晚，我爸和我长谈，他说，他对我的锻炼、磨炼，都是为了我能做合格的继承人，继承他挣下的庞大资产。说完，我爸伸出拳头碰碰我的，我们默契完成两个男人间的告别。

在新兵连，我的体能优势表现明显。俯卧撑，我一口气能做三百个；单杠大回环，一次一百个。当然，最让我得意的还是射击环节。考核那天，我在靶场上卧倒，面前倒放一只板凳，板凳脚上放着小沙袋。我将枪管搁在沙袋上，深吸一口气，单眼瞄准一百米外的靶子，八个字在我心中闪烁，"有意瞄准，无意击发"，"乓！乓！乓！乓！乓！"靶纸显示，成绩为五十环，我名列第一。

离开新兵连，我被选去怒江峡谷集训。三个月后，一同集训的人百分之九十被淘汰，而我坐着绿皮闷罐车去更远的边疆，在海拔更高的地方集训。训练、淘汰，淘汰、训练，最后，我被分配到武警云南某市特勤大队做缉毒侦查员。

第一次执行任务，是去一个深山的村中抓毒贩。锁定嫌犯所在的据点，我和战友们埋伏下来，从白天等到黑夜，看到嫌疑对象觉察出什么，拔出枪时，我一个惊慌，掉进事先布置的掩体，发出巨大的声响。嫌疑对象大喝一声："谁？谁？"他身后的平房中冲出许多人，全部荷枪实弹，抓捕行动被迫提前展开。

子弹在我耳边呼啸，有人中枪，有人倒下，有人逃跑，有人去追。枪声响在漆黑的夜，空旷的山谷，刺耳、尖锐，连成一片。

任务惊险完成，一半战友受伤，我侥幸没中弹。由于我的失误，回去后，我被关了禁闭。我一米八三，蜷在长宽高都只有一米五的房间里，对着铁门、铁窗，写检讨，我感到前所未有的耻辱。此后，历次任务，我都冲锋在前，有神枪手之称。

那些都是十年前的事了。

今天，隔壁编辑部的沈一苇央我审一部名为《边境缉毒》的书稿，往事如浪花扑打着我，原来，它们从未退潮。

《边境缉毒》的作者姓田名浩，他笔下的魔鬼训练，和我的相似——"我们被绑在越野车上拖着跑步，长途拉练把睾丸皮磨得血肉模糊；在江边扛原木，扛得两个肩膀都塌了；在怒江里武装泅渡，皮肤被泡得指头轻轻一抹就能掉下一层皮……"

我的思绪飘向很久以前，我的肉身藏在北京南站附近一栋高大写字楼的十一层。空调坏了，修理工进进出出，在各个房间调试。格子间里，女人们的香水味、汗味加上案头每周一瓶、定点就送的鲜花发散的味儿，空气浑浊不堪。

知了一声一声叫，叫得人心发燥。

我放下鼠标，从工位上站起来，走到天台，这是默认的吸烟区。男同事们撸着袖子，解开扣子，对火、递烟，说段位很高的荤笑话。一个同事给另一个同事看刚满月儿子的照片，两个爸爸笑得哈哈哈。他们看见我，问最近有啥童书推荐，"知了，知了"，我应着，掏出烟，散向四周。

"中午吃什么？凑个团购价。"有人拿着外卖单，征求大家意见。"新开的那家日料，海胆今天特价。"有人抓着单子研究，随口报出优惠。

"胆"字萦绕在我的耳际——

模拟演练中，我曾和战友背着背包翻山越岭，在广阔土地上安营扎寨，生火做饭，拿树枝当筷子，烤野兔和老鼠，生吃蛇胆。

"停电，电梯也停了吧，外卖上得来吗？"有人蹭到我身边，伸头往楼下看，楼下没有一个穿外卖衣服的小哥。

我无意识地顺着往下看——

进入特勤大队后的一次大比武，我拿过四百米障碍、徒手攀登、城市反恐三个单项第一，但伞降最初让我发怵，第一次从高处往下跳，我抱着"视死如归"的态度。

俱往矣。

第二天，我没去单位，只对存疑部分，给沈一苇留了份书面意见。我约了 L 大的一个师姐谈项目，方向北，目标奥森公园，目的地萌橙儿童拓展乐园。

2. 杨橙

我和徐飞认识，纯属偶然，在 L 大北京校友群，我的网名是两个字，"橙汁"。

一般人的简历从大学写起，我不。我毕业于一家著名高考工厂，简称毛中。有个段子，毛中的学生早操跑步必须人贴人，形成一个方阵，所有学生要保持统一节奏，抬头、挺胸、曲臂、跨步、喊口号："提高一分！干掉千人！""掉皮掉肉不掉队！流血流汗不流泪！"

我的简历从"毛中"开始，潜意识说明，我希望别人知道，我抗压能力强。我确实比一般人能吃苦，本硕博，一路读下来，再坐诊为小朋友们看了两年头疼脑热，已三十出头。2015 年，我的丈夫杜风被公司外派去英国工作，儿子轩轩两岁。我干脆辞职，申请 L 大的奖学金，又读了个学位，我们在英国待了两年。

在伦敦，我常带轩轩去附近的公园玩耍。该公园，有全套马丁牌儿童户外运动设施，材料环保。回京前，我搜索北京哪里有类似设施，答案无。于是，我千方百计找到马丁的出品商，取得联系后，得知他们还没进入中国市场。我拿出毛中刻在我骨头上的死磕劲儿，发邮件、打电话、三顾茅庐、几番游说，以母亲身份，以儿科大夫的专业，以对儿童健身事业的热忱，最终取得了马丁在中国的代理权。

拥有代理权，再去谈投资，收获投资，再去谈场地。2018年六一，萌橙儿童拓展乐园在北京奥森开业。5月23日起，除正常的公关、宣传，我陆续将开业消息发布在我所在的所有群。"有空的话，带宝宝来萌橙吧，开业期间大酬宾，校友可以找我要电子码。"在 L 大的群，紧跟消息，我说明特别优惠。"哇！杰出校友！""哎呀！我家宝贝最喜欢户外项目了！""收到！一定去捧场！"群情激昂，微信群的群。

联系我、接龙报名的人中，就有徐飞。徐飞的备注是金史密斯学院—传播学，那是 L 大的王牌学科。等到六一，在萌橙开业现场，我见到徐飞本人。他剑眉星目，皮肤像做过美黑，背一只双肩迷彩包，POLO 衫在阳光暴晒下吸在他身上，秀出八块腹肌的轮廓，我的脑海里现出五个字："人间赵子龙"。

徐飞与我打招呼："师姐，我是 L 大群里的徐飞。"我站在萌橙七色彩虹式的大门前，"谢谢光临！""你忙！我们是同行，都做儿童方向。"徐飞将名片递给我，我着实忙，我们确认互相加上微信，徐飞便礼貌告别，四处去逛了。

两个月后，徐飞和我联系，用萌橙的场地做了一场童书发布会。发布会现场，主持人介绍，徐飞是国内知名的童书策划人，他的品牌叫"为了孩子"。那天，徐飞送了我刚发布的新书，关于儿童安全教育的。我将它们带回家，轩轩爱不释手，三十册书，半年，一百八十天，看了整整六遍。

又过了段时间，我的合伙人老徐提出在萌橙的东北角设一处休闲区，供家长及玩累的小朋友休憩，除了水吧，最好还能弄个借阅、销售童书的区域，以后开新园，也照此形式复制时，我马上拿出手机，在通讯录中调出徐飞，"徐师弟，我们有个项目，需要咨询童书方面的专业人士，有空聊下吗？""没问题。"徐飞马上回复。

我们约了周一下午见，徐飞如约而至。在萌橙中央的城堡办公区，徐飞从迷彩双肩包中取出策划案。从十平方米的童书角到一百平方米的书店该怎么做，徐飞均列出解决办法，他还贴心地发了一份电子版给我备份。当场不能决定，我粗略地浏览完，就关心的几个问题求教徐飞。

"究竟要用什么样的标准选童书？"

"你可以参考一些获过大奖、被专家推荐、大社出版的童书，这些都是品质保证。"

"为什么市面上，很少看见中国作者写的童书？大部分都是国外的？"

"许多中国父母以及出版社迷信国外童书，常常一本绘本，只是获了国外一个县城的小奖，国内就有二十多家出版社去抢。这也是我正在做的事，引进重要，原创更重要。师姐要是有好的中国作者，欢迎推荐给我。"

我点点头。之后，我俩走出城堡，实地考察准备设"萌书屋"的区域。冬日阳光仍然刺眼，我们绕过草地，穿过色彩斑斓的大型滑梯，经过银色贝壳状小型滑雪场，走到木质攀爬区。绳索、阶梯在树和树间连接，几位工作人员穿着厚羽绒服，正热切讨论什么。木质攀爬区后，是一片真人 CS 模拟战场，还没完全建设好。总教练、我丈夫杜风正培训低一级的教练："第一天，我们教给孩子的是丛林攻防，要教他们组建战队、搭建帐篷、熟悉战略地形……"

我向徐飞解释，马上要寒假了，我们打算搞个冬令营，实现"萌军"计划，"萌橙"的"萌"。"萌军？"徐飞不解。"就是野外生存＋军事战术训练。""现在报名的孩子多吗？"徐飞的脸冲着两棵粗壮大树间挂着的横幅，横幅上标注着冬令营的主旨"学习野外生存知识，丰富生存技能"。"刚起步，招生不难，"我说起实际的难处，"是营地和日程安排还有一些细节没磨好。另外，我不想养太多人，正大规模招聘兼职教练。"

一大波快递送到，工作人员在营地中央验货，是定制的儿童钢盔、迷彩服、仿真枪等道具。徐飞摘下墨镜："师姐，有时间，我可以过来做教练，我是退役武警，类似活动参加、策划过许多。""太好了，欢迎！"我开心地介绍杜风和徐飞认识。

之后的故事，乏善可陈，都是按计划推进。老徐和我选择了一百平方米的方案，徐飞列书目、配货、调货，两个月后，萌书屋像模像样建起来，成了萌橙新的景点。老杜和各种资本基金会熟稔，2019 年春节期间，我陪着他见各路投资人，到五一，开新园、复制萌橙模式，在多轮靠谱和不靠谱的会谈中竟渐渐清晰了眉目，三家新园，两处在北京，一处在厦门，国庆同时开业。"我要不是毛中毕业的，这担子真是扛不下去！"我半真半假地说，一切都是复制奥森萌橙的，萌书屋也是，我和徐飞的接触又频繁起来。

"这周末有空不？"一日，我握着手机，向徐飞发出邀请，

"我们一家要去香河，有朋友的积木主题乐园开业，他们对萌书屋的形式也感兴趣，想请师弟亲自去考察下。"

"好的，我接你，带我的副手一起过去。"徐飞一口答应。

3. 李露

徐飞是我的领导，四年前，我跳槽到江海出版社，第一次见到他，最直观的感受是，他比我大两岁，身体里却住着比我老二十年的灵魂。

在江海，徐飞的外号是"徐公子"。叫公子的，必须颜值、财力过关，还得年轻有为，徐飞三项达标。据说，徐飞是富二代，当过兵，留过学。关于他怎么入行的，有多种传闻。他本人的说法是，他在 L 大读大三时，翻译了一套童书《亨利和他的魔法世界》，并与该书作者爱丽斯成为忘年交。《亨利》在国内出版，破了多项销售记录。继《亨利》后，徐飞将许多优质童书引进到国内，爱丽斯等作者甚至委托徐飞做他们在中国大陆版权的代表。《亨利》为江海带来巨大利润，徐飞回国时，江海社的社长盛邀他加入，徐飞的条件是，他要做一个原创童书品牌。

我是徐飞工作室 1 号员工，徐飞常说，他虽然靠版权起家，但他的梦想是为中国孩子产出中国作品。几年来，我们广泛征集、培育、孵化本土童话，我们的原创品牌"为了孩子"已初具规模。除此之外，徐飞还积极拓展渠道，坚持多种经营，比如萌橙的萌书屋。

今天是周五，徐飞外出，下午 3 点，他给我打电话，我正在工位上嗑着沈一苇孝敬的抹茶味儿冰棍，"好的，领导。明早 10

点，大望路地铁 A 口。"

"徐公子约你出去玩啊？"沈一苇将贴着一闪一闪精致饰品的粉红指甲搭在徐飞的电脑椅上，半边腰都靠在徐飞的桌子边。她脸朝着我，眼睛在桌上乱瞟，目光划过徐飞的各种私人物品。

徐飞来上班的第一天就告诉总编室，他桌上的一切，连椅子都拿走吧。来看他自配的办公用具——椅子，橄榄色、真皮、北欧产，知情者调研，一把椅子就值普通编辑俩月工资；电脑最新款、最高配置，屏幕宽大，曲面显示屏的曲率和眼球弧度保持高度一致；鼠标垫黑底画着作战地图，无线立式垂直鼠标像一个玩具。

沈一苇没事总往我们这儿跑，司马昭之心，路人皆知，她的心都在徐飞身上。沈一苇压低声音，透露小道消息，前段时间，社里有个大咖的稿子走正规竞标程序拿不下，社长央徐飞走走关系。徐飞打了个电话，对大咖喊了几声"叔叔"，解释原委，对方二话不说，稿子就交给江海出版社了。

"大咖的名字是？"我好奇。"叶立。"沈一苇报出名，声音更低了。"啊！"我吸口气，叶立是外行也为之侧目的名字，商界一代风云人物。"听说，徐公子出差，超标不能报的，他兜底；请作者吃饭，不点一桌子菜，不罢休，最后都是他自己买单。是吗？""差不多吧。"我模糊处理。"你说，你们领导家什么背景？"沈一苇第一千次问，"不过，真是富二代，又何必来打出版社这份工？""真是富二代，何必做工作狂？他 007，逼我们 996？你看，连周六都要加班。"我的冰棍只剩根棍，"说不定是大财阀微服私访？看我们顺眼，把我们收购了？"沈一苇还在做梦。我没说话，把棍扔了，将桌上五彩缤纷的打样整成一摞，再打开电脑，为明天要去的积木主题园做资料准备。沈一苇第一千次从我这儿颗粒无收，她耸耸肩，悻悻走了。

这时，我想起徐飞临走前让我帮忙发的快递，我填了单子，又为那包零食和新书找合适的包装。如果没有记错，几乎每个月，徐飞都会让我按这个地址发类似的快递，只是这次有些不同。我不小心碰掉新书最上面的那本，我从地上捡起它，一张便笺从书的扉页处飘出，望着徐飞的笔迹，"亲爱的儿子冬冬，见字如面……"我惊呆了。

二

1. 杨橙

周六上午 10 点，徐飞准时出现在建国新村门口。他开一辆雷克萨斯七人座，坐在副驾的是他的搭档，短发、穿白色连衣裙、背大号帆布袋，徐飞介绍，"李露"。

李露有对小虎牙，笑起来稚气，和徐飞看起来恰是一对璧人。待我们坐稳，李露打开帆布袋，"这是'为了孩子'的新书。领导特地交代我，带几本给轩轩。""谢谢叔叔阿姨了吗？"我冲轩轩说。"谢谢。"轩轩奶声奶气。"不用谢！"李露回头笑。徐飞则从后视镜中看轩轩，冲他敬了一个酷酷的军礼。

周末，天气好，10 点，去香河的路就水泄不通了。车连车，车排在立交桥上，从车窗往下看，桥下的车和桥上的车一样，形成一条不动的虚线。坐在后排的轩轩翻完绘本，从杜风那儿跳到我这儿，往返两三回，又和李露玩了会儿指肚舞，实在无聊，脸红扑扑地卧倒在我怀里："妈妈，我想吐。"

大概率是晕车，杜风让我给孩子讲故事，分散注意力。我把轩轩横抱在怀里：轩轩点播："小天使。""小天使？"李露好奇。"杨橙瞎编的，从轩轩三岁讲到五岁，从英国讲到中国。"杜风答。拥堵好转，车慢慢向前挪移，车厢里只剩我的声音和轩轩的回应。

"有一天，爸爸妈妈想要一个孩子，爸爸就把种子放在妈妈身体里。然后，我们手拉手睡着了。梦里，我们飞到天上，遇见一个仙女，仙女问我们，想要孩子吗？跟我去挑一个小天使吧……我和爸爸走进游乐园，许多小天使在那儿玩耍。我们在滑梯旁发现一个小天使，他有点馋，嘴角还有一粒面包渣儿，一笑眼就眯起来……"轩轩豆荚形的眼跟着眯起来。

烈日炎炎，阳光从开了半扇的窗户射在杜风的半边脸上，他也加入创作："小天使跑得特别快，我抓都抓不住。"后面的情节由杜风完善，如，我和杜风如何一眼挑中轩轩，下定决心要他，仙女如何苦劝我们再想想、再挑挑，被我们严词拒绝。"真的不挑了？""不挑了，就是他了？就是他了。"杜风变换声音、语调，模仿仙女与我们的对话，轩轩听得直乐。"后来，我和爸爸同时醒来，我们发现做了一个一样的梦。九个月后，我生下了你，爸爸见你第一眼，就冲我喊：'天哪，这不就是我们在天上挑的小天使吗？'"我接下去。

听完，轩轩要求："再讲一遍。""好。""再讲一遍。""行。"来来回回，我讲了六遍，不知不觉，车已进香河界内。徐飞问："12点了，咱们要不要先吃午饭？""太好啦！"轩轩拍手，"小天使也要吃饭的！"一车人哄堂大笑。

　　徐飞将车靠路边停，我们走进一家中式装修，门口挂个圆盘以示肉饼的饭店。太阳晒得四周的植物，叶子边都卷起来，左右皆荒凉，平地中突现的这家店令人不禁想起孙二娘的肉包子店。店内倒是一片喧哗，我们找座、入座。

　　点完菜，我掏出一整套儿童餐盘、水壶。徐飞招呼服务员拿来儿童椅，待杜风带着轩轩从洗手间回来，徐飞已用消毒纸巾将儿童椅简单擦了一遍，并从杜风怀里接过轩轩，往儿童椅里放。杜风随口问了句："徐飞，你孩子多大了？"徐飞笑："杜哥，我还没结婚呢！""嘿！"杜风一捂嘴，"没想到你一个没孩子的小年轻伺候起孩子这么熟练。""不了解孩子，怎么能做孩子的产品呢？我经常去儿童机构做义工。"徐飞露出洁白的牙。不知为何，我看见李露在一旁深深瞅了徐飞一眼。

　　牛肉饼、驴肉饼、猪肉饼，一种馅儿一份，我们纷纷上手，手抓饼模式开启。我注意到徐飞的筷子只在凉菜中游移，便问："徐飞，你怎么不吃肉饼？"。"我初一、十五吃斋。"徐飞客气答。"为啥？"我追问。这时，轩轩把勺子扔地上了，我叫服务员。徐飞转动左手腕上的一串佛珠，佛珠被一根红线穿着，封口处有个被烟烧过的淡淡黑疤。

　　"如果我是天使，我的翅膀呢？"吃饱喝足的轩轩上了车，又想起小天使。"怕你飞走，不要妈妈了，你来到人间时，我就把你的翅膀剪掉、红烧、吃了。"我拍着轩轩，想哄他睡。"别听你妈的，是爸爸藏起来了，等你长大，我陪你飞。"杜风给徐飞递烟，看看孩子，又缩回手。"这就是爸爸和妈妈的区别！"徐飞爽朗点评。

　　"藏哪儿了？柜子里？床底下？"轩轩精神抖擞。"嗯——"

杜风沉吟，"一只藏在妈妈老家安徽黄山的山洞里，一只藏在爸爸老家福建武夷山的山洞里，我们每年都要回老家，是翅膀引领着我们回去看它。"轩轩不吱声了，我冲杜风竖起大拇指，李露笑得直咳嗽："杜总，您家这故事够出一个绘本啦！要不要考虑一下'为了孩子'？"杜风刚一脸自得，轩轩就发出三连问："天使在做天使之前，是什么？""你和妈妈以前也是天使吗？""我以后想要孩子，也要去天上挑天使吗？"

"还有多久到？"杜风伸头看徐飞方向盘边长方形电子屏上的导航地图。"五分钟。"徐飞放慢速度，左拐又右拐。

"小天使被人间的父母挑回来，慢慢长大，也变成父母，再去天上挑天使做孩子；他们变老，特别老时，就再回到天上，过一段时间，再变成天使，等待人间的父母来挑。"我用轮回的概念简短编个结尾，结束对话。杜风拨电话，让积木主题园的工作人员来接我们。

2. 李露

周末去香河。

徐飞告诉我，他会逐步把手上的资源，包括与萌橙的合作，都交接到我这儿，让我做好接班的准备。每隔几个月，单位就会有徐飞要离职、继承家业的传闻，传得次数多了，像"狼来了"，于是，我问徐飞："真的狼来了？"以前类似的问，他都会哈哈一笑，表示不可能，这次，他没说话，我"咯噔"一下。

升职、加薪、做工作室一把手，是我梦寐以求的，但我和徐飞搭档几年，我已习惯他的存在，像……舒适区，凡事有他顶着。我心里五味杂陈，徐飞见状，安慰我："放心，还有一段时间过渡，再说，我离职，仍保留股份，不会完全撒手不管。"

车驶向建国新村，我们接到杨橙一家。到目的地，杨橙为我们引荐负责积木主题园的朋友计伟。徐飞握着计伟的名片开玩笑："您给别人打电话，对方紧张吗？"大家一愣，只有计伟大笑着，反应过来："紧张！都以为我是纪委！"

杨橙作为嘉宾配合剪彩，剪彩过后，正式营业。积木拼成的长颈鹿、积木搭建的央视"大裤衩"、鸟巢、水立方；积木组成的仿真社区……数百个小朋友齐下场，近千位家长随伺左右，喧哗、喧嚣、熙熙攘攘。徐飞带着我走一圈，他表情专注地调研，一圈走下来，他口述，我记录，在哪里设置书架，配什么样的书，进行什么样的活动，是不是可以为积木园单独策划一套书。我用小本记着，跟在他身后。

积木主题园的中央是一个充气城堡，红蓝搭配，分外亮眼。两组充气滑梯设置为城堡的出口，孩子们爬上爬下，爬到出口再滑下来，滑下来再爬回去，如此反复，不亦乐乎。徐飞正和我驻足长谈，只听"嗡"的一声，一个人影蹿过，我别在耳后的一缕头发被带着掉下来，擦着我的脸，又做自由落体状回归原位，等我回过神，徐飞不见了。

我环顾左右，没有目标地寻找。"快！充气城堡漏气了！马上就要塌下来！"是徐飞在大叫，他已从城堡的墙跳进城堡腹地。"大家别紧张！有序撤离，小心踩踏！"他边指挥家长，边往外背小朋友。

嘈杂声、惊呼声、跑步声、电话声，一波起、一波伏、一波乱、一波人潮汹涌。计伟带着团队赶到时，充气城堡全部坍塌，房顶、围墙、滑梯瘫成房屋地基大小的一团。家长搂着孩子，有哭的，有叫的，有揉脑袋的，有拉着徐飞、晃着他手，说着感谢、感激、感恩话的。"这事儿可大可小，怪我！多亏小徐老师！"急速处理完事故，火速排查完问题，计伟从保安队长的手里拽出徐飞的手，抢着握。徐飞跳进城堡救人的身姿敏捷如一只猎豹，他满身大汗，提醒计伟今后要注意设施安全，还让我给计伟寄套我们出的《儿童游乐场所安全问题一百讲》，我满口答应。计伟大手一挥："别！咱买！团购三千册！工作人员人手一本！""您这有三千人？"我大奇，举目望去，不过几亩地。"先备着！今天多亏小徐老师防患于未然！"计伟的手久久才撒开。真好，一场虚惊后，我在心里"啪啪啪"打着算盘珠子，三千册书，就这么卖出去了。

此行，值得开心的是我遇到一个好故事。对，就是杨橙在车上说的小天使，他们一家已基本完成一个如何向孩子解释生死的原创童话雏形。印象中，国内童书市场，关于生命教育一直是个空白。我和徐飞聊起，他有同感："对，好的童话，同样是写给大人看的，杨橙讲故事时，我眼前已有画面。""但目前她随意编的还不够，等她的故事长大。"我的话没说完，徐飞就扑向城堡了。

故事果然会自己长大，那天晚上，我们住在香河，计伟招待的农家乐。空气清新，吃完饭，我们一行五人，在门口散步。走在郁郁葱葱的林荫道，树与树，叶与叶，为星和星在夜空打上各种不规则的括弧。走到空旷处，轩轩问："天上那条白色的亮带是什么？"杨橙仰起脖子："银河"。轩轩还沉浸在"小天使"中，他拍拍杜风的肩膀："爸爸，看到没，我做小天使的时候，就在这条河洗脚。"

　　徐飞笑了，牙齿比肤色白，星光下，他像聊天时我常用的"呆住"表情。我有瞬间失神，想起便笺中"亲爱的儿子冬冬"，又想起白天在餐馆，徐飞对杜风矢口否认已婚已育的事实，百思不得其解，心中五味，酸味最盛。

　　这时，杜风问："几点了？""9点多。"徐飞往东看。"你怎么知道？"杜风诧异。"牛郎星升起来了。"徐飞指着最亮的那颗。"你还能把时间和星座对上！"杨橙惊呼。"有野外生存经验的人，都会辨别，这是常识。"徐飞的白牙再现"呆住"。

　　此后，话分两路。杨橙指着牛郎、织女星，为轩轩普及古老的爱情神话。杜风显然对徐飞的"野外生存经验"感兴趣，徐飞普及着他缉毒警察的过往——

　　"边境关卡实习时，我们每天都要穿着二十来斤的执勤装备，实枪实弹。"

　　"那么重！"

　　"我们检查过往的每一辆车、每一批货、每一个人，从中找出夹带的毒品。"

　　"工作强度与工作结果相当于大海捞针吧？"

　　他俩一唱一和，说得热闹，回去的路，走得飞快。我们各自回房，我和徐飞挨着住，中间有一道门。接近黎明时，一阵大叫将我吵醒，是徐飞。"啊！啊！"，随后是拳头猛捶墙壁的声响，"哐哐哐"，持续五六十秒，捶得我完全清醒。我壮着胆子起床，推开房门，一片漆黑中，我打开手机的手电筒，找到房间顶灯的开关。"啪"，灯亮了，徐飞满脸是汗，头在枕头上摇晃，紧闭双眼，脸皱得像包子褶，身体跟着扭，似被魇住。他的拳头因捶击，关节处的皮肤已擦破，但击打墙面的动作并没有停止。我扑过去，像白天他扑向城堡那样，我握住他的拳头，按动他颤抖的肩膀，对他喊："徐飞，醒醒！"

3. 徐飞

我做了个梦。

梦里，我回了特勤大队，我正在写遗书，像每次执行危险任务前那样。遗书没写完，我又飞到疗养院。疗养院在南方的小岛上，凤凰木摇曳绿叶，三角梅怒放。我的房间，床铺收拾得整洁，被褥叠得一丝不苟。梦中，我撩开了白色的窗纱，远处，海天一片，海鸟处处飞，有白色帆船经过，窗就是画框，框里浑然天成一幅画。

我下楼了，疗养院的院子很大，每一条小道，都有几个穿病号服的人在散步。他们大多看起来很弱，只有我体格健硕。我在假山旁，遇到一个短发小护士。小护士笑起来，露出一对小虎牙，她问我："你今天感觉怎么样？"我刚想张嘴答，耳边却有子弹擦过的"嗖嗖"声、"乒乓"的枪声。一个男子在空气中沙哑开口："别过来，别过来……""过来，我就……""啊！啊——"其中夹杂着孩子的尖叫、哭声。

与这些声音同步，恐怖的场景变成画片，一张张摔在我和小护士中间。第一张是一双布满红丝、瞪得快掉出眼眶的人眼，第二张是淋漓、四溅的鲜血，第三张是尸体，有大人的，有孩子的……孩子的不足一米，像个破碎的硅胶娃娃。

小护士尖叫起来，她的脸变成李露的。我拉着李露的手往前跑。我们跳过假山，突破三角梅的纠缠，海鸟用翅膀扇我们，被我一掌击毙。画片一张接一张，追在我们身后，人眼那张伺机偷袭，尸体那张滚到地上，横过来，成为我们跳跃的障碍。

忽然，孩子的尸体从画片中逃脱，飞飞飞，一直飞到天上。我抬头看天空，那孩子躲在一朵云后，静静地看着我。孩子的眉心有一颗痣，痣成了一个血窟窿，汩汩地冒血，把白色的云朵染红。

我浑身是汗，大喊几声，捶着墙壁，疼，可睁不开眼。忽然，我的拳头被握住，有人喊我的名字，由远及近，拉我出梦。梦中，最后一个镜头是流血的孩子在一片红云中笑，血止住了，红云成翅膀状，啊，一定是白天杨橙的"小天使"入脑了。

我醒了，小护士的轮廓在我眼前渐渐清晰，我张开双臂，紧紧抱住她。过了很久，我才意识到失态，我抱的是李露，我将她松开。

时针指向 4 点，今晚又报销了，但比过去好，我起码睡了五小时。刚出事那会儿，去疗养院，不借助药物，我都无法入睡。睡着了，有一点点声响，都会把我惊醒，之后，我就只能等着天亮，眼珠动都不动地发呆。今晚，梦境也比之前的进步。之前的，每次我都会被画片捉住，关进某张画中，想冲出来，又被无形的力量拽回去。

李露拧了把热毛巾，为我擦汗，又倒了杯水。她问我："怎么了？"我欲言又止。等我平静，我问她："你知道我为什么要来江海吗？"她点点头，又摇摇头。我说："就是不想再做噩梦。"

我说："二十岁零五个月，执行任务时，我最要好的战友被毒贩枪杀，死在我面前。几秒后，毒贩倒在我的枪下，倒在我枪下的不止他，千钧一发之际，毒贩抓起人质护在胸前，我不慎一枪击毙两人。我的精神因此受到重创，我暴瘦、失眠、耳鸣、出现幻觉，被确诊为重度抑郁。我离开特勤大队，去南方一家疗养院治疗半年，出院后，又被家人送往英国读大学。

　　我定期服药，看心理医生；初一、十五吃斋；有空就去做公益。我的母亲，一个女强人、坚定的无神论者，为我至今每半个月就去庙里烧一次香。噩梦总是缠着我，直到大二那年，我结识了台湾出版人芳姐。在她的工作室，我负责把英文版童话翻译成中文，慢慢地，我组织活动，引进版权，和诸多儿童项目发生联系。说来奇怪，为孩子服务的过程中，越来越多的孩子，表示读我翻译、编辑的童书获得快乐。这份成就感，让我治愈，仿佛他们因我得到欢笑，我才能笑。噩梦造访我的频率越来越低，我找到了救赎。"

　　"救赎？"李露疑惑。

　　"是的，我的战友傅平安帮我挡了一枪。当时，他的妻子怀孕三个月，我害得一个孩子从没见过父亲……"

　　"天哪！"李露眼中满是不忍。

　　"现在，傅平安的孩子有十六个爸爸，战友们共同抚养他的遗孤。"我喃喃。

　　"还有那个人质，何其无辜。"李露一向聪颖，提到重点。

　　我把脸扭过去，不愿再谈。

　　"可你现在要离职，不救赎了？"李露换个话题。

　　"疗养、出国、翻译，做童书、做公益，都是治疗的一部分……我父母一直尊重我的选择，我爸投资了几家文化企业，家族内只有我做的沾边。我已基本痊愈，我爸年初得了脑梗，我必须回去帮他。"我交代。

三

1. 杨橙

　　香河回来，徐飞和李露找我长谈过一次，关于"小天使"。"和孩子谈生死，谈从哪里来，往哪里去，真值得写？"我心虚。"生死是严肃而重要的话题，目前市场上，我们几乎没有竞品。"李露鼓励我。"我的故事就可以吗？"我是外行，我自卑。"可以的，你提到了种子、怎么去天上挑中轩轩、翅膀去哪儿了，以及轮回，创意好，能自圆其说，对我都有启发。只是缺更多细节。"徐飞肯定。

　　徐飞比我刚认识时要开朗些。听说，他很快要回南方接手他父亲的生意，工作室全权交给李露。李露私下告诉了我徐飞的养子冬冬的故事。李露说，这些年来，冬冬在徐飞等人的帮助下，衣食无忧，但他渐渐长大，没有亲生父亲是永远的痛。徐飞对"小天使"有感触，获得"启发"，启发正使他找到一种合理的解释，徐飞打算《小天使》正式出版后，将它送给冬冬，他要说："你看，你没见过你爸爸，但爸爸在见到你之前，就爱上了你，你是他亲自去天上选的。""九岁的孩子能相信这些吗？"我感动又怀疑。"取决于愿不愿意相信，"李露像个哲学家，"这也是为什么成年人也爱看童话的原因。"

　　他们说服了我，特别是徐飞建议我，童话的主角就叫"轩轩"，"等轩轩成为父亲、祖父，故事会流传下去，故事里的小男孩永远五岁，还是那个轩轩。"

两个月内，我的记录如下——

记录一：轩轩指着天上的一弯新月问："就是那架滑梯吗？是你和爸爸发现我的滑梯吗？"

记录二：轩轩放学，看着天上的白云笑了，指着那朵像熊的云："我在天上做小天使的时候，就见过你，我躲在云后面，偷偷看你和爸爸！你在看书，爸爸在打游戏！"

记录三：我们吵架了，我说："我不想做你妈妈了。"轩轩质问我："我在天上做小天使好好的，你把我挑回来，现在不想要我了？"我忘了生气，立马说："对不起，我挑你回来，就会对你负责。"

细节越来越多，当轩轩坚信自己是小天使，他像玩拼图一样，拿想象补全前史，发生的一切都以天使为逻辑存在。故事如徐飞和李露所言，自己长出来了。

一个午后，我和轩轩聊起今后的职业。轩轩说："我想做飞行员，理由是等你和爸爸很老很老，老到去天上了，虽然我看不见你们，但你们能看见我。我每天上班就是开飞机，飞得很高，这样，你们看我，能看得更清楚些。"刹那间，我湿了眼眶。

我开始动笔。写起来，比我想象的难，写了七遍，改了七遍。一日，我和李露聊天，我抱怨："我要不是毛中毕业的，真想撂挑子了。""你可以的！"李露说，"我和徐飞都相信，磨稿子的过程中，你还能再次升华'小天使'的主题。"

升华在 8 月完成。那晚，我在灯下做第八遍修改时，杜风的手机响，是老家来电。他的脸色越来越沉，等他挂掉电话，长长舒一口气，他满脸是泪，看着我："我爷爷去世了，我要回老家。"杜风的爷爷享年九十一，算喜丧。杜风是长房长孙，他用最快速度穿好衣服、订机票，星夜赶往机场。

　　我向徐飞求助，第二天"萌军"第四期生存训练营开营。这一期，徐飞是主要策划，杜风无法出席开营仪式，我希望徐飞能代职发言。他一口答应，我安心了。

2. 李露

　　下午 3 点，我带着萌书屋的续约合同到萌橙，正赶上"萌军"生存营开营。

　　"我们的'萌军'计划，基于全人教育、品格教育与成长性思维之理念，通过生存、生活、生命'三生'训练，立足于青少年心智成长和身心健康发展……"萌橙拓展乐园的中心舞台上，杨橙穿一件橘色连衣裙，像一片多汁的橙瓣，她举着麦克风；台下一百名十到十五岁的童男童女，身穿迷彩服，头戴小钢盔，分高低阶两个营，排列整齐。

　　"大家好，我是你们这期三天两夜户外生存训练营的总教练。我将带领你们学会庇护所修建、创造火种、建灶野炊、户外绳结学习及使用……"徐飞和童男童女们穿戴一样，被杨橙邀请上台后，发表讲话。噼里啪啦一阵掌声，掌声包括"萌军"的，大小朋友充满期待地望着徐飞；掌声也包括家长的，他们在园外守望。

　　等仪式结束，萌军们四散去生活教练那儿领大礼包，稍后，他们将正式开始野外生存之旅。我们仨转战去城堡会议室，我将合同递到杨橙面前。杨橙看都没看，直接翻到最后一页，找只水笔就签。徐飞笑："太信任我们了！"话没说完，他的手机铃声响，他喊一声"妈"，走出会议室。

过一会儿，我在落地窗前看见他。他在楼下，绕着一棵树来回十几圈。十五分钟后，我去找他，他的右手掌心紧紧贴着大树粗糙的鳞片，人来人往，各种声响，他不住地"嗯"，频繁重复："马上，很快，我知"。

晚上，我刷牙时，接到杨橙的消息。"我找到你们要的升华了！"杨橙发了一条文字，以下是语音——

"昨晚，轩轩问我，爸爸去哪儿了。我说，爸爸的爷爷去世了，爸爸回去参加他的葬礼。轩轩问我，去世是什么意思？我大概形容了下。他问：'你和爸爸也会去世吗？'我说，会。

"轩轩问我：'如果你和爸爸回到天上，我还在地上，我们是不是见不着了？'我说，也许见不着，也许有一天，我们又到地上，又需要去天上挑小天使，可能还会遇见你，但我们都变样了，不一定认识对方，可能会错过。轩轩哭了。

"今天下午，我去幼儿园接轩轩，他在路上紧紧握着我的手，走到一半，他宣布：'妈妈，我想出办法了。我小时候，总把"走"喊成"抖"。等你和爸爸再去挑小天使时，我们都变样了，我就坐在滑梯旁，谁来挑我，我都不走，你们一喊"抖"，我就知道我的爸爸妈妈来了，我就跟你们回家。'"说到这儿，杨橙声音哽咽了。

我落下泪来，"好结尾！太太太动人！"我连忙回杨橙。我把牙刷插好，牙膏管的盖拧上，正欲洗脸，徐飞找我，"在吗？""在！""周一，我正式离职。""这么快！"徐飞没有回应。

"为什么？"我又问。十分钟后，我见徐飞没有动静，把没洗的脸洗了。毛巾沾着热水汽敷在我的眼皮上，我又哭了，这是今晚第二次，第一次为杨橙的结尾，此刻，为徐飞，我不想他走，能晚一点就晚一点。

"现在出门方便吗？"我涂完面霜，发现徐飞两分钟前给我的消息。我看看身上的睡衣，"方便。""我在萌橙，今晚陪营里的孩子。你到仰山桥，给我消息，我在奥森东门等你。""好，待会儿见。"

3. 徐飞

"把'走'喊成'抖'。""谁来接他，他都不走，他就坐在滑梯旁等我们。""我在想，是不是上辈子我们就和轩轩认识，所以他躲在云后面偷偷看我们时，就挑中了我们。"

我坐在篝火旁发呆。我的思绪因杨橙的语音停滞，我被轩轩打动，被杨橙击中。我不禁思考，什么时候我能过上正常人的日子，有家庭，有孩子。如果一切能成真，我的孩子，现在在哪里，他在天上看我吗？

奥森的夜空，辽阔如一块无边无际的蓝丝绒，牛郎、织女星闪耀，大角、心宿清晰可见。一个和我特别投缘的小营员跑过来，学我盘腿坐着，依偎着我："徐教练，我想听你说战斗故事，他们都说，你以前是缉毒英雄。""李俊毅，你说什么？""谁是缉毒英雄？""徐教练？是吗？徐教练？"帐篷里钻出一群小豆包，篝火旁聚拢一批小听众。

我摸摸那些小毛头，迅速收拾了表情和心情，讲起故事。孩子们散后，我联系李露，约她在东门见。今天下午，妈妈又来催我，爸爸复查的结果显示，他不宜再操劳。最近，他们投资的一家短视频公司，遇到风口，发展良好，即将上市，妈妈让我抓紧时间接管、主持。

我躺在地上，天大地大，蓝丝绒缀着点点星光在我胸口正上方。"我快到了。"是李露。"我马上出来。"我一个鲤鱼打挺站起来，抖抖衣服上的草和树叶，我还穿着生存营的迷彩服。我走出萌橙，把红色城堡的尖屋顶甩在身后，顺健步道三千步，过桥，沿林荫道三百米，出闸机，我一眼看见穿白 T 恤的李露。

我对李露的情感复杂，这些年来，我没有真正意义上的朋友。我是工作狂，只有在工作中，才能得到救赎。李露是我的搭档，我们朝夕相处，形成默契，临走前，现在的生活告一段落前，我的心事只想对她敞开。

她坐在我的车上，旧话重提："为什么周一就要走？"我文不对题，问她，想不想知道我最大的秘密。"冬冬？""不。""那是什么？""另一个孩子。"

"2010 年，我二十岁，一个春天的下午，紧急集合，拿到装备时，我就意识到，这次任务不简单。路上，毒贩的信息陆续给到我们。臧某，当地下毒枭，七年前因贩毒判处有期徒刑八个月，出狱后，臧某继续贩毒，此人有极强的反侦察能力。近日，据线人爆料，臧某手下的骨干许某藏在市内一家快递中转站，他将是撬开臧某团伙的关键人物。前方民警已眼珠不错地盯了许某四十八小时，眼看可以收网。

"4 点 55 分，许某出现在我们的视线里，他在快递站门口出现时，我们对他进行了抓捕。许某非常警觉，他感觉有人跟踪他，并向他围拢时，立即拔出怀里的刀，疯狂逃跑，我们跟着追击。他跑过三条街，见到路边停着一辆出租车，他钻进车里，劫持司机，想乘车逃窜。

"时针指向5点30分，此处是交通要道，人来人往。许某劫车后，让出租车往前开，但晚高峰，车和人都堵在路上，插翅难逃。我们将出租车围住，傅平安负责吸引许某的注意力，我趁机将出租车司机从车内拽了出来，许某拿刀向傅平安挥去。我向许某开了一枪，打到他左脚的关节，他又窜下出租车，拿刀朝围观群众跑去。情况紧急，我开了第二枪，击中他的大腿，许某应声倒下。许某右腿贯穿伤、左脚踝关节擦伤，无生命危险。据许某交代，臧某躲在郊外二十公里的一个小镇上，我们马上行动。

"臧某住在一栋三层小楼里，夜深了，楼里传来哗啦啦打麻将的声音。我们破门而入，眼前男男女女有三十多人。我大喝一声：'都不许动！'臧某往楼上跑，眼看要逃，其他人控制楼下的男女，我和战友傅平安跟着去追臧某。臧某逃向三楼卧室，从衣柜里掏出一把枪，他的妻子、女儿在卧室床上尖叫，除非破窗、跳楼，臧某无法再逃。"你逃不了了！"傅平安把枪对准臧某喊道。臧某紧紧握住枪，他一把抓住妻子的头发，被妻子躲开，他再将涕泪横飞的女儿捉住，挡在胸前，他的妻子去夺女儿，被他一脚踢开。他拿着枪顶住女儿的下巴：'别过来！过来，我就打死她！'

"没人想到亡命徒会拿自己的孩子做人质，我和傅平安一左一右把在门口，臧某扣动扳机直冲我们。傅平安一个箭步挡在我面前，'乒！''啊！'他倒下了，电光石火间，我凭本能冲枪口指向我的臧某开枪，'乒！''啊！''啊！'枪声响起时，臧某没来得及挣扎，他手一松，女儿摔在地上。臧某的头向后仰，如被我一拳打中脸，他粗壮的身体砸向一面穿衣镜，镜子玻璃哗啦啦碎了，玻璃碴儿混着血，四溅。

"现场一片混乱，臧某妻子匍匐在地上，抓着自己的长发，精神病似的哭叫。陆续有人上来，把尸体拖走，把活人带走。傅平安失血过多，陷入昏迷，紧急送往医院。至于我，身体顺着门框滑下，意识模糊……"

"完了？"李露的大眼睛盛满疑问，奥森东门路灯的光把她的脸照得和 T 恤一样白。"完了。"我抽完第三根烟。"另一个孩子是？"我不知该怎么说，我点上第四根烟，路灯的光突然一闪，照在李露脸上，亦如电闪过。她用手捂住张大的嘴巴："那个孩子……""是的，"第四根烟，我没点着，夹着两指间，控制不住地抖，"后来，我们复盘很多次，都认为当时当地，我只有开枪的选择。特勤大队没有处罚我，领导说，那只是一个意外，可是我饶不了我自己。很长一段时间，我没有办法睡整觉，我害得一个孩子没有父亲，我的双手沾满另一个孩子的鲜血。我忘不了那个女孩最后看我的眼神，她才四五岁，她那天穿着一件粉红色的睡衣，睡衣上全是草莓图案，她的眉心有颗痣，每次做梦，血都从那颗痣流出来……"我把头埋在腿上，我蜷成一团。

难以描述的安静，令人窒息的安静。

"我懂了。"李露的声音离我的耳朵越来越近。

"我希望你把'为了孩子'做好，希望你知道它对我的意义，我用它赎罪。"李露的手在我的背上轻轻拍着，我抓住它，合在我的双眼上，我呜咽着："我是个罪人，除了你，我找不到人可以说。"

尾声

又是六一，萌橙开业纪念。杨橙的绘本《小天使》发布，萌书屋门口竖起大幅印着图书封面的易拉宝，蓝色封面上，小天使粉白可爱，头顶光环。

徐飞离职后，在他父亲投资的频多多网站任总裁，"神秘接班人"是新闻报道中对频多多从天而降的太子爷提到的最多用语。徐飞和大家的联系大多在线上，据说，他工作量是从前的三倍，过去996，现在007。发布会正式开始的时间已经过了两分钟，司仪李露还在东张西望，试图在人群中找到徐飞，可结果令她失望。

"开始吧？"工作人员问李露。"好。"李露应着，款款上台。她为读者们大致介绍了下《小天使》的出版情况，引出著名主持人、来自央视少儿频道的白丽丽和作者杨橙，用对谈方式，开启发布会。

"把'走'喊成'抖'？"白丽丽问。"对！然后让我们接他回家。"说一千遍，杨橙还是会流泪；说一千遍，听众还是为之感动，白丽丽眼眶泛红了。"出版这本书，你最想感谢的人是谁？"聊完书的内容，白丽丽问。"我最想感谢的是本书的策划徐飞先生、编辑李露女士。"杨橙冲李露方向微笑。"徐飞?"白丽丽疑惑。"我在这儿!"徐飞突然出现,他穿黑色POLO衫、牛仔裤,从人群中挤向台前。李露两眼放着光,徐飞没有食言,"对不起,飞机晚点了!"他冲大伙儿解释。

接下来,徐飞介绍了他对《小天使》主题的认识,和孩子谈生死、别离,"好的童话会带给大人启发。""那么,您的启发是?"白丽丽引导着。徐飞向台下招手,一个皮肤黝黑的男孩应声上台。徐飞向读者们讲述了十年前的缉毒往事、冬冬听到"小天使"故事时的反应。"我是我爸爸妈妈亲自去天上挑来的……"冬冬对着话筒怯怯地说,"我爸爸是个英雄,我看过他的照片,我希望他下辈子挑天使的时候,还能认出我。"

台下哭成一片。

发布会后,杨橙和朋友们聚在城堡切蛋糕、吃蛋糕。徐飞刚刚重磅宣布频多多将投资拍摄《小天使》动画片,未来还有舞台剧等多种形式的开发。现在,杜风才有空问:"频多多还涉猎儿童剧?""我做了一个子品牌,趣多多,专做儿童方向。"徐飞提起他的业务。"哟!"杨橙和李露也凑过来。"还在招兵买马阶段,"徐飞露出招牌白牙,"多支持,有合适的人才帮忙推荐。"

"趣多多除了儿童剧,还做什么?"李露咬一口抹茶味蛋糕。

"'为了孩子'的一切。"徐飞说。

"最近好吗?"李露见周围人散去。

"最近忙着面试,面试时,我会和每个人谈我的故事和小天使,我用它们来观测每个应聘者的反应,看他们懂不懂我想要的儿童产品是什么……我不再将那件事当作秘密。"徐飞轻轻说。

奥森东门敞开心扉的那个夜晚,李露对徐飞说:"你用为孩子服务，一切为了孩子，来治愈、救赎、脱敏，你有没有想过，你完全可以正视它，告诉大家，那件事究竟是什么。""我的医生也这么说。"当时，徐飞把脸埋在李露手心，语气和眼下一样。

"把冬冬带来北京，准备陪他玩几天？"李露从落地窗往外看，看见冬冬在教练的帮助下正紧系绳索全力攀岩。"三天，明天上午，我们去游乐园玩。"徐飞说起他们的行程，和他的最新感悟，"这段时间，我总在想，我还有一种赎罪方式，有机会挑天使时，挑一个眉心有痣的女孩，也是生死之约的一种吧。"

"挑小天使，我帮不上忙；游乐园，我陪你。"李露扭头冲徐飞笑，落地窗前，他们的影子被阳光拉得很长很长。

最佳大夫

一

方勇第一次见到纪洲是一个夏天的午后。

确切地说，是个汗流浃背的夏日午后，汗是冷汗。

两人见面的地点在四〇四中医院的骨科三诊室，纪洲是该科室最年轻的专家，普通门诊挂号费七元，而他的，十五元。

那天，病人和病人家属乌泱乌泱的，团团围住纪洲的桌子，方勇就在乌泱乌泱的人群中。

纪洲正耐心地与一位患者沟通，他剪寸头，一只手在患者的颈部摸索，另一只手搭着患者的脉，少顷，他"唰唰唰"在病历上写着什么，"啪啪啪"在电脑上打着检验单。他将检验单递给患者，抬头时，发现被病人包围，他皱皱眉，将透明眼镜架往鼻梁上推推，温和而镇定地说："一个一个来！"

一名女大夫闪进诊室，她可没纪洲那么客气，大喝一声："叫到号的进来，没叫到号的，在门口等！"

　　人们作鸟兽散，但散后，仍依依不舍，不断回望。一些人试图挤进诊室，挤不进的，也要透过紧关的门缝，刺探医生诊断的进度；另一些人则在等候区坐着，时不时站起来，转一圈，抬起手腕看看表，再坐下。

　　方勇的汗，大滴大滴自额头沁出，顺脸的轮廓，呈九十度角飘落，与颈上的汗汇合聚集，流成小溪，浸透了蓝色棉布衬衫。

　　一阵剧痛，自脖子后方传来，如长针竖着反插进脑颅，还不老实地左右活动，方勇疼得厉害，揉揉太阳穴，他的右手食指是麻的，牵动整个右胳膊的神经，他按着椅子的扶手，想起身走走，眩晕、恶心，两脚一软，倒在地上。

　　等方勇醒来，已躺在白色病床上。他抬起右手，扯动一根透明塑料管，他顺着管子往上看，木架上挂着一只玻璃瓶，滴滴答答，瓶中液体正缓慢注入他的身体。

　　“醒了。”女护士的声音。

　　“醒了。”男医生的声音。

　　男医生的胸牌上写着“纪洲”，方勇忽然想起自己在哪里，晕之前干什么。

　　“纪大夫，我怎么晕了？”方勇还是有些莫名其妙，不就脖子疼吗？多大点事啊？难道……他心中不由得一紧：完了，完了。

　　“没什么大事，”纪洲安慰方勇，两人身量仿佛，年纪最多差五岁，“你的颈椎病已经压迫到神经，导致脑供血不足，先去做个核磁共振。"

"哦，还是颈椎病。"方勇放下心。

"别不重视，严重的话，最终可能瘫痪。"纪洲的样子不像是吓唬。

"我要在医院住多久？"方勇老实了。

"你着急吗？"纪洲问。

"那倒不……"方勇灵光一现，"可以开病假条吗？能开多久？我可以人出院，假条照开吗？"

小护士在一旁，忍不住，对天花板翻了一个白眼，一副"什么？现在还有人泡病号"的样子。

纪洲笑笑，不理方勇消极怠工的茬儿："先去做核磁共振吧，看看最快能约在什么时候。"

二

方勇人如姓，方脸，手掌也是方的；今年虚岁三十一，是第一批进入而立之年的90后。

方勇说话有口音，连云港味儿。他毕业于长江以南一所211大学，学材料物理，通过考公务员进京。八年，实现三级跳，历任白玉社区普通社工、居委会副主任、居委会主任，用他的话来说，小小年纪，已经抵达事业的巅峰。

来四〇四中医院见纪洲前的一周，方勇平均日工作时长十二小时。

都做些什么呢？方勇总结过，四个"各种"：各种档案的整理，各种会议的召开，各种材料的撰写，各种鸡毛蒜皮。

没完没了。

比没完没了更令人沮丧的是漫长无聊，日复一日，琐碎重复，看不到头，也看不到上头，巅峰嘛，寂寞啊。

就拿今天来说，上午，开了垃圾分类的会，处理邻里矛盾一起，调解夫妻打架两件，安排孕期检查、开婚育证明工作，在两位老太太因装修噪音吵得不可开交的现场，方勇出现耳鸣，视线也模糊了。他冷汗涔涔，面色苍白，竟让嗓门比噪声分贝还大的两个老太太闭嘴，她们不约而同用满是皱纹的手去摸方勇的脸，"孩子啊""小方主任啊""你怎么了？""要不要叫救护车？"

社工小白把方勇送到四〇四医院，帮方勇挂完号，就走了。方勇站在纪洲诊室门口，虽然脖子疼，但有种远离喧嚣、解脱的感觉，这要是能开个病假条，休息个十天半个月多好啊？他倒下前，心里正算着账，醒来后，算盘又噼里啪啦启动了。

"好医生在线"上对纪洲的评价是"时时处处为病人着想"。

此刻，小护士出去晃了下，带回消息，本院的核磁共振，能排上队最近的日期是半个月后。纪洲看着方勇，叹口气："等你拿到片子，再挂上我的号，就是下个月了，你得忍一个月。"

是啊，四〇四医院以骨科见长，专家号一号难求，现挂几乎不可能，纪洲是唯一一个今天愿意加号的医生。

"忍一个月？"多年社工经验，让方勇养成习惯，不知道说什么时，就态度诚恳地重复对方的最后一句话，并用疑问语气。

"这样吧，"纪洲捏捏眉心，晃一晃手中的文件夹，想出主意，"我推荐你个七〇七医院亦庄分院管核磁共振的负责人的微信号，远是远了点，但他们人少，立马能做，能出报告，事不宜迟。"

纪洲掏出手机，方勇加了他的微信，"都是套路"，方勇收回手机想。纪洲此举，不过是想要多拿提成罢了，先说本院做不了，再说我认识个能做的地儿，哪里都要创收，干啥都要利润，他能理解。

第二天傍晚，方勇再见到纪洲。

纪洲刚下手术，他让方勇去住院部四楼等，那是骨科病房所在处。纪洲出现时，风尘仆仆，神色疲倦，方勇已等了他一会儿。他说着抱歉，接过方勇手中的白色大号塑料袋，抽出黑色片子，打开灯，迎着光看了看，"第四五节、五六节椎间盘不同程度突出，脊髓受压"。纪洲放下片子，喘口气，喝口水，目光中带着悲悯，对方勇说："你还这么年轻！"

方勇一口血差点没吐出来，幸好明白只是颈椎病，否则被医生夸年轻，实在不是什么好话，他凑上前："怎么说？"

纪洲解释，方勇三十岁的颈椎看起来像五十岁的，他建议方勇，有空来医院挂个普通号，门诊大夫会给他开输液，设计针灸、理疗方案，"别那么拼了"，他嘱咐。

方勇千恩万谢，谢中，包含一丝丝惭愧。他千里迢迢去了亦庄，以为要被宰一刀，谁知，半小时做完核磁共振拿到报告，账单显示，比城区医院竟还便宜，并走医保。他不由得想到那句成语"以小人之心度君子之腹"，纪洲就是君子。

"好了，我还要去查房，有什么事，你微信我。"纪洲与方勇告别。

临别，纪洲送方勇一只小药瓶。方勇拧开瓶盖看，瓶中黑色半固体药膏，有淡淡臭味。

纪洲叮嘱方勇，脖子再出现剧痛，先涂瓶子里的药膏救急，"多少钱？"方勇问，纪洲一挥手："老家自家做的，不值钱，送你的。"方勇愕然，纪洲没理会他的瞠目结舌，只补了一句："用得好，就向身边人推荐一下，我这药叫'黑玉膏'。"说完，他裁了一小块纱布，用一支白色棉签浸入瓶中，继而拔出来，将裹着黑药膏的棉签在纱布上均匀涂抹，如做麻酱饼般细致。他再将纱布贴到方勇的脖子后，扒上两块细条医用胶布，"试试看"。纪洲端详一番，咧嘴笑了下，那神情，令方勇想起前几年春晚，著名魔术师刘谦出大招前的话，"见证奇迹的时候到了"。

两人离开纪洲的办公室，纪洲大踏步朝左走，与方勇反方向。

方勇拎着白色塑料袋，捏着小药瓶，边下楼梯边想："我这是遇到好医生啦！"一位穿病号服的大哥撞到他，喊着："嘿！纪大夫！"大哥很快意识到认错人，拱拱手别过。方勇歪着头，眯着眼，嘿，他和纪洲确实有点像，除了他的脸正方，纪洲的脸长方。

此时，颈后纱布涂着的药膏已有效果，凉、舒爽、舒缓，疼痛一点点减轻。

三

　　方勇在靠窗的绿沙发椅上换个姿势，继续看手机，休假第四天，事情一点没少，全部线上操作。他开着手机免提，进入钉钉会议室，过十分钟点击一下"打开麦克风"，"嗯"一声，表示人在呢，其实魂魄去了哪里，只有他自己知道。

　　魂魄去了纪洲的朋友圈。

　　方勇觉得纪洲的生活比他有意思多了——

　　7月16日，纪洲发："做瑜伽受伤，是骨科大夫最常接待的妇科病。"配图有两张，一张是一位女性患者骨折的片子，另一张是高难度瑜伽动作。评论区，纪洲不知是回谁的，"披露一个行业秘密，许多瑜伽教练是练杂技出身的！切不可一味模仿！"

　　方勇"扑哧"一笑。

　　7月14日，纪洲发："值夜班，两位老者互相搀扶来挂急诊，看伤口，不像是意外。好奇之余，打听了下，原来两位是民间武林高手，在街头大排档，喝酒撸串，一时技痒，众目睽睽下，切磋起来，谁知……拳头不长眼。"

　　画面感十足，方勇不禁点了赞。

　　7月13日，"接待一名二十五岁患者，三周前胸背部反复疼痛，上周美容院按摩后，下肢麻木，逐渐失去站立行走能力……这场手术真是虎口拔牙。"

方勇跟着揪起心，回："拔成功了吗？"

7月12日，纪洲只拍了两只钟，一只指向5点，是凌晨5点，一只指向11点，是晚上11点。纪洲写道："今天工作整整十八小时。"

方勇掐指一算，就是纪洲送他黑色神秘药膏的那天，乖乖，十八小时！

慢着，方勇在纪洲6月7日的朋友圈中发现熟悉的风景，是一碗面，一碗堆着萝卜片、筋道牛肉的兰州拉面，盛拉面的白色瓷碗上印着"沈家牛肉面"的字样。方勇再去大众点评APP上查，沈家牛肉面独此一家，别无分号，正是白玉社区的商户。

而纪洲的文案是"又是元气满满的一天，早餐还是牛肉面"。

咦，纪洲就住在白玉社区？

"方主任，周五开始人口普查，您休假能回来吗？""方主任，方主任，人在吗？"

钉钉会议室，传来小白问询的声音，方勇赶紧打开麦克风："没问题。"

四

周六中午11点，白玉兰苑28号楼1304室门外，方勇按响门铃。一上午跑了二十多栋楼，水没喝几口，汗滴了一路，扶着

1304 的铁门，方勇忍不住扶着腰，喘了口气。

"叮叮叮叮叮"，《致爱丽丝》钢琴曲轻轻流淌，十六个音符飘过，门开了。隔着防盗门，一位三十出头、长发细眼的女士探出头，她迟疑地问："你们是？"

"居委会的，人口普查，"方勇还在喘气，小白肉馒头似的脸，跟着挤进该女士的视线，"对，请问你们家常住人口几个人？先填表，我们过几天再来收。"

"谁啊？"一位男士的声音传至方勇的耳边，有点熟悉，却不记得在哪里听过。

"居委会的，人口普查。"长发女士一回头，重复方勇刚才的自我介绍。

"那快请领导们里面坐啊，喝口茶，大热的天。"男士说着，趿拉着拖鞋走近。

长发细眼女士打开门，小白从兜里拿出绿色塑料鞋套，递给方勇一副。方勇弯腰，套在自己脚上，套完还扯一扯，调整一下松紧，一抬头，他乐出声："嘿！纪大夫！"

正是纪洲站在他面前，脱了白大褂的他，一派居家好男人的样子，灰色格子睡衣外系一条女士粉色碎花围裙，一看，就在厨房忙活呢。

"你？"纪洲显然也认出了方勇，两片厚嘴唇如切开的茄子咧开，掩不住兔子似的大板牙，他竟兴奋地拍了下方勇的肩，打趣："原来是咱们的父母官啊！徐玲，快去泡茶！"他转身吩咐妻子。

徐玲和小白在一旁面面相觑，"你们认识？"她俩异口同声
地说。

方勇哈哈一笑，左手向后，反手掀开蓝色棉布衬衫的领子，
黑色药膏凝固在纱布上，紧贴着他的脖子。他竖起大拇指，赞纪
洲："看到没，纪大夫给的'黑玉膏'！我这就是活招牌！"

四个人连声称巧，齐齐退到纪家客厅茶几旁。纪洲摘下粉色
围裙，洗洗手，从茶几下拿出黄色茶叶密封小袋："来，父母官，
尝尝我的金骏眉。"方勇却连摆手，表示别忙活，他指指手腕上
的表，又摇摇手里捉着的大沓人口普查表："今天除了白玉兰苑，
还有一个小区的表要都送到，以现在的进度看，今晚9点，把表
全部送到每家每户活人手中，完成任务够呛了。"

方勇背着双肩包，他抽出包右侧尼龙袋中的玻璃茶杯，拧开
杯盖，递给纪洲："纪大夫，给我加点水就行。"纪洲不好再让，
将水杯如接力棒，转手递给徐玲，又问小白："小领导，要续水
吗？"小白摇摇头，方勇趁机奚落小白："小领导是可乐女孩，
今天到现在已经喝了两瓶可乐。"纪洲出于医生的本能，脱口而
出："适可而止，适可而止。可乐，可不能当水喝啊！"

方勇问清纪洲家的人口，数了三张人口普查表给他。纪洲接
过表，从上往下，浏览一遍，方勇说："我明后天来拿表，方便
吗？""方便，方便。"纪洲答道，又关切地问道："脖子现在怎

么样了？去门诊没？有什么事，直接微信我。"

　　走出纪洲家门，方勇和小白往右拐，去敲 1305 的门。方勇还沉浸在和纪洲偶遇的惊喜中，对小白说："看见没？这就是真正的好大夫，你看他家的书，都是线装；看人家的奖杯，十几个；看人家的多宝槅，都是药罐！"

　　1305 门没开，小白进入倒数时间，"60、59、58……"数到"1"时，两人放弃。方勇掏出笔记本，标注"白玉兰苑 28 号楼 1305 无人应答，周一再访"。他和小白再敲下一户，方勇继续感慨："小白啊，你看我们的工作就是接触千家万户。如果不敲开每一家的门，怎么知道门后的人是做什么的，是什么样的人，有什么样的故事呢？比如今天，谁知道 1304 住着一个好大夫呢？"

　　小白向来一根筋，不假思索地回领导："您上周还说，每天做的事千篇一律，接触的人千人一面呢。纪大夫这是治了您的颈椎，还是治了您的神经啊？"

　　方勇被噎得一时词穷。

　　"又见炊烟升起，暮色照大地，想问阵阵炊烟……"

　　1306 的门铃音乐是怀旧范儿，炊烟没飘完，一位瘦削老者开了门，带着福建口音问："你们是？"

五

　　纪洲的人口普查表显示，他是长春人，1985 年生，满族，博士，2017年5月乔迁至白玉兰苑。纪洲的太太徐玲与他同族、同等学力，是广义的老乡，来自吉林四平。他们的儿子纪晓三岁，受教育程度一栏填的是"学前教育"，看来已上幼儿园。

纪洲和徐玲均为医务工作者，不同的是，纪洲是骨科大夫，徐玲则在一家医药公司上班。据说，徐玲曾和纪洲是同事，在四〇四中医院任中药师，纪晓出生后，没有老人帮，徐玲做出牺牲，去比医院忙碌程度低的民企。

当然，这些具体的事，方勇不是通过人口普查表得知的。

这段时间，他和纪洲频繁互动，几乎纪洲的每一条朋友圈，无论生活，还是工作，方勇都踊跃评论、点赞。

这段时间，方勇每周去四〇四中医院做两次理疗，在办公室放一只颈椎牵引器，伏案时就戴上，按摩仪买了好几种，大的、小的，能随身带的，常备家中的，应有尽有。他还听纪洲的话，用上手机支架，接打电话发消息，尽量少低头，平视手机屏幕。纪洲说得对，"你就算休假，身体休息了，老玩电子设备，颈椎还是没休息啊！"

这天，纪洲发了一条链接，关于四〇四中医院评选"最佳大夫"的投票。他的文案是："请各位兄弟姐妹、父老乡亲帮忙，点击18号'纪洲'"，并附上三个拱手的表情。方勇不但迅速投票，还第一时间转发到自己的朋友圈和白玉社区三个五百人、一个四百五十人的大群中。方勇的文案是："大家快投票，纪大夫就是我们社区的，我找他瞧过颈椎病，他家祖传的'黑玉膏'药到病除，纪大夫是咱们白玉之光！"

方勇很少在群里发言，也很少这么帮人拉票，"响应方主任号召！""哇！申请也去瞧颈椎病！""报方主任名，打折吗？""拿户口本、房产证，打折吗？"以老头老太太为主的群友，半真半假在群中开着玩笑。

"打折？打骨折了，可以去……"方勇哈哈一笑回道，他将截图发给纪洲，将"黑玉膏"几个字用红色圈起来重点标记，以示没有忘记纪洲的嘱托。过了一个小时，纪洲才回："方主任！你吓到我了，我刚下门诊，一转眼，我比第二名多了一千多票……"

半个月后，纪洲以绝对优势当选为四〇四医院"最佳大夫"。纪洲央方勇将他拉到白玉社区的群，向各位邻居表示感谢。

方勇拉纪洲进 4 号群。

纪洲私聊方勇："咱们社区还有群？"

"组织过几次活动。"

"什么样的活动？"

"相亲啊，象棋比赛啊，读书会啊。"

"我怎么一次也没遇上？"

"嘻，那会儿你还没搬来，我刚当上居委会主任，愿意折腾这些事。现在，有活动也就是发一下通知，走下过场。这些群都变成拼单群、'帮我砍一刀'群、拼多多分群了。"

"可是你看你一发言，就这么多人响应，显然在人民群众中的威信很高。"纪洲由衷地说。

"威信不威信的，又不当饭吃，所谓勤奋也是这工作，懒散也是这工作，那不如懒散喽。"

"那还是勤奋快乐。"纪洲的答案立马发来，方勇一愣，自从他认识纪洲，就发现纪洲真是行走的鸡汤兼鸡血。他正想夸几句纪洲，电话响了，话筒中，方勇老婆严晶晶声音紧张："你上回认识的骨科大夫，还有联系吗？""怎么了？"方勇问。"我妈脚扭了。"严晶晶硬着嗓子答。

六

提起丈母娘，方勇想苦笑，上海籍的她，骨子里充满对所有非上海人的嫌弃，尤其对来自江苏的方勇。

纪洲提到"威信"，方勇虽然状态疲软，业务可没放松过，兢兢业业每一天，但丈母娘看他一直如看乡下人，前不久，纪洲还听她和广场舞舞伴老齐聊天，"我家那个苏北姑爷"。是啊，无论方勇做啥，做成啥样，拿多少钱，走没走上事业巅峰，丈母娘提起他，都是一个标签，"苏北男人"。

严晶晶在外企工作，忙得像陀螺，一着急，语序也像陀螺，来回打转，重复往返："我妈脚扭了，不能动了，不能动了，脚扭了。"

方勇一踩语言的刹车，问现在怎么样了。

不出所料，还是广场舞，只是丈母娘的广场舞，略显高级。她和舞伴老齐练探戈时，不慎在转身、把手一抛的动作中，被老齐扔出去，扔到马路牙子边。丈母娘的安全意识还算强，凭本能，她双手撑地，腰部没受伤，可连退几步，忽然坐下，脚脖子扭了。老齐神色慌乱，跑过去扶她，她咬牙切齿，疼得半天没说话。

严晶晶刚交代完，方勇就原样复述给纪洲了。

纪洲二话没说，发给方勇一个地址，让他送丈母娘过来，地址显示，今天，纪洲在国手堂坐诊。国手堂，四〇四中医院的国际部，大夫都是优中选优的四〇四骨干，大部分是返聘的老专家。方勇打车时，国手堂临街的橱窗上贴着宣传海报，一位九十岁的老中医，一把白胡子，寿眉的尾如白色狼毫笔的笔尖，一看就有说服力，俨然长寿代言人。没想到，纪洲年纪轻轻竟进入"国手"序列，方勇更加赞叹、纳罕。

兵分两路。

严晶晶走不开，滴滴打车，留了老齐的电话，由老齐护送丈母娘去国手堂。

方勇和小白说了一声，夹着公文包就往国手堂奔，路上，他和纪洲闲聊了几句。国手堂贵为国际部，人少，收费较四〇四中医院贵，一部分费用不能走医保。纪洲正向方勇解释，方勇马上说："没事，但千万别和我丈母娘说，她在钱上仔细得很，回头知道多花了，又要说个没完。"

纪洲打出一串捂面大笑的表情，夸方勇想得周到。

方勇语音说起来丈母娘对他这个苏北姑爷的看不起，过了一会儿，纪洲敲来一行字："看我的。"

"哗哗哗！"

掌声鹊起，四个护士，分列走廊两边，冲方勇、老齐、丈母娘鼓掌。纪洲站在四位护士中间，面带笑容，掌声最热烈。

方勇三人面面相觑。

"啥意思？"方勇拽着纪洲的袖子问。

纪洲拿胳膊肘捣捣他，把脸扭向丈母娘和老齐："叔叔阿姨好！阿姨，您就是方主任的母亲吧？"

丈母娘泪痕犹在点点头，老齐搀扶着她，跟着发蒙。

"欢迎方主任视察社区居民工作！"纪洲将丈母娘一行让进诊室，继续演戏。

这边，小护士扶着丈母娘去诊室一块白色帘子隔出的小空间，将裙下的长筒袜除掉，丈母娘哎哟哎哟喊着痛；那边，纪洲和老齐闲聊，把方勇吹得天上有，地上无，能干，能吃苦，有创意，是人民的好父母官。由于对方勇的光辉事迹实在缺乏了解，纪洲开始胡诌，说方勇正在进行一项大工程，要做社区人物志，"人物志？"老齐好奇。"啊——"方勇接过话，跟着胡诌："对的，在人口普查中，我们发现，咱们白玉社区的居民各行各业都有，来自祖国四面八方，除了中国居民，还住着十几个国家的外宾，个个有故事，每扇门后都有传奇，平时就是缺乏交流。我们居委会呢，由我做代表，打算定期采访，定期公布，也算给大家一个互相了解的平台。"

"那今天？"老齐更好奇了，他上上下下打量方勇，觉得这厮不像他丈母娘口中没本事、没前途、只会忙鸡毛蒜皮的苏北男人啊。

"择日不如撞日，"方勇遮掩着，"我第一个访问的就是纪洲，四〇四医院最年轻的国手，来看看纪大夫是怎么工作的。"

"别客气了，方主任，您都快竞选中国最美居委会主任了……"纪洲陷入互相吹捧的语境中，不可自拔。

丈母娘自帘后蹒跚走出，看方勇的眼神，多了些赞许。

方勇约纪洲下班后，白玉社区门口"一连串"烤串儿店见。各种串儿摆上，每人一升啤酒，啤酒杯有半只胳膊那么长，一条壮汉腿那么粗。纪洲看得目瞪口呆，方勇抓起杯把儿，半举杯，往纪洲的杯子上一碰，发出清脆的声响："今天全靠你了！"

七

酒过三巡，串过三十根，方勇忍不住向纪洲吐起槽来。

吐槽的焦点围绕职业倦怠。

是纪洲发起这个话题的，他镜片后的双眼闪烁着深邃、睿智又好奇的光，他问方勇，平时工作都忙什么？那天徐玲把方勇、小白送走，门刚合上，就和纪洲探讨是一名基层社区工作人员忙，还是一名三甲医院的骨科专家忙，结论是看样子方勇更忙。因为徐玲一开门，发现方勇弯着腰、驼着背，一只手搭在防盗门上，另一只手捏着脖子做按摩，自我介绍时，还喘着气，"已经跑二十多栋楼了，还要跑几十栋楼""晚上 9 点前能弄完，已属幸运"，这两句话，让徐玲和纪洲感慨不已。

"对，天天累得像狗。"方勇干掉一升啤酒，扬扬手，招呼服务员，再来一升，一时间，无酒可碰。他从铝盘中捡起两串烤得焦酥的板筋，递给纪洲一串，再拿自己手中的串轻轻碰下纪洲的串，几粒孜然徐徐飘落。碰串仪式完成，方勇蹙着眉，咧着嘴，用牙撕扯着板筋，一副尽在不言中的表情。

"关键是，累还没有成就感。"方勇撕扯完。

方勇一一掰扯给纪洲听，资料、文件、会议、报告……纪洲了然地点点头，端起已空的半个酒杯碰一碰方勇新上来的酒。

"纪大夫，你呢？日复一日，忙得像陀螺，我怎么觉得，你还乐在其中？"方勇问出心中已久的疑惑。

"嗯——"纪洲的眉毛也微微拧成小疙瘩，看得出，他在努力思考，仔细酝酿合适的语言，"哪有那么多成就感？意义、乐趣都是自己给的。这么说吧，虽然日复一日，但是每天还是有点不一样，每天接触的人不一样。比如我，每个病人都有特点，和每个病人打交道都很有意思，这就是我的乐趣。至于意义，把每个病人服务好，病人愿意当我是朋友，承认我是个好大夫，就是我的第一层意义。"

"对！"方勇支持纪洲的说法，"从事情的角度看，做不完的事儿，像重复劳动；从人的角度看，像无限可玩的游戏，因为每次都不一样。"

　　说到这儿，纪洲提醒方勇："我倒觉得你的工作有意思，起码和你打交道的人，还会尊称你一声'方主任'，起码是找你办事的，是安全的，而我们？"纪洲叹口气，说起本科班上，好几位同学已经不做医生了，不是累，不是苦，纯粹是因为医患关系紧张。

　　方勇想起前不久一位眼科医生被砍伤的新闻，不由得揪心，为表安慰，他用尽力气，举起一升的酒杯，站起来敬了敬纪洲。

　　"那你们骨科呢？危险吗？"方勇坐下来。

　　"骨科病人脾气暴躁，人一疼能不暴躁吗？但，"纪洲狡黠地一笑，是那种在老实人脸上闪过的狡黠，人人都能看出的得意，"骨科不是手脚都不利落嘛，比如说你，颈椎不行，胳膊就不行，小病不会和医生起冲突，大病，病人动都动不了，还打人？"他笑起来，带动方勇也笑了。

　　"不过，我和别的医生还不一样，"纪洲仿佛有个大秘密，他想了想，笼统概括了下，"我还有别的意义。"

　　"什么？"方勇好奇。

　　"我迟早有一天要开自己的诊所，一切都为了这个目标努力。"纪洲说出心中宏愿。

　　"所以，你广结善缘，再苦再累都忍耐？"方勇恍然大悟。

　　纪洲笑着点点头："到时候说不定还需要你帮忙呢！"

　　"我能帮什么忙？"方勇两手一摊，略带紧张，不太明白自己的价值。

"有钱的出钱，有力的出力，"纪洲没好气地说。他又认真道："医生最大的资源就是病人，病人即便病好了，给医生一个好口碑，就是帮医生忙啊！"

方勇松口气，好了，这点，他肯定能做到。

"吱"，手机振动音。

方勇打开一看，是严晶晶。"你还和大夫在一起？妈说，如果在一起，帮她问问，就她现在的情况，下个月老年交际舞大赛，她还能参加不？"方勇将手机直接递给纪洲，纪洲把眼镜往鼻梁上顶顶，仔细识别方勇粉色聊天背景上的淡蓝色隶书字体，再把手机还给他，肯定地说："可以，等一下，我让徐玲拿点药给你。"

纪洲秒速拨通徐玲的电话，吩咐她，"七号柜三十四抽屉的青色瓶子"，他还念了一串方勇听不懂的语言，大概是药名。方勇正琢磨着，纪洲和妻子的沟通结束了。

接下来的半小时，继续撸串，继续喝扎啤，继续海阔天空地聊。

方勇喝得有点多，像回到大学时代。有个卖唱小伙，在各大排档、饭店巡回演唱，当他走进"一连串"烤串儿店，方勇冲他招手，小伙走近，竟面露喜色："方主任，你要点一首？"

方勇愕然："你认识我？"

小伙憨厚一笑："您忘了？我是×××楼的租户，上次中介假借居委会之名骗我，让我提前退租，我去居委会核实，是您接待的我，还带我去中介讨回的公道。"

方勇一拍脑门想起来了，确实有这么回事，他摇摇晃晃站起，问小伙子，不是程序员吗？怎么又出来唱歌了，小伙子干脆弹起吉他唱起来，"哥们儿从前是玩乐队的，现在又重操旧业啦"，他唱得欢快，唱得烧烤店的一众食客，跟着音乐节拍敲着烤串的铁钎。方勇等他唱着解说完，想起要点歌的初衷，"哥们儿，"方勇想了一会儿，"唱个《海阔天空》吧！"

吉他再度响起，《海阔天空》的歌声擦破烤串店的天花板，一个穿青花旗袍裙的长发细眼女士飘进"一连串"，是徐玲。她捧着一只和她衣服同色的小瓷瓶，走向方勇和纪洲。方勇还带着酒意敲铁钎呢，纪洲一伸手，徐玲将瓶子放至他手心，冲刚发觉她存在的方勇点点头，便以孩子一个人在家为由，又悄悄离开热闹的烤串店大型 KTV 现场了。

"这是？"方勇对着青花瓷瓶问。
"给你丈母娘的药。"纪洲恢复到纪大夫的表情，严肃、温暖、不容置疑。
方勇一拔瓶塞，一股淡淡的臭飘到他鼻尖，再往瓶里看，还是黑色的药膏，比上次纪洲给他的要稀一些。
"这是黑玉膏的另一种，让你丈母娘每隔两个小时涂一次，睡着了不用，涂法和我上次教你的一样，三天后，拍照给我看。"纪洲怕方勇记不住，说这句话时，还点开了方勇的微信，用语音输入了一遍。

方勇是被纪洲送回家的，青色小瓷瓶藏在方勇的裤子口袋。

严晶晶从纪洲手中接过方勇时，对纪洲不胜感激。她也发自肺腑地心疼老公，她打来热水，拧把毛巾，为方勇擦脸擦手时，冲里屋躺在床上静卧的母亲说："妈，你看方勇，都是为你，和大夫喝大酒去了，你平时还老说他对你不够好！"

母亲这次没埋汰姑爷，只是应着严晶晶："那大夫说我下个月能参加比赛没？老齐不会为我退赛吧？不会我参加不了，他就换舞伴吧？48号楼的杜本珍，可是盯老齐很久了！"

八

周六休息，方勇做了三件事。

其一，帮丈母娘上药，他像个熟手，像纪洲的半个助理或徒弟，拿棉签从小药瓶里薅药膏、裁纱布、均匀涂抹，再贴在丈母娘的脚踝处。

其二，看了部电影，《土拨鼠之日》。纪洲昨晚向他推荐的，影片讲述一个气象节目主持人，无意中闯入时光隧道，每天醒来都是同一天，如何适应这样的生活。方勇看完，心里只有一句话：如果不能改变现状，就尽量拓展生命的宽度呗。他顺手把这句写在了豆瓣的观影评价中。

其三，方勇破天荒发了条朋友圈，好久没写这么多字了，写出来像小学生作文，小作文标题是《白玉人物志·1·最佳大夫》。方勇吃了个午饭，回来看，已经得到一百个赞，大多来自社区居民。方勇一时头脑发热，在评论区发下宏愿："从今天开始，我每天要写一个我认识的白玉居民。"这条评论又赢来一百个赞。

五百字的《最佳大夫》朋友圈，其实没有文采可言。不过是交代了时间、地点、人物、事件，方勇通过什么途径认识了纪洲，纪洲的人物相貌如何，有哪些特点，做医生有什么值得称赞的。方勇之所以要写这篇，出于几个目的：首先，昨天，纪洲在老齐和丈母娘面前提过；其次，这次人口普查，方勇把全社区每户人家都走了一圈，当真发现许多有趣的事儿，一些人以前有过接触，现在发生了变化；一些人三言两句就能看出不一般，有故事；一些人住在隔壁，竟不知道对方是同行；一些人缺的，另一些人正好有……有意思，有意思；再次，纪洲昨晚的话，给了他启发，哪个工作没有烦恼呢？哪项工作天天新鲜呢，意义和乐趣都得自己找，既然年纪轻轻就登上权力高峰，得到整个社区的天下，剩下来的时间勤政爱民，深度交往，每周在工作之余拜访一个居民，写一个小传，也算给平凡生活加点彩吧。

说干就干。

人物志第一篇新鲜出炉，结尾处有彩蛋，还是纪洲昨晚主动提的。四〇四医院的最佳大夫，大部分票由白玉社区的居民投出，发红包太俗，感谢太虚弱。纪洲提议，下个月四号，他有一天完整的时间，届时为回馈本社区居民，他将携他的弟弟，也是一位骨科大夫，现场义诊、施药，场地就在居委会。

"不知方主任意下如何？"

"甚好，甚好。"

方勇昨晚喝醉倒下前，只记得纪洲和他最后的对话。

"请大家踊跃报名，颈椎、腰椎等各种骨科问题都可以来参加义诊。"方勇在朋友圈《最佳大夫》篇的结尾处写道。

随着点赞及评论人数增多，方勇又发布了一条温馨提示：限一百人。

11月4日，天气晴，白玉社区居委会二十人会议室被布置成诊所模样，恭候各个申请来参加义诊的社区居民。

方勇从早上8点就站在门口搞接待，搞协调，纪洲和他的弟弟纪世分头为居民们服务。方勇的丈母娘因为涂了"黑玉膏"，脚踝扭伤处以不可思议的速度好了，拿下"夕阳红又红"杯老年交谊舞比赛的第四名，一定要当面感谢纪洲，今天专门带着为纪洲哥儿俩做的爱心便当来到居委会。

方勇细心地帮纪洲打着广告，一边拍照，一边问就诊的居民："纪大夫看得好不好啊？"

"纪大夫以后在我们社区开诊所，大家一定要光顾啊！"

"一定一定""肯定肯定""确定确定"，人们纷纷点头回应方勇，一些人手中还拿着贴有"黑玉膏"标签的小瓶。方勇继续叮嘱大家："用得好，记得回去拍照发朋友圈哦！"又是一轮"一定""肯定""确定"的承诺表演。

吃爱心便当时，方勇才知道纪世此次是专门从老家长春赶来参加义诊的。

"你们盛产好大夫吗？"方勇打趣。

"世代！"纪世和方勇一样大，自豪地说起。纪家乃医生世家，从他们哥儿俩的名字就可以猜出父母的期望是啥。

"那以后你哥开诊所，你来不？"方勇咽下一块浓油赤酱熬制的红烧肉，喝了一口杏黄明亮的普洱茶汤，问。

"我在老家有诊所啊！"纪世笑，并拍胸脯，"祖传的！长春建市有多久，我家诊所和药房就有多少年！我哥送病人的黑玉膏都是我从老家寄来的！"

方勇顿觉纪家深不可测，他放下便当和茶碗，眼睛顶着眉毛，头微微低下，坐着仍像鞠躬，冲纪洲、纪世哥儿俩竖起大拇指。

义诊结束后，方勇请纪家哥儿俩吃饭，地点还在"一连串"烤串儿店。

三升啤酒上桌，纪世提起他家在长春的诊所，名叫"黑玉堂"。方勇乐了，黑玉和白玉仿佛对对子，便逗纪洲，以后要是开诊所，不如来白玉社区，天生对比，反差明显。

纪洲微微一笑，两片憨厚嘴唇又像咧开的茄子了，他说："最近正在四处看房，踅摸合适的地方，其他一切都成熟了，方主任要是能帮忙，在白玉社区开黑玉堂，那最好不过了。当然，黑玉堂开起来，义诊也不会停，每个月我会抽出两天，起码一天，为周围的居民义诊、施药。"

自打两人成为朋友，纪洲已很少喊方勇方主任，此刻，并非戏谑，而是显示正式。

于是，方勇也喊纪洲为纪大夫、纪国手，开完玩笑，他正色道："有需要告诉兄弟，别的不说，白玉社区内，物业、房地产中介、租房的、出租的，我都熟，不会挨宰，我就是信用保证。"

"好！"三人碰杯，三只杯子发出当当当的声响。

"不过，一切都成熟了，怎么说？"方勇打破砂锅问到底。

兄弟俩对视一眼，纪世一扬下巴，让纪洲自己说。纪洲笑笑表示，在四〇四医院，他卧薪尝胆，谨小慎微，步步为营，兢兢业业十来年，该评的职称评上了——"最年轻的正高"。纪世为哥哥轻轻鼓掌，脸却冲着方勇；该拿到的荣誉拿到了——"最快晋升的国手"，纪世两只巴掌根本没放下来；该有的临床经验、疑难杂症都经过、看过了，"这是老家要干几十年，才能积攒的"，纪世钦佩地看着大哥；该拜的码头、师父统统拜过了；该有的患者资源都有了，"这是老家干几十年，根本积攒不了的"，纪世放下的手又举起来，这次没鼓掌，拿起酒杯和目瞪口呆的方勇一起向哥哥敬酒。

"对了，该找的老婆，也找到了。"纪洲还想起重要的一点。

"那是，那是，嫂子，也是咱家能在北京把黑玉堂开起来的重点。"纪世肯定。

"找一个好的贤内助不易。"方勇能插上话了，表示了一下肯定。

"不只，"纪世帮纪洲把话说明白，"我们纪家有祖训，纪家的儿媳妇，必须满足一个条件——同业，懂医、懂药。我哥想在北京把我家的事业发扬光大，又多了一个条件，找一个同在北京、愿意一起创业的嫂子。"

方勇判断，纪家在下一盘大棋。算了，不去想了，先喝酒，认识一对好大夫做兄弟，就是收获，能尽微薄之力，帮了兄弟，也做了本职工作，何乐而不为？方勇再度举起酒杯。

九

义诊成果斐然，无论组织者、参与者、志愿者，大夫、患者，统统感慨万千。

来自患者的感慨统一，社区工作到位，大夫悬壶济世，妙手回春。方勇几乎没有暗示，大家就自发将义诊、"黑玉膏"、纪家哥儿俩、居委会的图片发到网上，更别说明示了。

周六、周日两天义诊，周一上午一上班，方勇就接到电话，上级主管部门打来，专门表扬他，并派宣传人员去采访。

来自纪洲、纪世的感慨复杂，因为人间百态。

周六，纪洲收工，在朋友圈"每日一患"栏目中写道：

"你永远不知道，身边的人有什么样的疾苦。白玉社区六十二岁的患者李大爷，眼下也算正当年，却出现了 O 形腿。询问后得知，他来自山区，是拾荒者，一直从事着重体力劳作，每天奔波，膝关节疼也一直忍着、熬着，现在内翻畸形相当严重，吃止痛药都无法行走。"

李大爷是看居委会前排起长队后临时加号的，第二天，他又带着一对姐妹来居委会，这对姐妹又出现在纪洲周日的朋友圈。

"这对姐妹，是李大爷的远亲，也在北京拾荒谋生。姐妹俩从小就走路困难，随着年龄的增加，更是出现了双下肢不等长、走路疼痛的问题，经过详细询问和检查，我诊断为双侧的髋关节发育不良。这种病，一方面与遗传因素有关，另一方面也可能与当地婴幼儿的抚养方式和成长环境有关。很遗憾，由于错过了早期干预的机会，现在只能接受人工关节置换手术。我为她们推荐了一个相关的基金会。"

方勇将纪洲的感慨截图发至自己的朋友圈，除此之外，他的白玉人物志继续。现在，方勇发下宏愿，每天拜访一个白玉社区的人，记录下他的故事。他像纪洲记录病人一样，记录他辖区的居民，试摘几条——

"DAY 7，L 先生是一位律师，有二十多年的从业经验。据他说，凡是找他聊过的人，没有离婚打算的都想离婚，因为他们不知道离婚的好处大于结婚。我没敢和他继续聊下去……"

"DAY17，G 小姐细数自己的变化，眼中闪烁自信的光芒。原来，G 小姐在 2013 年还是一个胖子，超级自卑，七年，她瘦了三十多斤，跑步软件上累积距离三千公里。我不知道三千公里是什么概念，我只知道，这背后是，春夏秋冬，每天早上 5 点半起床，除了下雨、下雪，雷打不动的坚持。"

"DAY47，D 先生在某房地产中介公司做副店长，入职至今已有四年，说起工作，7 点起床，忙到夜里 11 点再回去。一周工作六天，周日只要客户有需求就要加班，每一行有每一行的难，哪一行都不轻松。"

等方勇记到一百天时，在白玉社区内部已培养出大批"追更"的粉丝。

人们总是猜，方主任今天会写谁，谁又有不为人知的一面。

方勇自己每天工作之余也总琢磨着，今天写点啥呢？他上了瘾。

一日，方勇在一个以知识分享闻名的 APP 上，看见"知识论坛"几个字，心中一动，他将一百个社区居民的故事陆续发出，还为自己取了个网名"白玉膏"。他将网名、头像发给纪洲看，纪洲哈哈大笑，问方勇何意。方勇表示，受"黑玉膏"的启发，他打算做一块白玉社区的老膏药，"回头，你的诊所开张了，我白玉膏去支持你的黑玉膏！"

谁知纪洲回他一句："兄弟，情况有变，诊所不开了。"

从纪洲新办公室的窗朝外望，是一家报社老旧的写字楼，三层，墙刷成灰白色，铺满绿色的爬山虎。

办公室木质的门半掩着，门上镶一块铁牌，"副主任室"。

办公室内一排铁皮柜，一平方米见方的办公桌椅、文件夹、电脑等，和方勇在居委会的并无不同，只是墙上张贴的各种骨骼、肌肉图，彰显着主人工作的特殊性。纪洲还没到，方勇坐在他的椅子上等，百无聊赖之际，翻起他办公桌上一册精装 16 开明黄封面的新书，封面上写着《中华少数民族传统药典》。方勇再翻书的前几页，在扉页背面的编委会，赫然发现熟悉的名字，"纪洲"。

走廊外，喧嚣依旧，总有人走动。

方勇足足等了二十多分钟，门才"吱呀"一声被推开，来者正是纪洲。

纪洲一脸喜色，两眉之间藏着一股豪气，眼睛明亮亮，唇角上扬，抿成宽阔的豆荚状，他的步伐比平时要大，是踏进办公室的，他见到方勇，就热情地上去拍方勇的肩膀。方勇问纪洲，为什么放弃开诊所，前不久看的那处门面房，价钱，他和房东说了还可以再商量，另外，他有朋友在招商引资部门工作，还能争取到更好的税收政策……纪洲关上办公室的门，对方勇比画了一个"嘘"的手势，打开铁皮文件柜，拿出自己随身的双肩电脑包，从包的夹层里取出一个透明文件袋，"嘚"，轻轻起开塑料纽扣，将几页整齐地订在一起的 A4 纸掏出，递给方勇看。方勇不明就里，翻动那沓 A4 纸。噢，是合同，甲方：四〇四医院，乙方：长春黑玉堂；合同是关于"黑玉膏"的联合生产和推广。

方勇将合同还给纪洲，问："你就是因为它，不开诊所了？"

"对，我的使命完成了。"纪洲长舒一口气，把合同仔细收好，将刚才那一系列动作全部倒放——A4 纸塞回文件袋，文件袋归位电脑包，电脑包藏进铁皮柜，柜门合上。

"为什么？"方勇好奇。

纪洲用双手的虎口掐着腰，大踏步在房间内走来走去，转了几圈，仍不能平复内心的激动。等方勇从 60 倒数到 1，纪洲终于转完，他立定，看向窗外的爬山虎，没回头，虎口继续掐着腰，背对着方勇，说："兄弟，今天我要跟你说一个我家族的秘密。"

以下是方勇听到的故事——

纪洲，1985年生，长春人，满族。长春建城有多久，纪家的黑玉堂就开了多久，可以说纪洲、纪世兄弟俩，打出生，就在黑玉堂泡大，中药味儿是他们生命的底色。

纪洲十八岁前，没打算学医，对于未来，他有各种各样彩色的幻想。十八岁的一个晚上，确切地说，是2003年高考结束，要报志愿的那个晚上，纪洲的父亲和他长谈了一次。"你只能学医。""为什么？"十八岁的纪洲站在家里客厅，掐着腰问。"因为，在我十八岁时，你爷爷、我的父亲，和我这么谈过。"纪父坐在茶几上，面对长子答道。

原来，纪这个姓，原为纪佳氏，纪洲一家最早属于靺鞨女真，后编入镶黄旗。纪家世代从医，专攻骨科，祖传秘方便是擅疗骨伤的"黑玉膏"。

公元1644年，多尔衮率清军入关，纪家那一代的祖先，是随军的军医，无论是伤病的将士，还是断了马腿的战马，黑玉膏都曾广泛被使用。为此，清军入关后，纪家的祖先跟着进了宫，受了封，那是纪家历史上最风光的时刻。

清一代，纪家出过十几位太医，"黑玉膏"也曾作为贡品进献宫廷。纪家进宫的人中，最传奇的是一位女性，她不是太医，是宫里的"姑姑"，伺候过老佛爷。据说，为表明祖传的医术和药有多奇妙，这姑姑扭伤自己的手腕，往手腕上涂上"黑玉膏"，须臾，活动自如。

当然，这只是为了说明"黑玉膏"的疗效极度夸张的传奇故事。在这位姑姑后，纪家和"黑玉膏"慢慢衰落，再接着，兵荒马乱，时局不稳。纪家百年间，只守着长春的一间小药房，用代代从医的方式将"黑玉膏"和医术传了下来。1980年，纪洲的父亲纪同十八岁，参加高考前，纪洲的爷爷将家史、家世全盘告知纪同，希望纪同能复兴纪家，把"黑玉堂"做起来，将"黑玉膏"广为传播，这是家族的荣光，也是他这一代的使命。

为此，纪同放弃了出国，和志向不同的女友分手。纪同把黑玉堂变成长春首屈一指的中药房，他也成为当地有名的骨科坐诊大夫，但是长春毕竟太小了。

回到2003年，纪同和要填高考志愿表的儿子纪洲长谈的那个晚上。

纪同拿出一个锦缎包袱，将其中的古书、写满医案的线装册子、卷轴装的祖先画像和秘方秘药，还有一件御赐黄马褂，一一取出，摆在纪洲面前。他再把手轻轻放在儿子的肩膀上，感受儿子澎湃的呼吸带动的身体的起伏，过了一会儿，纪同将包袱原样恢复，交到纪洲手里，他说："拜托了！"

按照纪同的计划，纪洲为长子，性格坚忍、爽朗，将带着家族荣光和使命出外去闯。

纪世为次子，生性温和、好动，能守好长春的黑玉堂，做好纪洲的后方。

纪同去世前，仍惦记着在北京开分号的事儿，与其说，要恢复纪家几百年前的盛况，不如说，一贴好药"黑玉膏"如一项杀器，不能糟蹋在自己的手里，要发扬光大，给它应有的影响力，送它去该去的地方，才不负纪家这么多年的研制和守护。

纪洲一路读到博士后，留在四〇四中医院工作。在单位，他谨小慎微守本分，任何事儿都一马当先，像个永不疲倦的标兵。他有时不像个真人，对待患者如家人对待亲人，当然，他用尽所有机会，推广"黑玉膏"，包括对他的病人、领导和同事。

"你知道，我为什么当初毕业会选择四〇四医院吗？"纪洲一直没回头，白色大褂分两边撩起，双手虎口反掐着腰，脸冲着窗外的爬山虎。

"你知道，我为什么当初毕业会选择四〇四医院吗？"方勇被纪家的故事震慑，条件反射般重复了纪洲最后一句话。

纪洲没发觉方勇的称呼有什么问题，他心潮澎湃，如十八岁少年，仍自顾自说下去——

"因为，四〇四中医院的前身是一个中医馆，最初，它的骨科是由四个宫里出来的太医组建，那会儿的中医都是口口相传，教授医术。四位太医带出的徒弟，成了四〇四中医院第一批有编制的正式骨科医生。"

纪洲之所以来四〇四医院，不过是想找到他家的医术和"黑玉膏"与清宫一脉的骨科有什么关联。"而且，我总觉得，这是归位，四〇四不会排斥'黑玉膏'。"

"那么，这份合同？"方勇有些明白了，他忽然想起，很多日子前，纪洲第一次和他在"一连串"撸串儿，那时，他正在寻找"意义"。他并不知道，十八岁时，纪洲已经有了为之奋斗一生的"意义"。

"按照我的计划，在四〇四找到传承，积攒资源，积累资本，我就在北京开黑玉堂的分号，把我家的医术和'黑玉膏'传播出去。这段时间，院长找了我几次，这些年，我一直默默地做'黑玉膏'的推广，给许多患者和同事都试用过，院长找我，与我商量，四〇四医院和黑玉堂联合开发'黑玉膏'……要知道四〇四在业内的地位，这对于'黑玉膏'来说是个机会，是我开十家'黑玉堂'也做不到的事儿。"纪洲说到这儿，忍不住抬起右手，捂住额头和眼睛，方勇听见他的抽噎声。

"所以，你不走了？"方勇走近纪洲，握住好兄弟的手腕。

"是的，从此以后，我就没有包袱了，我可以好好做个大夫了，看着'黑玉膏'被更多人知道，家祭无忘告乃翁，我的任务完成了。"纪洲一只手被方勇捉住，另一只手又盖在方勇的手上，他使劲地摇了摇。

"当然，我们的义诊继续，我决不食言！"

尾 声

一年后，在一家地方电视台的春晚上，方勇作为嘉宾发言。

方勇参与的环节是"最美普通人系列"，他被网友誉为"最美居委会主任"。

方勇有三分钟的演讲，镜头前，他一脸淳朴，将白玉社区的故事娓娓道来。

　　他在开场白中，形容两年前的自己，找不到工作的意义，觉得年纪轻轻就登上事业的巅峰，有种独孤求败的寂寞，台下一片哄笑。

　　"这时，我因为颈椎病突发，在四〇四医院骨科就诊时，遇到一位大夫，正是我管辖社区的居民。这位大夫叫纪洲，他不但让我的颈椎不痛了，还让我意识到，身边自有'大神'在，每个普通人都有不普通的点，记录他们、探索他们就是我的意义和乐趣所在。从纪洲起，至今我已经记录了四百位白玉社区居民的故事，我还将继续下去……做一块白玉膏，长在我服务的社区中。"
　　台下的哄笑变成了雷动的掌声。

　　方勇穿一件蓝色棉布的衬衫，冲镜头鞠个躬，款款下台。
　　他回到自己的位子，如一滴水融于大海，留给看过他的人，惊鸿一瞥。

　　那天，释去重负的纪洲，擦干眼泪，摆摆手，哈哈大笑。他把白大褂穿得像件战袍，他留给方勇一个背影，融于一群穿着类似战袍的大夫中。
　　没有人知道，他们经历过什么样的战斗，依旧普通，却有些骄傲的不同。